兄弟，爱情

追月逐花／著

译林出版社

目录

房子啊房子

“什么？这是真的吗？”在公园僻静的角落里，郭云天大声尖叫。

“是啊。”站在她对面的是一个打扮摩登，却又衣着廉价的大妈，“我亲戚就在市政府工作，听得真真的。”

“按原面积还原，有这种好事？”郭云天满脸的羡慕嫉妒恨。

“是啊。”大妈一脸的馋涎欲滴，“孙笃这小子有福了……哈哈，他那个小区也够破烂了，该拆了，这小子还真是有福啊，竟然能用破平房换高级公寓楼……他那几间平房面积可不小……换成新房后，按市价，啧啧……”

“是啊。”郭云天恨恨地踢了踢脚边的尘土——孙笃是她的同事，看到身边的同事忽然遇到这种美事，她心理自然很不平衡，甚至都有些怨天尤人了。

“这下这小子对象该好找了吧？”大妈继续讪讪笑道，“哪天……我给他介绍一个，嘿嘿……”

郭云天轻蔑地看着她，悄悄地撇了撇嘴。她知道吴大妈打的什么主意。什么给孙笃介绍对象啊，她肯定是想把自己女儿嫁给孙笃！

要说吴大妈现今的最大愿望，就是想把女儿嫁出去，而且还要嫁条件好的男人。这并没有什么错，但问题是她嫁女儿唯一的标准就是钱，而且还急不可耐，活像卖女儿一样，这就让人有些反感了。而且，她那女儿，也实在不是什么好鸟。初中没毕业就辍学在家，生活风评一塌糊涂，据说还参加过不良帮派，吃过摇头丸，长相也不怎么样——简直就是除了年轻一无是处。就这样吴大妈还把她当宝，总是希望能找到昏了头的好男人，把她嫁出去……罢罢罢，任何人都有做梦的权利。反正她家女儿只有二十一岁，离三十岁还有九年呢，吴大妈还能折腾几年，等到她女儿三十岁的时候，再摒弃迷梦也不迟啊……

郭云天半带揶揄半带嘲讽地想着，心里忽然"咯噔"一下，接着心就迅速地沉了下去。因为她想起自己已经快到三十岁了——今年已经二十八了，只差两年而已——她曾经想着自己一定要"三十而立"的，现在看来却没什么希望了。

郭云天从小到大只有一个梦想，那就是靠自己的力量成为一个富人，至少要有房有车。当然了，她并没有强令自己必须在三十岁的时候达到这个目标，但总想在三十岁的时候能做到什么。她最近则非常想在三十岁之前拥有一套自己的住房，然而在现今的房价下，这几乎是遥不可及的。

郭云天工作五年，存款只有十万。这在现在是连首付都不够的。之后的几年也未必能发什么大财，所以在三十岁之前买房基本上是没戏了——当然了，她也没奢望过能找个有钱的老公，送她一套房子。说真的，现在能买得起房子的年轻人实在太少了，即使是加上自己父母的积蓄也很难凑够。有钱买房的都是四十岁以上的人，她对那样的人可没什么兴趣。在现在，找不到好老公已经不是有没有本事的问题，而是概率的问题。郭云天是不是因为没遇到金龟婿才不结婚的？不是。老实说她对婚恋到现在都没概念。因为在她看来，婚姻根本不是结束，而是一个开始，还是一个任重而道远的开始。她觉得自己不管是经济还是心态，都没成熟到能承受婚姻的地步。连自己都摆不平，还经营什么婚姻？

郭云天脚步沉重，回到家里一头倒在床上，看着天花板愣神。说真的，自从认清自己买房的理想遥不可及之后，郭云天就开始试着开导自己了。然而就在她开导自己开导得差不多的时候，忽然听说孙笃遇到了天上掉房子这般美事，好不容易虚构出来的心理平衡立即倒塌。她在床上翻来覆去，越想越是不痛快，索性坐起来，她想找点巧克力，通过舌头安慰心灵。刚起身，她脑中忽然一亮，顿时跳了起来：天啊，我怎么这么死心眼啊！？可以从孙笃身上借点力啊！

第二天，郭云天稍微打扮了一下，佯装无意地到孙笃的办公室走了一遭。一路上竟引来了无数惊喜的目光。说真的，她不想通过婚姻换房子，并不是因为她没有这个资本。她长相清秀，身材窈窕，体态匀称，稍微打扮一下就很能吸引眼球。她今天就是要吸引孙笃的眼球，这应该不困难，因为他之前经常和她开玩笑聊天，应该对她有好感。而且，他对女人的要求也不高。

是的。孙笃对女人的要求并不高，比“只要有人愿意嫁就愿意娶”高一点。他的长相也不差，至少属于眉清目秀型。然而他就是年届三十还没婚娶。原因很简单，不够有钱呗。没有钱怎么有房子？那还得从十年前说起。

十年前孙笃到 A 市来上学，和住在本市东区的三叔孙清臣住在一起。然而事情就这么蹊跷，他刚到本市三天，孙清臣就生了重病，躺倒不能动了。面对这样的噩运和责任，孙笃并没有退缩，勇敢地担负起了照顾三叔的责任，直到三叔寿终正寝。三叔感念他的德孝，便把仅有的一套平房给了他。当然了，这套房产在现今的社会并不算什么，也一直没有受到重视。孙笃上班的公司也不怎么样，收入属于过完日子稍有盈余的那种。按这样的经济条件，他只能算是“经济适用男”，在婚恋市场上没有多大竞争力。当然了，像他这种条件并不是没人愿嫁，像楼下小店里那几位打零工的小妹对他就很感兴趣。问题是他又不是那种“有人愿嫁便愿娶的人”，因此也无可奈何地剩下了。

郭云天见孙笃对她有所注意，立即顺水推舟地约他出去吃饭。孙笃很乐意去。郭云天便把他约到了公司附近的一家小酒馆，点了几个菜一瓶酒和他边吃边聊，同时不动声色地打量他。老实说，以前虽然她和孙笃经常见面，彼此也扯过闲篇儿开过玩笑，但真没有怎么注意他。今天仔细看他了，才发现他长得还不错，形貌属于白面书生型，就是皮肤稍微黑一点。

还好。郭云天“哧溜”一声咽下了一口凉粉：这样就不至于让她反胃。

“我说小孙啊。你年纪也不小了，考虑结婚了吗？”郭云天见寒暄得差不多了，就按照计划把话题转到了孙笃的婚恋问题上来。

孙笃微微有些难堪，苦笑着耸了耸肩膀。“还没对象呢。”说着伸手夹了一片青辣椒，不由自主地带上了几分怨愤，“跟我过日子饿不死，但也不能大鱼大肉。现在的女孩找对象都要房要车，谁看得上我啊？”

郭云天见机会来了，立即不动声色地说：“是啊。就算没房没车，存款多点也好……”

“我也没有存款啊。”孙笃笑得更加苦涩，表情也有些吊儿郎当了。

郭云天本想再绕几圈，见他这样忽然感到一股热血冲向喉咙：“你想不想弄点钱当结婚资金！？”

“啊？”孙笃一惊，看到她闪闪发光的眼睛，竟不由自主地有些退缩。

“哎，你想到哪里去了。”郭云天笑着拍了一下他的肩膀，“不是坏事。”

“那是什么事？”孙笃依然有些退缩，狐疑着打量她。

“嘿嘿，你家快拆迁了吧？拆迁后是不是还你一套新房？”郭云天凑近他压低声音问。

“是啊。”孙笃不知道想到了什么，竟微微有些激动，“据说是半年之后……还没公布呢，你这么快就知道了？”

“嘿嘿，如果你现在有老婆，到那时再离婚，就可以分到两套住房吧？”

“啊？”孙笃愣了。

“我的意思是……”郭云天把声音压得更低，“我想先跟你假结婚，到拆迁时再跟你离婚。我们共享拆迁政策……我也弄套房子……嘿嘿，当然不会让你白帮我的。我手里有十万，如果我成功弄到了房子，我就把这十万给你！”

孙笃的脸涨红了，眼珠飞快地转动着。

经过几番商讨，孙笃答应了郭云天的意思。把各种细则商讨完成后，两人就去领了结婚证。为了掩人耳目，还搬到了一起，也没把真相告诉任何人——现在社会上的人一听说房子两眼就发绿，如果让人知道了，难免没人去告发，开发商最恨这个。对自己家的人也不能告诉——老一辈的人最恨拿终身大事开玩笑，如果让家里人知道他们玩这个花样，肯定会被骂死。

搬到一起后郭云天自然不能不和孙笃同住。按照之前的约定，她住主卧，孙笃住小屋。为了防止有亲友无意间撞破真相，郭云天所住的大屋依旧布置成两人居住的样子，孙笃所住的小屋惯常只放一个折叠床，等到孙笃晚上需要休息的时候再铺床放被。

因为是假结婚，所以他们一切从简，没摆酒没行礼没买婚戒，就是比同居多了一个证。然而太简单了照样会惹人怀疑，所以他们对外就谎称是赶时髦裸婚，让公司里尚未婚娶的大龄爷们儿非常羡慕——在这个时代，裸婚几乎是所有男人的梦想。

搞完了这些之后，接下来最重要的事便是要搞定双方父母。他们这可是先斩后奏，之前也没透露过什么信息，双方的父母难免会有些不快，也难免会有些想法。所以对这件事，他们格外不敢马虎。领证的第二天孙笃就带着郭云天上了火车，回家去见自己父母。路上孙笃相当忐忑，小心翼翼地对郭云天说他的妈妈有些挑剔和强势，见面后说的话可能不会很好听，请郭云天多忍耐些。对此郭云天并没有如何在意。反正又不是真婆婆，不管她说什么都一个耳朵进一个耳朵出就是了。

很快他们就到了孙笃的老家清水镇。出乎郭云天的意料，这里并不是墙矮屋陋、满地污秽的凋敝之地，相反这里窗明门净，屋高墙新，街上熙熙攘攘，行人衣着鲜丽，居然是一个好地方。孙笃的爸妈来接站了。孙笃的爸爸六十上下，穿着朴素，满脸堆笑，并没有吸引她多少的注意。而孙笃的妈——郭云天刚看了孙笃妈一眼，就在心里大叫起来：这老婆子……一定很难搞啊！

孙笃妈看起来六十上下，却在脸上敷满了粉，硬是看不见一条皱纹——别误会，不是她脸上平整，而是皱纹都被粉填上了。头上梳了个万字髻，身上穿着一套紫色的旗袍，前襟上还吊了一朵玉兰花。至于她的长相——有一种非常奇怪的感觉，就像她的眼角眉梢鼻翼都被往上吊一样。光凭这个形象，郭云天就能判定，她一定是个挑剔、矫情、霸道、小心眼的人。在孙笃家住的这几天她一定不会顺心。

果然，孙笃妈一看到郭云天就发难了。她先是飞快地朝郭云天打量了一下，接着便眉毛一轩，用近乎责难的语气对她说："你怎么穿这么素的衣服？新婚就穿这么素，不觉得不吉利吗？"

素？不吉利？郭云天下意识地看了看自己身上。还好啊。她今天穿的是蓝色格子装，没见哪里晦气啊……心头漫起黑云，郭云天开始生气了。虽然已经做好了心理准备，但还是没忍住。没办法……哪有这样对新媳妇的？一见面就一点面子都不给啊？

孙笃赶紧讲笑话岔开话题，带着他们回家。孙笃的家也不是低墙矮屋，而是挺敞亮的一套房子。虽不能说是很高档吧，但也比孙笃在 A 市住的那套平房好多了。从言谈中郭云天得知，孙笃的妈是镇上小学的退休老师，孙笃他爸是清水镇镇政府的退休干部，他们家在清水镇算得上是上等家庭。而孙笃在 A 市显然算不上上等人，住的条件也远不如这里。其实他不来 A 市也可以过得挺好的。没办法，中国人就是这么盲目和从众。只要大家都说大城市好，就会盲目地涌向大城市，都笃信"人往高处走，水往低处流"，却不知踏上高处后也可能冻得哆嗦。

孙笃妈一进门就拿出了一套红色的大衣逼着郭云天穿上。郭云天并不排斥大红大绿，但这红色实在是太刺眼了些，简直有点傻气。她正看着衣服犹豫，却从眼角瞥见孙笃妈一副要发作的样子，赶紧把大衣拿过来穿上，心里却气得胀鼓鼓的。

等郭云天换好衣服，孙笃妈就带着郭云天拜亲访友。出于客套，亲朋好友们自然要对郭云天颇多赞誉，郭云天也心知肚明，并没有因此飘飘然。而孙笃妈却对这些赞誉都不置可否，甚至还嘴唇一撇一撇地像要冷笑的样子，这不禁让郭云天又是愤懑又是骇然：怎么着？你对我还很不满？你凭什么对我很不满？我哪里不好啊？

婆婆啊婆婆

拜亲访友之后已经快到十二点了。郭云天肚子都要饿瘪了，恨不得立即找个饭店吃饭。而孙笃妈却坚持要回家吃。郭云天嘴上没有说什么，心里却已经破口大骂，悄悄地摸着自己的肚子，担忧自己什么时候才能吃得上饭。她清楚地记得她早上离开孙笃家的时候，她家锅空灶冷连干饭都没煮。孙笃妈回家再做饭，天知道会做到几点。

然而出乎她的意料，孙笃妈做起饭来极是利落，一会儿工夫就做了一大桌子菜。郭云天小心翼翼地一尝，顿觉满口浓香，鲜滑爽口，赶紧大快朵颐。吃了几口菜之后又舀起汤尝尝，哇，真是甘露琼浆一般。

郭云天正为美食而陶醉，忽然听到孙笃妈从鼻子里哼了一声。她转头一看，发现她正满脸鄙夷地盯着她的汤勺。

怎么了？嫌她喝汤有声音？郭云天在心里骇笑起来：你家是皇宫啊，还是内院啊，规矩这么多？因美食而萌生的好心情以及对孙笃妈的那么一点点好感也立即烟消云散了。

孙笃妈见郭云天朝她看后就把目光转向一边，然后佯作无事地盘问郭云天的学历、家庭和工作。一边问一边从眼睛下方瞟着她，竟是一副很瞧不上的样子。郭云天已经心生愤怒了：怎么？你还瞧不上我啊？我条件虽然不算好……配你家儿子还是绰绰有余的吧？你竟然还敢瞧不上我，你哪来的自信啊？

郭云天气得几乎要当场发作，但心里一直有个声音在她的耳边念叨“房子，房子……”迫使她冷静下来。她一边闷头吃菜，一边安慰自己：她跟孙笃假扮夫妻的期限只有半年而已，在这期间孙笃妈又不会跟他们一起住，她忍过今天便什么事都没了。

在言谈之中，郭云天无意间听说孙笃还有个哥哥，最近在省里考试——这就怪了。她和孙笃也算相当熟悉，竟从没有听说他还有个哥……罢罢罢，她管他哥做什么。有其母必有其子，相信他哥也不会是什么好鸟。最好这半年也不要和他有什么交集。

“夫家之旅”终于结束了。回来后郭云天便带着孙笃去见自己的父母。郭云天的父母倒没有对孙笃多说什么。这也难怪，郭云天一直很作，他们的心态早已皮实了。再说孙笃的条件也不算多差，人看起来也很老实，他们睁一只眼闭一只眼就过去。倒是郭云天觉得有些吃亏：天，老爸老妈啊，知道我在孙笃家是怎么被刁难的吗？你们怎么不替我报仇啊？

因为是假结婚，他们也没心情度蜜月，婚假结束后便回单位上班了。郭云天惊讶地发现，自己的社交圈挪位了。没办法，一切都得演得像嘛，便无可奈何地加入了公司“已婚妇女”的交际圈子。老实说，郭云天非常不想加入她们的圈子。不知为什么，有相当一部分的已婚妇女结了婚后就野心和活力全无，俨然是一副“知天命,聊续命”的感觉。有的人嫁得不如意,更是满嘴怨言。郭云天迟迟不愿结婚，很大一部分原因也是不愿变成她们。但现在为了演戏，只好咬着牙加入她们，煞有介事地和她们念叨萝卜几块葱几块，再假惺惺地学她们抱怨几声婆家。

抱怨婆家似乎是已婚妇女最喜欢的话题。越是年纪大的越是仇恨入心。这天一个刚结婚的女人先打头阵，斥责自己的公婆不愿帮老公还房贷，甚至还找老公要钱，顿时引发了大家声讨婆家的热潮。郭云天为了应景，也抱怨了几句婆婆——一开始是假惺惺的，但后来就是真心实意了——孙笃的妈真是够极品的。

其他人听了后骇笑不止。一个叫景江的女人笑得最是厉害："孙笃的妈原本就是这么极品……说真的，我们一直担心孙笃有这样的妈会一直娶不上老婆——"旁边一个人赶紧给她使眼色，她立即把嘴闭上了。

"怎么样啊？你们听说过她？"郭云天却不愿就此罢休。虽然她和孙笃是假结婚，但出于八卦和揶揄的心态，她非常想知道大家对孙笃妈的风评如何。

"这个啊，"景江尴尬地笑了笑，"我们其实知道得也不太多……只是听说孙笃之前谈过几个女朋友，不知为什么，一带回家就黄了……"

郭云天露出骇然的神情。

"这个嘛，你也不用担心……"景江赶紧改口，"反正你第一关已经过了，已经是她家的儿媳妇了……她喜欢刁难别人家的女儿，未必会喜欢刁难自己家的儿媳妇，家里家外，性质就不一样了……你不用太担心……她也许会对你很好的……"

郭云天默然地点了点头，心里却笑开了花：什么担忧啊，我又不是她家真媳妇……哈哈，如此说来我一见到孙笃妈就觉得肯定没有女人愿意认她作婆婆，现在想来我还真有先见之明，哦哈哈哈……反正我半年后就离开了，你老婆子再想办法给你儿子找媳妇吧，但愿你在有生之年能找到……郭云天正在心里笑得起劲，忽然想到这样有些对不住孙笃，赶紧打住——哪这么容易打住啊。虽然努力克制了，但她似乎还能听见自己的潜意识里传来笑声。

忙碌而又八卦的一天很快就结束了。郭云天回到家里——一不小心先回了自己之前的家，后来才想起应该回孙笃家。到孙笃家后孙笃已经做好了一桌子菜，热情地喊她来吃。

郭云天也不客气，坐下来就往嘴里填了一块红烧肉，顿时啧啧称赞起来："哇！真好吃！"

"怎么样？比你手艺好吧？"孙笃得意地坏笑。

"切，那又怎么样？"郭云天嗔了一句，运箸如飞地把所有的菜都尝了个遍。

孙笃微笑着看着她吃，坐下来也夹了一箸："不过虽然我手艺好，也不能天天让我做饭……明天该你做了。"

"好啊。"郭云天又夹了块炒萝卜，坏笑了一声，"吃了后你可别哭啊。"

"放心，即使是炸弹，我也不会哭。"孙笃煞有介事地说，忽然爆笑，"顶多吃完再哭。"

郭云天半开玩笑地横了他一眼，低头继续吃菜。她的手艺才没那么差呢，顶多是一般口味……这可怪事了，孙笃是男人，手艺却比她好……是不是她真该努力了？

吃完饭两人就看电视。令郭云天惊讶的是孙笃竟然喜欢看相亲节目，还看得相当投入。

"别看了，都是骗人的。"郭云天拿起选台器就换到了财经台——她喜欢看这个台的《股市风云》和《投资指南》。

"干吗啊？我看得好好的呢。"孙笃拿起选台器又换了回来。

"拜托，"郭云天骇笑起来，"你不是想通过这个节目学习恋爱技巧吧？还是想有朝一日上去现一现啊？"

孙笃脸红了红，没有作声。

郭云天又拿过选台器，用力地按下了财经台的按钮："别看了，其实说什么性格啊爱好啊都是虚的，现在人就是要先立业才能成家！还是好好地跟我看股市风云吧，想办法赚一笔才是！"

孙笃似乎被戳到了痛处，一丝不快从脸上一闪而过。即便如此他也没发作，只是执拗地把选台器又抢了过来，用小孩子斗嘴般的语气说："我就喜欢看！你凭什么抢我电视啊！你这是欺负人！"

"哈？欺负人？"郭云天骇笑着揶揄他，"你多大了？还欺负人……好吧，是我欺负你，你是不是还要叫你妈来打我啊？"

孙笃忽然尴尬地不作声了。郭云天意识到自己可能说错了话，正想改口，忽然听到电话铃响了。走过去一看，发现来电显示里是老长的一串号码。

外地的？

郭云天狐疑着接起电话，一个熟悉而又陌生的声音针一般戳进她的耳朵："小笃，叫云天来接电话。"

"呃？"郭云天正在疑惑是谁这么嚣张和不见外，那边的人却已经辨认出了她的声音："哦，云天啊，我是妈。"

妈！？这可不是她妈的声音……呃！孙笃的妈？

郭云天立即有了种不祥的预感："是我，妈……有什么事？"

"当然有事，有大事……你们这几天行房几次了？"

什么？郭云天的下巴差点飞出去：行房！？在电话里公开说行房？

“谈这个好像不大合适吧？”郭云天强笑着说，心里却早已骂开了。

“怎么不合适？你和小笃是夫妻……普天下的夫妻都干一样的事情，有什么可害臊的。”

“是……是……”郭云天撇着嘴说，心想您老还真豪放啊。

“你听我说，我从有娃夫妻那里打听到一些招儿，已经抄到信纸上给你寄来了。你好好学学，赶紧给小笃生个儿子。”

“这个啊……”一听这话郭云天就恶心到心里去了，嘴上却依旧得客客气气，“妈，我和小笃还不打算要孩子……”

“什么？”孙笃妈竟然怒叫起来，“你多大了？还不要孩子？你今年二十八了你知不知道！？已经挂在大龄产妇的门槛上了！即使现在生恐怕都不能是顺产了，得是剖腹产！剖腹产对小孩身体不好的……唉，我本来就不想叫孙笃找这么大的媳妇……本来我心想，年纪大就大吧，大点懂事一点，没想到年纪大还不懂事……”

孙笃妈叽叽呱呱说着，郭云天已经听不见什么了。心中一片火早烧起来，脑中一片空白，握着电话的手不断颤抖，手背上爬起硕大的青筋——她一辈子几乎从没有这样怒过。她已经不能用“她和孙笃只是假结婚，忍忍就好”来搪塞自己了……这可是对她人格的侮辱啊！她现在真想把电话摔了，再爬进电话线里，冲到电话那头把孙笃妈暴打一顿，绝对要把她满口牙都打掉……现在想来她真是失算了，本以为离得远，不会怎么硌硬到她，没想到孙笃妈这么极品，即使隔了这么远照样能让她恶心到……

郭云天大口地吸着气，在心里极力劝自己忍耐，不断地提醒自己这是为了房子。孙笃妈终于讲完了。她重重地放下电话——她本来想轻轻放的，没想到还是在不知不觉中加了力道。孙笃担心地凑了过来——其实郭云天一接电话他就开始担心了，小心翼翼地问："没什么事吧？"

郭云天朝他瞥了一眼，冷笑一声，一言不发地进屋去了——看来她得打十几局《植物大战僵尸》才能解气——就把孙笃妈想象成僵尸，看她掉头再掉头……

虽然气得够呛，但郭云天不是那种会长期生闷气的人——只有人生的失败者才会这样做呢，第二天又是精神焕发，好好上班之余又利用空闲时间想方法找钱。下班又到街上逛了会儿，之后忽然想起今天轮到她做饭了，赶紧到菜市买了些菜，急急忙忙地跑回家。

然而出乎她意料的是，回家时竟已经是菜香满屋。朝桌上一看，哟，红烧猪蹄、爆炒腰花、炖乳鸽、烧排骨、溜鱼片……一大桌好菜。孙笃做的？他不是说今天不做饭吗？

郭云天笑着放下菜篮子。孙笃听到外面有动静，赶紧迎了出来，手里还拿着一瓶啤酒。他一看到郭云天脸上就笑开了花，热情地招呼她坐，又打开啤酒倒进杯子里递给她。

郭云天没有接，因为她已经知道孙笃这么殷勤肯定事出有因，绝对是有求于她。

孙笃知道郭云天已经看破了他的想法，讪笑着放下啤酒杯。

"说吧，到底有什么事要我帮忙？"郭云天微笑着看着他。

“这个……”孙笃笑得极为尴尬，犹豫了半天才说，“是我妈……”

郭云天一听这三个字头发就竖了起来，心里更怒得要喷火。

“你妈想干吗？”

“是这样的……”见郭云天这样，孙笃有些发怵，但还得硬着头皮说，“我哥，孙畅……考中了A市的公务员了，想到这里工作……我妈觉得他租房子是花冤枉钱，所以就叫他到我们这里暂住……”

郭云天觉得全身的血液都涌上了头顶，张口欲吼。

孙笃眼疾手快地夹了块猪蹄肉送进郭云天的嘴里，用哀求的语气说：“云天，求你了，再忍一忍吧……就当是看在房子的份儿上……我也不想让他来暂住，这样露馅更快……但我们的目标不就是平平安安地演到拆迁的时候嘛……如果因为这事闹得全家不安，说不定会出什么状况……”

郭云天觉得孙笃的话也有理，怒气稍息，把猪蹄肉嚼了嚼咽进肚子里。但仍是心有不甘，用嗔怪的语气问孙笃：“你没再争取一下？”

“我怎么争取啊？”孙笃委屈地说，“他是我哥……刚来A市工作，手头的确不宽裕，我要是不让他暂住，不是显得有些冷血无情吗？”

“那你就说我不干！”郭云天咬牙恨恨地说，恨不得立即飞到孙笃老家去和孙笃妈理论。

“那……”孙笃更为难了，偷看着郭云天小心翼翼地说，“我妈说……这是我家的房子……说你没权力管谁来住……”其实孙笃妈的原话要比这个难听。孙笃思虑再三，觉得还是自己转述比较好——如果让郭云天亲耳去听这话，还不知会被气成什么样呢。

“什么？”即便如此，郭云天听了这句话后还是跳了起来。

“房子！房子！”孙笃赶紧提醒她，把手中的啤酒杯递了上去。

郭云天一听“房子”就冷静了下来，接过啤酒一饮而尽。然而平静并不等于释怀。喝完啤酒之后她跌坐在沙发上，恨恨地咕哝着：“可是这也太不方便了吧……和你住在一起已经够……再加上个陌生的男人……”

“这你完全不用担心。”孙笃赶紧连连摆手，“我哥特正派的，我也可以帮你盯着他……如果他有什么行差踏错，我也照价赔偿好不好？”

郭云天横了他一眼，没有说话。孤男寡女住在一起难免会有行差踏错，因此为了避免出现不必要的问题，郭云天和孙笃商定，如果互相出现了不妥的行为，肇事方就要向受害方赔偿大笔款项。签了协定之后郭云天仍不放心，还不忘提醒孙笃一句：“如果你敢对我做什么，我一定会宰了你。”

孙笃听完后哈哈大笑：“放心，我绝对不会的。就算我不要这条命，我也不会不要那些钱啊。”

可见这家伙非常珍惜钱财——且别急于指责他爱钱如命。这都是时代逼出来的。既然他这么珍惜钱财，肯定会不遗余力地保护她……

郭云天又恨恨地喝了口啤酒。即便如此，也不能保证万无一失。没办法，现在她已经踏上了独木桥，不往前走不行，只有自己多加小心了。

美男啊美男

几天后孙畅就来了，郭云天和孙笃一起去接站。到点之后，旅客像蚁群一样涌出站台，郭云天眯着眼睛寻找和孙笃形貌差不多的人。然而不知道是她视力不够好，还是对孙笃的形貌不够敏感，硬是没找到和孙笃差不多的人。

“哟！哥！”孙笃忽然一声欢叫，朝左边迎了过去。郭云天意外而又厌恶地朝左边一看，顿时愣住了。那感觉简直像空中陡然出现了一串太阳，烤得她头发晕喉咙发干。

天啊，这是基因突变，还是怎么？

她呆呆地看了看孙畅，又呆呆地看了看孙笃，心里大声感叹：天啊！我算是知道武松和武大郎的区别了。

眼前的这个孙畅，是个美男子，和孙笃面对面这么一站，活活把孙笃比得像武大郎一样——武松能和武大郎拉出这么大的差距是因为武大郎形貌太陋。然而孙笃的形貌并不算差，仍能被孙畅比得像武大郎一样……那孙畅简直是……极品美男子！

孙笃和孙畅寒暄完，又小心翼翼地向孙畅介绍郭云天。他非常怕郭云天会是一副冷若冰霜、横眉立目的样子，没想到她竟笑得跟太阳花似的，顿时大出意料。

然而还没等他回过劲儿来，郭云天已经一个箭步冲了出去，抢着去拎孙畅的行李：“哥哥坐这么久的车一定很累了吧？我来帮你拿行李！”

孙畅倒被吓了一跳，下意识地把行李箱往后挪说：“不用，我自己能拿…… 我怎么能叫你帮我拿行李呢？”

郭云天知道孙畅是说自己是男人，不好意思让女人拿行李，便朝孙笃一指：“那叫小笃帮你拿。做弟弟的，也该孝敬一下哥哥，对吧？”说着便不由分说地把孙畅的行李抢了下来，塞到孙笃手里，同时还“贴心”地帮孙笃拎着另外一个把手——当然了，是做给孙畅看的。接着又以迅雷不及掩耳之势打了一个的士。回家后又忙前忙后，给孙畅倒水切瓜，挂衣铺床，不亦乐乎。孙笃看得又是惊讶又是迷惑，忍不住找了个机会把她拉到厨房低声问：“你在干吗？”

“什么干吗？”郭云天横了他一眼，“当然是要你哥住得舒服。你不说这样才能保证你家庭安宁，才能让我们平平安安地挨到拆迁的日子吗？”

孙笃半信半疑，朝她打量了几眼，不大放心地问：“真的？”

“当然是真的。”郭云天撇了撇嘴，似乎要怒。孙笃不好再多问什么了，赶紧离开。郭云天偷眼瞥着他的背影，心里陡然爆笑起来。她怎么可能只是想保证孙笃“家庭安宁”啊。她是看上孙畅了！

老实说，她活了二十八岁，之前也曾对一些人心动过，但如此心动还是第一次。简直可以上升到一见钟情的层面了。乍一听来相当傻相当轻率，但仔细想来并没不傻也并不轻率。首先，孙畅还没结婚。老实说之前听说孙畅没结婚的时候她还以为孙畅是条件太次找不到对象，现在才发现原来是太帅了——一般帅哥都不太甘心找条件不够的女人，谅孙畅之前居住的那小镇子里面也不会有什么出众的美女，所以他至今不娶相当正常。其次，他的工作是公务员，至少比孙笃强多了——何止是比孙笃强，现在最吃香的就是公务员。而且他还是财政局的，顶呱呱的好工作。再有，就是他真的很帅，个子也很高。郭云天不完全是外貌协会的，但是在有经济条件的情况下她还是希望对方能有外貌。而且丈夫的外貌并不只能供妻子花痴和虚荣。现今的社会，容貌也是一门本钱。出于生存选择，孩子都更像父亲。孙畅这么帅这么高，生下的孩子一定是身材高挑的俊男美女。现在别说相对象了，连政府招男公务员都要看长相——她就有个亲戚，笔试体检都过了，就在面试那一关被淘汰了。因为主考官嫌他太丑——不是暗箱操作，据调查，那一期并没有任何权贵子女，他真的是因为丑被淘汰的。所以孙畅的帅气和高大也是响当当的软实力。所以综合各种条件，她要是能找到孙畅，绝对是有利的。他太帅了会不安全？没事。现在男人要花心不仅得有长相，还得有钱。孙畅是很帅，但不算有钱，也只是个还在试用期的公务员。花心的资本不多。能到他有花心的资本的时候，说不定早就被她吃定了。

郭云天不愧是郭云天，在一见钟情的过程中已经把所有的小九九都打了一遍。她越打越乐，忍不住在心里咯咯笑，却忽然发现自己和孙畅之间似乎有无尽的障碍……障碍就障碍吧，慢慢来。她郭云天什么时候怕过障碍啊？

转眼就到了晚上。孙笃把小屋让给了孙畅，自己则搬进了主卧。对于这件事他也很尴尬，不住口地提醒郭云天，他们已经签了互不侵犯条约了，没关系。

郭云天一言不发地坐到床上，脸上罩着一团闷红。要是在之前，她肯定觉得没关系——她可是一直都觉得孙笃是人畜无害的。否则她也不会有胆和他假结婚，签协议只是出于谨慎。然而现在却很奇怪，她好像忽然感到孙笃是“男人”一样，感到窘迫心慌起来。是因为她对孙畅有了意思，感觉延伸到孙笃身上了，还是因为她从没有离他这么近，现在才意识到性别的问题了？

孙笃被郭云天看得越来越尴尬，赶紧睡到沙发上，裹了张毯子就鼾声大作：显然是装的，为了让郭云天尽快安心。郭云天对此心知肚明，但也只有犹豫地躺下。然而她仍是不安心，躺下后仍是翻来覆去睡不着，就怕孙笃会忽然出现在床头。翻着翻着，她无意间朝床头看了一眼，竟真看到床头站着一个人影。

郭云天赶紧坐了起来，看清此人的长相后更是大声尖叫出来。

天啊，竟然是孙畅！？这是怎么回事？

孙畅倒被吓了一跳，摇着双手说：“对不起，弟妹，吓着你了……我只是饿了，想把小笃喊起来给我做消夜……”说着赶紧寻找孙笃的身影却发现他睡在沙发上，顿时懵了。

孙笃听到异响后也爬了起来，见是这种情况，顿时也傻了。

孙畅骇然地看看郭云天，又看看孙笃，骇笑着问：“你们这是？”

郭云天本能地想说些什么辩解，却发现根本没什么可说，脑中顿时“嗡”的一声炸了：天，难道才到这里就要暴露了？

“哥，事情是这样的，”孙笃忽然讪笑着开了口，“实际上……”说着又朝郭云天看了一眼，“我和云天……最近正在冷战。”

“冷战？”孙畅吃了一惊，“为什么？”

“是这样的。”孙笃尴尬地揉了揉头发，“其实云天……一直不想让你进来住。但是妈又是一副不容许别人说话的脾气，我又不会调解……所以她生我的气，这几天和我分床睡……”

孙畅“哦”了一声，朝郭云天看了过来。郭云天顿时像被人烫到了眼睛，脑中也变得一片空白：这样她在孙畅心中的形象不就被毁坏殆尽了吗？天啊，这可怎么……因为惊慌过度，她竟没看懂孙畅的神情。不过想必他心里一定非常尴尬和气恼。想到这里她就恨不得把孙笃揪过来痛打一顿，但也想到现在的确找不到更合理、更符合前因后果的借口，只好尴尬地杵着，不能说也不能动。

“呃……其实我也不想来打扰你们的二人世界的……”孙畅对郭云天尴尬地笑笑，也像孙笃一样揉了揉头发，“我明天就去找房子……”

“不，不用，”郭云天赶紧从床上跳下来，笑得一脸仓皇，“我已经想开了……我们一家人嘛，就该相互帮助，现在房租这么贵，你又刚参加工作不久……我要是不帮你不就太小心眼了吗……其实我已经准备跟小笃和好了，只是暂时抹不下脸来，现在更好，哈哈，哈哈……”说着就干笑着把孙笃往床上拉，又用乞求的语气对孙畅说，“大哥，你可千万别搬出去啊……否则不等于责骂我是个小心眼的女人吗？”

孙畅将信将疑，但也只有借坡下驴。等他走后，孙笃就把双腿平放在床上，把被子拉到胸口，对郭云天坏笑了一下：“真的让我在这里睡？”

“呸！你做梦！”郭云天伸手就推他。没想到就在这个节骨眼上，孙畅竟然又进来了。见他们这样，顿时又愣了。

“哈哈，不是，不是……”郭云天赶紧大声讪笑着给孙笃捏起了肩膀，“我是给他按摩呢。”却因为心头气恼，用的力度颇大。孙笃被捏得颇为疼痛，却也得假装高兴，假笑着问孙畅，“哥，还有什么事吗？”

“哦，是这样的……”孙畅笑得更加尴尬和狐疑，“我只是忘了……我刚才是想叫你帮我做点消夜来着……”

“我去做！”郭云天立即从床上跳了起来。

“不用了！”孙畅立即用力地一挥手，“弟妹！你歇着吧！小笃帮我做就可以了！”

孙笃赶紧跳下床冲进厨房。孙畅也跟着他离开了，走时还小心翼翼地把门带上。郭云天看着门在她眼前关上，心一下沉进了谷底。完了。她在孙畅心中的形象肯定差到尽了。而且第一天就险些被孙畅撞破真相，典型的出师不利。天，看来前途远比她想得坎坷，她真要打起精神好好应付。

第二天郭云天买回了一个插销，装在主卧的门上。不能再让孙畅随便进来了。然而即便如此，让孙畅看到她装插销依然可能引发他的不快，幸好现在孙畅不在。孙畅好像是和孙笃吃饭去了——刚才邻居大妈有目击到他们在大排档喝啤酒吃鸭颈。这些大妈总是义务监视社区内的所有人。估计孙畅是怀疑孙笃受了苦，把他约出去盘问加安抚去了。为了那十万，孙笃应该不会说不该说的话，但会不会为了圆谎而把她说得凶神恶煞就不知道了。想到这一点后郭云天赶紧给孙笃发短信，叫他别乱说，却意外发现他已经给她发了一条短信：

我已经给你做了碗蛋炒饭，就在厨房菜橱里，记得吃啊。

郭云天看了短信后心想这小子还真细心。给他回了短信后去找，果然在菜橱里找到一碗香喷喷的蛋炒饭。郭云天正准备吃，孙笃发短信回来了，说他绝不会乱说，让她放心。末尾还加了一个用字符拼成的表情符号。

郭云天想这小子三十岁了还玩这个调调，倒也好玩。放下手机后吃饭，发现这蛋炒饭还真是色香味俱全——哈哈，这小子还真是“上得厅堂，下得厨房”啊。以后绝对是个合格的家庭主夫……现在关于这种男人好像有个新词儿，叫……草食男！

想到这里郭云天忍不住嘿嘿直笑。如果他是草食男的话，那她就是肉食女，而且绝对是母狮级的肉食女，哈……要是不看别的，光看性格方面，他们真有些互补呢。

郭云天吃完饭后就打开电脑找钱，没想到一上 QQ 就有人给她“送钱”来了。

找她的人是章萍。一家相亲俱乐部的策划人。这名字听起来好听，其实就是在公司准备举行相亲聚会的时候，给公司找场子和找饮食供应，并且尽量压价。章萍上学的时候也是个两耳不闻天下事的乖乖女，从没想过毕业后要搞这些调调——要做到这些就必须做到玩转人情世故和拥有市井资源，这恰恰是现在大学生们最欠缺的，常有力不从心的时候，便得时不时地求助郭云天这位市井达人。等帮她搞定之后就给郭云天一笔辛苦费。

这次章萍的公司要举办一场大型相亲会，需要租个大型酒吧。而郭云天的同学的二姨正好新开了一个酒吧，正需要生意和宣传，所以郭云天就替她们牵线和斡旋，最后让两人都很满意。她们满意了，郭云天自然也会满意——不仅章萍给了她辛苦费，她朋友的二姨因为她帮着争取了利益，也偷偷给了她一笔。然而郭云天赚钱的机会并不止于此。章萍的公司每次举行相亲大会的时候都需要一个主持人。这些主持人大部分是单个跑江湖的，爽约的可能性很大。这一次主持人就爽约了，章萍无奈之下只得再请郭云天帮忙。郭云天自然答应，反正周末在家闲着也没事。

相亲啊相亲

周末很快就到了。郭云天穿上她在杭州旅游时买的粉红旗袍，气定神闲地去了酒吧——她才不会怯场呢。都市相亲会的来宾无非是两种人：一种是自称很急其实永远不急的大龄女性，另一种是自称不急其实很急的大龄男性。每次都是女性比较多，但并不代表这些男性就能物以稀为贵。现在都市里的未婚男性绝对比未婚女性多，但有资格相亲的不多。此外有些男性就算有资格相亲，也不一定会被女性追捧——现在的女性都很挑嘛。

这一次也是如此。这次来的男性大部分有点经济实力，但十成当中四成比较肥胖，三成有形貌缺陷，二成相貌平平，只有一成算是帅气，因此女性们都去追逐这一成人去了——这也可以解释现在为什么“剩女”比较多——所有的女性都去追逐这一成的男性，当然有很多女性无法如愿以偿了。

这一成人当中，有一个人非常受欢迎。这个人叫戚玉成，资料上写的是三十七岁，看起来却似乎只有三十一二。长得不算太帅，但在商人堆里已经算相当不错了——是的，他是个商人。资料里登记的是一家公司的董事长，自称身家千万。如此高的身家，加上帅气的外表，再加上利落的嘴皮子，自然会很讨女人喜欢。在场的女性都用仰慕的目光看着他，只有郭云天除外。

郭云天是从眼睛下方，轻蔑地看着他的。不知为什么，郭云天看到在相亲场上夸夸其谈的男人就烦。因为这些男人十有八九言过其实，而且对相亲的态度也不真诚。因此她下意识地给这个男人挑破绽。

这个男人的身家应该没这么多吧？就看他穿的吧，只是普通的名牌，大概又是一个感情骗子。郭云天鄙夷地撇了撇嘴，用看西洋景的心情看看他到底能骗到哪一个肥羊。然而到最后，他都没和任何一个女性有进一步来往的意思。

这就更证明他不是诚心来相亲的。郭云天又用鄙夷的目光剐了他一下，草草梳洗了一下便走。没想到回头竟发现戚玉成跟了过来。

郭云天暗想：他还能看上她了？

“有时间吗？”戚玉成微笑着挡在她面前，态度亲切礼貌，却已经在不动声色间把她所有能逃跑的方向都封死了。

“请问你有什么事吗？”郭云天很不爽，表面上却很礼貌。

“我想请你吃饭。”戚玉成笑得很是期待。

“无功不受禄啊。”郭云天微笑着拒绝，转身就走。

戚玉成却再度挡在她面前，笑得相当谄媚：“你以后就会‘有功’的。我是有事求你。”

“什么？”郭云天一怔，下意识地停下了脚步。

“是啊。”戚玉成脸上笑得像开了花似的，“我经过观察，发现你在未婚女群体中的人脉非常广，比婚介公司都厉害。我觉得我要想找一个合意的女朋友，还得依靠你。”

哦？原来是有求于她啊。郭云天朝他打量了几眼，反倒放下心来。便欣然接受了他的邀约——郭云天历来是有宝就落，从来没吃过什么亏。这个戚玉成也许真的是想求她帮他找对象。算他是另有目的，但光天化日之下，公众场合之中，谅他也不敢对她怎么样。发现不对，抬腿走人就是了。

戚玉成带她进了一家高级餐厅，点了好多高级菜肴。郭云天本来以为他只是在装面子，一开始不以为然，后来却发现不对。

戚玉成的脖子上挂了一个翡翠坠子。这个坠子通体碧绿，冰力透骨，水头十足，显然是一块高级的老坑玻璃翠，市价大约百万——仿造的？不会。郭云天的二姨夫是贩古董的，对玉器最是在行。郭云天自小耳濡目染，虽然算不上行家，但真假还是能分得出的。

看来这家伙真有千万身家啊。郭云天连忙收起了对他的轻视之心，心里也乐开了花：这家伙既然如此有钱，谢媒时肯定会是大手笔，看来她这次又有的赚了。

既然知道戚玉成的意图，吃了几口菜后郭云天便直奔主题："戚先生，你希望找什么样的女朋友呢？"

戚玉成没有正面回答，只是晦涩地一笑："你认为我适合找什么样的女朋友呢？"

"这个嘛……"郭云天略微思考了一下，然后胸有成竹地说，"我觉得适合你的有三类：一类是和你一样有钱，年龄稍轻，相貌姣好的女士；第二类是三十岁以下，拥有高学历、书香门第，相貌清秀的女士；第三类是二十五岁以下，非常漂亮的女孩。"她嘴里说着，心里已经给戚玉成物色好一个差不多的人选了。

戚玉成对郭云天的提议未置可否，却对郭云天分类的依据很感兴趣："哦？你认为她们适合我的依据是什么呢？"

郭云天嘿嘿一笑："因为婚姻就是资源的互换和整合。按照常规，你应该找各方面资源都和你差不多的。而男性一般都喜欢找比自己年龄稍轻的，所以你最佳的选择就是我刚才所提的第一类。但现在赚钱不易，有这种条件的女性很少。所以就只有改变资源的组合方式。没有足够的财产，就只有通过学历和长相去弥补。如果学历和长相都不够，就只有从年龄上去弥补了。”郭云天的思维很清晰，嘴皮子也很利落。

“哦。”戚玉成听了后连连点头却依旧未置一词，只是微笑着说，“果然是达人啊，不错。”

“那么，我心里已经有了人选，立即介绍你们见面？”郭云天笑得像太阳花一样：这下大笔的媒金就进账啦！

“不。”戚玉成却摇了摇头，“找这几类女子都是有风险的。我想找另一类女子。”

“另一类？哪一类？”郭云天的感觉就像全力一拳打到了空处。

“我想找那么一类女子。”戚玉成带着一抹不可名状的微笑，“简而言之，就是那种三无女子……无学历、无身高、无美丽长相……当然了，也要没有过多财富，哈哈，这就是四无女子了……”

郭云天的下巴都要掉到地上去了。

见她如此惊骇，戚玉成又将话锋一转：“不过一定要有美丽的心灵……其实财富是身外之物，学历并不能代表一个人的素质，美貌更是转瞬即逝的东西，只有美丽的心灵才是永恒的……”

郭云天脸上的骇然渐渐转为冷笑，忽然重重地把调羹甩到了盘子里。

“啊？”戚玉成被吓了一跳，问，“怎么了？”

“你还是说实话吧。”郭云天用鄙夷而又犀利的目光看着他。

“怎么了？”戚玉成的眼珠转了几转，僵硬地笑着。

郭云天从鼻子里哼了一声，冷冷地看着他，说："你说的标准的确大家现在都说好。但真说要按这个找的，不是傻子就是骗子。你看起来不傻,那就只能是骗子了……说吧,你到底有什么目的？"

戚玉成的脸顿时红了，尴尬地笑着。然而他的应变也算奇速，哈哈一笑便释然了："真厉害啊！一眼就看出了我另有所图！"

郭云天冷笑着看着他。

戚玉成对她犀利的目光视而不见，朝她靠近了些，压低声音神秘地说："我想找你，是希望你帮我举办一场相亲会……"

相亲会？郭云天一撇嘴：这不和找对象一样吗？还想继续骗她？

见她如此，戚玉成赶紧改口："当然了，是一个不一样的相亲会。"

不一样的？郭云天越听越不耐烦，撇撇嘴："什么样的相亲会啊？"

戚玉成又把声音压低了些，笑得也更加神秘："我打算斥资两百万，打造一场为我个人举行的相亲选秀。再和多个媒体和网站打好招呼，进行跟踪报道……"

"啊？"郭云天的下巴又要飞出去了，"你这是相亲呢，还是炫富呢？当心网友人肉你！"

"哈哈，"戚玉成笑得相当得意，"要的就是这个效果……我就是要引起社会的注意，宣传我的企业！"

"啊？"这句话虽然算不上石破天惊，但也大出郭云天的意料之外，郭云天顿时愣了。

"当然了。"戚玉成狡黠地笑着，目光中带了几丝嘲讽几丝鄙夷——不过不是针对郭云天的，"办那种相亲会哪能找到合适的对象啊。来的绝对没一个好鸟。男人在相亲的时候炫富，就等于挂着牌子请人来骗……我只是看中了相亲是目前社会的第一热点，才想用它进行一番炒作罢了。”

“哦。”郭云天感到了三分讶异三分欣喜和三分自嘲，还隐隐地对戚玉成生出了一份知己的感觉，原来不仅仅是她有这种感觉啊。看来在这个举世迷醉的世界，醒的人还多着呢。

“可是这样真能炒作你的企业吗？你这样恐怕会引发网友的仇恨……要知道现在的网友就是仇富仇官仇美女。”郭云天对戚玉成的计划能否成功很是存疑。

“就是要利用网友的仇富心态。”戚玉成笑得更得意，“这样才能在短时间里获得极大的关注。”

“可是这样找骂有好处吗？出了臭名也未必有利于你做生意啊。”郭云天又不是没看过网友围攻某些“争议人士”，非常清楚那是什么状况。

“嘿嘿，”戚玉成的眼里闪着邪恶的光芒，“放心，中国人对争议人物历来都是很宽容的。他们会冷静地选取自己所需要的部分，不会因为所谓的道德而摈弃和争议人物的所有联系。只要他们知道我，看到我们公司的产品，只要觉得好，就会买我的产品，不会管我是什么样的人的。再说我公开‘招亲’，只是得瑟了一点，又没有做伤天害理的事，他们能把我怎么样呢？”

“哦。”郭云天觉得戚玉成说得有点道理，慢慢地点了点头，“那你需要我做什么呢？”

“当然是物色人选喽。”戚玉成神秘地一笑。

“人选？”郭云天略一思索，立即明白了，“你是想要找女人来作秀……”

“聪明！”戚玉成对郭云天的机灵程度很是满意，“我就是要找一个有特色的，特立独行的，能吸引人注意的女性……当然了，现在信息传播速度快，我不能去电影学校之类的地方去找，所以就需要你来帮忙……你就从你认识的普通市民中找几个，照我拟好的话说，当然有重酬，还能出点名……我觉得应该有人愿意做。”

郭云天抿了抿嘴。肯定有人愿意做。吴大妈的女儿就是一个。

“当然了，这些只是前菜，真正的大菜在后面。”戚玉成的眼中全是精明，“我还需要你帮我找一个面目可憎的……总而言之是要啥啥没有的女人，但是得会装有美丽心灵的……到最后我将和她牵手，对外宣称选她做女朋友！”

“啊！？”郭云天说，“那肯定会一片哗然。”

“要的就是这个效果！”戚玉成笑得像只得意的老狐狸，“这样不仅所有的女性会跌破眼镜，所有的男性也会大呼意外……哈哈，虽然忽悠了他们，但也算变相宣传了一下‘为人还要心灵美’，也算是功德一件！”

郭云天听得连连感叹，觉得眼前这个男人真是个人物。虽然思想天马行空，但是紧连现实，仔细想想还都可行……难道这就是在商场浸淫多年后的范儿？

“可是……你不是真心找这样的人的吧？一旦公开，岂不是有很多人监督你和她发展？这样岂不很不方便？”郭云天毕竟还没有这样的范儿，还是很嫩。

“没事！”戚玉成不以为然地说，“我只是对外宣称她是我的女朋友而已，又没说必须要和她结婚。一段感情可以有结果，也可以没结果。因此最后我不和她结婚，谁也管不着我。另外网民的热情都是来得快去得也快，三个月后说不定就没影了。谁还会对最终的结局感兴趣啊？”

“哦。”郭云天低低地应了一声，那感觉是既惊奇又敬佩，还有些挫败：这位仁兄对人情世故看得真透啊。她本以为自己已是一个能玩转一切的市井小妖，但现在一看，还差得远呢。

不过郭云天敬佩他并不代表会愿意帮助他。郭云天不想马上做决定，她眼珠转转，笑着说：“这么重要的事……您为什么会想要交给我做呢？我们今天才刚见面啊……也许我不像您想得那么有能耐呢？”

“不是这样的。”戚玉成笑得又坏又贼，“其实我早就听闻你的大名了，知道你人脉广博，手段高超……而且收到钱就办实事，不会忽悠也不会反水……章萍可是对你赞不绝口的哦。”

郭云天恍然记起之前章萍也是一脸意味深长的笑围着戚玉成转，顿时什么都明白了。

“不过，”戚玉成朝她眨眨眼睛，“这个秀的事情对章萍也要保密。她也是做这行的嘛。如果她知道了，肯定会觉得你抢了她的活儿，对你们友情有影响……好了，我们马上谈细则，谈好了我就给你找人的启动资金！”

郭云天僵在那里，没有答话。说真的，她还没决定帮他呢。忽悠人的事情她不是没做过，但这种大忽悠她觉得还是慎做为妙。

情敌啊情敌

戚玉成见她犹豫，倒也没有催她，说这个计划还在酝酿阶段，离启动还有很长一段时间，她可以好好考虑。之后又点了几道好菜，招待郭云天美美地吃了一顿。郭云天由衷地感叹此人真的很会做人，但并不代表她会有负担——反正是他自己请的，又不是她硬找他要的。

郭云天吃完回家，已经是傍晚了。孙笃恰好不在——大概是去广场上散步去了。只有孙畅在。而孙畅似乎刚刚做过剧烈的运动，脱了上身的衣服，正用毛巾擦汗。见她回来了，有点尴尬："对不起，弟妹……我马上穿上。"

"没事，没关系，我们是一家人嘛。男人在大街上光膀子的多了，在家里难道还没有街上自由吗？"郭云天的眼睛完全成了月牙状，一边说着客气话一边偷偷地欣赏他的身材。不错嘛。身上没什么赘肉，竟然还能看到胸肌和腹肌……哇，怎么像专门受过健身训练一样？

当然了，她不能让自己色心太露，只迅速瞥了几眼就假装去倒水拿水果去了。孙畅继续用毛巾擦汗，却猛然发现郭云天仍在偷看他。那种眼神——很奇怪的眼神，看起来很平淡，里面却似乎有火苗。孙畅顿时感到全身不舒服，赶紧把衣服又穿上了。郭云天悄悄地吐了吐舌头，佯装无事地回了自己屋里——就算是被捉贼见赃她也敢抵死不认，何况只是一个眼神：眼神嘛，就是说不清道不明的东西嘛。我也可以说你自己胡思乱想了呢,对不对?

郭云天一进屋就坐到了床上，受到床垫反作用力的冲击，身体微微地一震。她特别喜欢这种感觉，嘻嘻一笑后猛然发现孙畅跟进来了，赶紧站了起来。

说真的，她虽知道孙畅不会有什么企图，但还是忍不住想歪了十万八千里，声音也不由自主地温糯了:“大哥你有什么事吗？”

“没事，只是想找你聊聊……”孙畅扫视着屋里的陈设，顾左右而言他，“你住得还习惯吗？”

“习惯啊。”郭云天笑嘻嘻地看着他，看看他到底玩什么把戏。

“哦。”孙畅晦涩地笑了笑,下意识地挠了挠头发,“我弟弟……表现得还好吧……哈哈，其实他一直都不成熟，跟他过日子真是辛苦你了。”

“没有，他挺好的，做的菜尤其好吃！”郭云天继续微笑着，心里却是一凛：怎么了？是不是在他弟弟那里没盘问到什么，改来盘问我了啊？这小子到底起了多大的疑心啊?

“哦。”孙畅又晦涩地笑了笑，似乎在苦恼说什么，忽然看到不远处有一个画着心形图案的茶杯，立即抢了上去，“哦，这个茶杯挺漂亮的啊，谁送给你的？”

郭云天毫无戒心地答道:“是我妈妈送给我的。”

“哦。”孙畅笑得很古怪，又看到一个翻开的相册，里面有郭云天和一个帅男合照的照片，顿时又紧张起来，“这个帅哥是谁啊？”

哦。郭云天明白了。原来他是怕弟弟吃亏，来探摸她之前有没有情史来了。哼，和他娘果然是一个路线。真是太可恨了，即使是她喜欢的人也不可原谅——正因为是她喜欢的人才更可恨啊。

“这个啊，是我表弟。”郭云天打了个哈哈，接着坏坏一笑，“大哥是不是怕我之前阅人无数啊？”

“啊，不是……”孙畅吓了一跳，正想说几句笑话蒙混过去，却见郭云天已经换上了一副愤懑和委屈表情，顿时窘住了。

郭云天用冷森森的目光盯视着他，幽幽地说：“大哥凭什么认为我情史复杂呢？因为我结婚晚了吗？二十八岁很大吗？”

“不是，我绝没有这个意思，是你误会了。”孙畅本想抵死不认，但见郭云天不好糊弄，只好红着脸说，“我只是听妈说，你们是闪婚……我对闪婚这个事物感到陌生，所以……”

郭云天的心里怒气勃发：哦，原来又是“听他妈说的”啊。冷冷地一笑：“我和他不算是闪婚，我们认识很久了……我们2005年的时候一起进公司，那时候就认识了。”

“但是认识不等于交往，对吧？”孙畅已经从窘迫中挣脱出来，语气软中带硬，“你们之前……谈恋爱的时间似乎很少……”

“哈哈，是很少。”郭云天捋了一下头发。她表面装得不以为然，心里却在逐字逐句地斟酌，“但是我和他已经很熟了，不需要再多交往——我们都已经快‘三十而立’了，该懂得已经都懂了。觉得对方适合的话，就不需要再多兜圈子。”

“哦。”孙畅低低地应了一声，眼中闪着深邃的光，“但是熟悉并不能代表交往，互相合适也未必能夫唱妇随。恋爱也有必须经过的阶段和必须遵守的守则。你们还没经过磨合，甚至还没有到磨合的阶段，以后很难说会没有问题。”

郭云天哑然。

孙畅意味深长地一笑，清澈的眼睛就像阳光下的琥珀。郭云天觉得他的眼睛简直看到她心里去了，所有的城防都被穿透——然而仅仅是被穿透城防而已，隐藏在其中的东西她还是能藏住的。

孙畅没有试探出什么，但也没有完全放心，犹豫着走了。郭云天稍稍松了口气，心里却格外恼火，一心只想找孙笃算账：你隐瞒不力，让你哥哥怀疑这么多，到底干什么吃的啊?

孙笃回来了，她却没法找孙笃算账。因为她的闺蜜曲兰兰来了。

她的闺蜜曲兰兰，是广大剩男最仇恨的剩女典型。每天恨嫁却坚决不嫁，冷漠孤傲，目下无尘。非常鄙视比她钱少的男人，甚至公开宣称，嫁没钱的男人还不如养鸭子。对裸婚的态度那就更别提了。当初听说郭云天“裸婚”的时候三魂六魄都惊掉了，也因此愤怒至极，发誓不再和郭云天来往。然而没到两个月，便自己跑郭云天家里来了。

不过她可不是意识到自己的不对，以及对郭云天的行为表示认同才来找郭云天的。实际上她是来投靠郭云天的。她因为不愿遵从父母的嫁女计划，被父母赶出来了。

听到这个消息后郭云天既意外又不意外。不意外的是她知道曲兰兰的父母迟早会因为她的婚恋问题跟她翻脸——曲兰兰可比她大了五岁，今年三十三了。但是赶出家门这出戏码她倒真没想到。

当天晚上曲兰兰就和郭云天同睡一床，把孙笃赶去和孙畅住一屋。这样恐怕给孙畅更多机会盘问孙笃，天知道孙笃这个“清纯”的家伙会还说出什么来——但现在这已经不是她首先要考虑的，她现在首先要考虑的，是怎么样安抚曲兰兰。

曲兰兰挤在她身边，泪珠乱滚，既伤心又委屈地诉说她的血泪史。原来她父母费了好大的劲儿，才给她找来了一个三十八岁的飞行员，无婚史，也无复杂情史，据说只在之前和大学女朋友谈过一次清水般的恋爱——别看曲兰兰的父母着急嫁女儿，标准还是挺高的。然而就是这个人，曲兰兰也没抓住。

原因是此人的身高不算高，长相颇符合老年人的口味——换言之就是太过福相，是《炊事班的故事》里的胖洪那一类的长相。这在七零末的曲兰兰看来这简直是不可容忍——七零后可是比八零后还要理想化的一代，因此便没有当场表态。而那个人也颇会“知难而退”，之后就没了信息。曲兰兰的父母对此大为光火，对曲兰兰大加斥骂，曲兰兰和他们大吵了一架，结果自己跑了出来——但在曲兰兰说来这和被赶出没有两样，因为家里她已经待不下去了。

看着曲兰兰哭得满脸是泪，郭云天也找不出什么词来安慰她，只好对她说，不管怎样，她也算坚持了自己的原则。为人处世，就是要坚持自己的原则。没想到曲兰兰听了之后更委屈了，嘴一扁后说了一句在郭云天听来石破天惊的话：“哪有坚持原则啊……我早就不坚持原则了！”

原来因为恨嫁，曲兰兰早已悄悄放低了原则。然而不知是不是“人自贱而恒贱，越想凑合越糟糕”，她越是降低标准，越找不到合意的。相亲对象的水准掉得总比她标准降得快。至于这次的相亲对象，她也没有下决心不要，只是想稍微考虑外加矜持一下，没想到他竟然一下就逃了。曲兰兰没想到自己降低标准后还是这个下场，不禁觉得又委屈又愤怒，也很绝望，抱着郭云天使劲哭。郭云天被她哭得心烦意乱，心灵也渐渐滑向自己心里的黑洞——那是女性心里都会有的黑洞，就是怕自己嫁不出或是嫁得不好。不过她和曲兰兰的看法不同。任何人的价值都是由自己决定的，而不是由其他任何人或任何观念。当你自己都瞧不起你自己的时候，就是你真正贬值的时候。因此不管年龄多大，都不可乱了章法。

曲兰兰抽抽噎噎哭了半夜才迷迷糊糊地睡着。第二天早上去洗手间的时候还失魂落魄。郭云天昨天晚上被她搅得头昏脑涨，依然处于半睡眠状态，忽然见她从洗手间踮着脚尖蹿回，顿时被惊得睡意全无："你怎么了？"

曲兰兰没有回答，而是惊慌地朝洗手间的方向看了一眼，就像里面有什么怪兽一样。

"你到底怎么了？"郭云天一头雾水外加满心惊惶。

"哎呀……"曲兰兰终于缓过劲来，像发现珍稀动物一样咋舌道，"洗手间里的那个人不是孙笃……是你大伯子吧？长得可真帅啊！"

"呃？"郭云天的下巴差点飞出去，第一个反应就是怕她看到了什么不该看的东西，"你冒冒失失进去了？怎么这么不小心！？"

"没事，"曲兰兰掩住口，笑得又贼又得意，"没事，他只是在刮胡子……我只是把门推开了一条缝而已，他根本没发现我。"

郭云天这才放心下来，又见曲兰兰笑容不纯，顿时起了戒心：

“怎么，你想要……”

曲兰兰立即扑了上来，眼睛弯得像一对小月牙：“那还用说，当然是看上你大伯子了！”她昨天来的时候正沉浸在悲痛里，不管身边的人长什么样在她眼里都只是“一个鼻子两只眼”，孙畅帅不帅她根本没有多留意。今天早上悲痛减了，才像忽然发现新大陆一样，发现孙畅竟是这么一个美男子。

“呃？”郭云天大惊，正想说些什么打消她的念头，曲兰兰却已经挤靠在她的身边，涎着脸说：“他今年多大了？在那里工作？有女朋友没有？”

“多大了啊……”郭云天一边回答曲兰兰的问题，一面想着怎么打消她的念头，“三十一岁吧。比你小了点……”

“没事。”曲兰兰兴奋得满脸通红，“年龄不是问题……再说就算是在旧社会，不还有‘女大五，赛老母’的说法吗？大五岁都可以接受，还可以被当成喜事，大两岁怎么不可以呢？”

“哦……”郭云天僵硬地笑了笑，心里却已经怒气勃发，“可是他妈比较难搞啊……我过门还没到两个月，已经被他妈整得再也不想见她了。”

“没事！我又不需要和他妈睡在一张床上。”

“不是啊……我比孙畅还小三岁呢，当初他妈还嫌我大呢。”

“没事啊。收服老年人我有招儿，”曲兰兰拍了拍胸口，嬉笑着朝郭云天挤了挤眼，“既然婆婆难搞，我来帮你不正好吗？我和你一起到他家去做媳妇，一块对付他妈！”

郭云天没想到她这么“有决心”，顿时哭笑不得，心里也更怒：“我的天……现在就想到对付婆婆了啊，你不觉得太早了点吗？

哦，对了，你不是特鄙视没钱的男人吗？你还没确定他的经济条件是否合你的意呢，你怎么就想到婚后的事了？”

曲兰兰一凛，立即冷静了好多，笑着说：“对了，差点把这个问题给忘了……你看看我,光顾着贪色去了……他在哪里工作啊？”

“他是公务员啊，不过是清水衙门。”郭云天面不改色地说了句半真半假的话。她觉得以曲兰兰的标准，孙畅的经济条件应该不会对她有太大吸引力。

“太好了！”没想到曲兰兰竟高兴得跳了起来，“现在最稳定的不就是公务员吗？简直太好了！”

“可是他是清水衙门……”

“没事，现在清水未必以后清水啊。以后要是能有个升迁什么的，钞票依然是大大的！再说公务员的收入怎么说都比小职员高吧？我最近相亲的可都是些小职员呢！”曲兰兰笑得简直跟要爆炸的太阳花一样。

郭云天彻底无奈了，嘴里却还在负隅顽抗：“可是……现在打这个主意也太早了吧……你又不知道他喜欢什么样的，我也不知道他有没有女朋友！”

“没关系！”曲兰兰打了一个响指，“我已经决定了，管他有没有女朋友，我立即对他发动攻势，力争三天就把他拿下！我有这个信心！”

什么？郭云天看着她那狂妄的样子，感到全身的血都涌上了头顶，一句“臭丫头别想碰我的男人”已经涌到了嘴边，之后又用力地咽了下去。

这下糟了，竟然有人来跟她明抢……以她现在的条件，她只能对孙畅暗图、缓图，没想到半路竟杀出来一个跟她明抢的……虽然孙畅未必会看上曲兰兰这样的，但俗话说“女追男，隔层纱”，如果孙畅一不小心上了曲兰兰的当儿，被曲兰兰讹上了……她郭云天该怎么办？

倒追啊倒追

曲兰兰梳洗好就奔到街上去了。回来后一身热辣装束——郭云天不知道是应该说是“热辣”还是“不要脸”,一身无带抹胸裙，裙摆只到大腿根，而且裙子里似乎没穿安全内裤，只是三角裤，似乎还是黑色的。挂着透明带的胸围里似乎是有加厚海绵的那种，胸部被垫得高高的。脚下蹬着一双十厘米的高跟鞋，硬是把她一米五五的身高抬到了一米六五，脸上还化了妆——这妆容十分精致，不是她自己能画出来的，应该是她上美容院去弄的。好嘛，感情这身装扮是她买好衣服后在美容院换上的……她穿这身也敢在街上走啊，不怕有人骂她吗?

曲兰兰一回来就进厨房帮孙笃做饭——今天是孙笃做饭孙畅择菜，有点诡异的组合。郭云天被曲兰兰搅和晕了，竟忘记了去客气几句。连进去帮忙的机会都被曲兰兰抢了头道。

曲兰兰帮忙的时候非常卖劲，但是帮的都是倒忙，不是把肉片切得像麻将，就是把醋当酱油到锅里。一开始孙笃还能笑着忍耐，到最后终于忍无可忍，礼貌地问她能不能出去歇着。曲兰兰立即闹了个大红脸，出去坐着去了。郭云天立即顶了她的缺，进去打下手。她做得可比曲兰兰到位多了。郭云天一边帮忙去鱼鳞，一边偷眼瞟着曲兰兰：这下你该收敛一点了吧?

怎么可能?曲兰兰很快就忘了自己的糗事，又一脸谄笑地跟着孙畅出来进去。吃饭的时候更是大模大样地坐到了孙畅身边，殷勤地帮孙畅夹菜舀汤。孙畅被她搞得是惊慌又窘迫，不时用询问的目光看郭云天。郭云天被他看得无地自容外加无比愤懑，恨不得找个地缝钻进去。一吃完饭就躲到屋里给曲兰兰的爸妈打电话。对他们说曲兰兰在她这里，情绪已经稳定了，请他们赶紧来接她回去。

曲兰兰的爸妈虽然骂了曲兰兰，但心里仍然把她当成心肝宝贝蛋。昨天见她离家出走，早就急得团团转了，一听郭云天的话，赶紧来接。

曲兰兰一见父母来了，立即噘起了嘴。借口自己被父母伤透心了，就是不愿走。但她的心态早已转变，不管嘴上怎么说，眼角眉梢总是带点喜色。她爹妈虽然不知道怎么回事，但知道她已经消气了，锲而不舍地劝她。郭云天也在一旁帮腔。

曲兰兰见郭云天也帮腔，不禁大惑不解，不停地对郭云天使眼色：你难道不知道我是想近水楼台先得月吗？郭云天假装看不见，不仅嘴上继续劝，还悄悄地对孙畅使了个眼色。孙畅会意，便也帮腔——他并不知道自己的言论现在有特别的意义：“是啊，曲小姐，你就跟你爸妈回去吧。父母跟子女还有什么隔夜仇呢？你看你爸妈急的样子，你要是再不跟他们回去，简直就有些不孝了。”

他开口果然有效。曲兰兰怕给他留下不好的印象，乖乖地跟着爸妈回去了。郭云天这才稍微松了一口气。然而没等她放松多久，曲兰兰竟然又折回来了。

郭云天一看曲兰兰就觉得全身的血液都涌进了脑子里，扫描般地打量她。只见她又换了一身粉红色的裙子，上身是 V 字领，裙子是荷叶边，脚下穿着一双金光闪闪的高跟鞋，腿上穿上了黑裤袜——不过应该不是为了“安全”，而是意识到了自己腿粗。

“你又来干什么？”郭云天费了好大劲才挤出一点笑容。

“我来送谢礼啊。”曲兰兰的脸上笑得灿烂，扬了扬手中的水果袋。左右看看没别人，脸上立即换了一副嗔怪的神色，“你呀你，怎么这么不够朋友啊？”

“什么啊？”郭云天佯装不知道。

“你装什么装啊。”曲兰兰朝她翻了个白眼，“你肯定知道我是什么意思……”

在这一瞬间郭云天特别想翻白眼和撇嘴角，好不容易忍了下来，只是嘴唇微微一动：“我知道啊，但是你那样不可行啊。”

“为什么不可行？”曲兰兰娇嗔地瞪了瞪眼睛。

“你多大了？他又多大？”郭云天盯着她的眼睛问。

“呃？”曲兰兰一时还没明白郭云天是什么意思。

“你们都是三十朝上的人了，不再是小孩子。这种献殷勤套近乎的粗浅招数，根本不能奏效了。”郭云天一边说话一边转动着眼珠，思忖着如何把话说得合情合理，滴水不漏，“你嘛，我是知道的，因为标准没谈过什么恋爱。但他我不清楚……男人习惯向下找，女人习惯向上找……他一定不会太给自己的恋爱设门槛的……所以他到了这个年纪，还没有结婚，一定是历尽千帆，而且对结婚对象要求很高……当然了，如果你只是想和他谈恋爱的话，这样一定可以跟他谈上，但要想和他结婚就难了……女人要想在恋爱中获得主动就得矜持，至少得让他不易得。否则很可能会被他轻视，也不会被他珍惜。”

曲兰兰一开始不以为然，却越听越认真，最后还不停地点头。

等郭云天说完，立即对她粲然一笑："好的，我明白了，就是要吸引他来追我对吧？"说着一把搂住郭云天，撒娇般地说，"多亏你一语惊醒梦中人……否则我真要打偏靶了，你真够朋友……"

"好了好了，"郭云天强忍着不耐烦敷衍她，"只要你不误会我就好。"

曲兰兰又缠了郭云天一会儿，问了很多关于孙畅的问题。但问题是郭云天对孙畅也不了解，等于是一问三不知。曲兰兰悻悻地离去，临走还交代郭云天要经常跟她通短信：如果有"臭不要脸"的女人想对孙畅伸手，一定要通知她来狙击。一听这话郭云天气得几乎要窒息，但脸上还是不动声色。好不容易送走了曲兰兰，立即从冰箱里取出一根冰棒，大口咽了下去：要冷静，要冷静……她现在名不正言不顺，只能缓图……暗图……

吃完冰棒后郭云天冷静多了。她坐在沙发上休息，忽然想起一件事来。对啊，她也应该去调查一下孙畅的事情，尤其是他的情史……虽说现在男人三十多不结婚很正常，但难讲以前没有什么……复杂的事情。如果她想和他在一起，还是调查清楚比较好。

孙畅和孙笃回来了。原来哥俩一块去打篮球了。郭云天立即捏造了一个理由，把孙笃骗了出去，然后笑嘻嘻地走近孙畅。

孙畅立即意识到她另有目的，强笑着问："弟妹有什么事吗？"

"别叫我弟妹。听起来文绉绉的，叫我小郭就可以了。"郭云天嘿嘿一笑，佯装紧张地扭了扭手指，"不好意思啊，大哥。我这人心眼直，说话之前不会太铺垫……你有女朋友了吗？"

"呃？"孙畅一怔，晦涩地笑了笑，"还没呢。"

"哦。"郭云天抿了抿嘴，又笑嘻嘻地说，"那准备找吗？"

“还没呢。”孙畅也是机敏的人，立即意识到是曲兰兰对他有想法了，尴尬地笑了笑，“是不是……想介绍朋友给我认识？”

见孙畅怀疑到了曲兰兰，郭云天心里暗暗好笑：不错，是有女人看上你了，也是志在必得，不过不是那个曲兰兰，而是你“弟妹”我。郭云天非常怀疑曲兰兰是不是三分钟热度。

“没有啦，”郭云天不动声色地说，“我只是觉得，弟弟先结婚了，哥哥却还单着有些不好……这样让我们觉得有点对不起你。如果我这个弟媳不再帮你张罗张罗，就太不懂事了。”

“不，没事的。”孙畅赶紧笑着说——郭云天这话说得有些重，他不得不认真回应，“我到现在没结婚，一是没遇上缘分，二是暂时还不想结婚……我没觉得哥哥一定要在弟弟之前结婚，你们不用在意。”

“即使没遇上缘分，也不能消极等待啊。”郭云天继续不动声色地说——她就是要把话说重，这样孙畅才不敢敷衍她。“我还是帮你张罗张罗吧。俗话说，‘三分天注定，七分靠自己’……就算是相面先生，也说空有好面相，不努力的话也不能成功的……”说着语气一变，转为祈求和歉疚，“不管怎么说，见你还没结婚，我就觉得过意不去……这是该我操心的事儿……大哥就赏我个面子吧，好不好？”

孙畅不好意思再拒绝了，含混地答了个好。郭云天在心里窃笑了一下，给孙畅沏了一杯茶，并拿了几个苹果切好了，放在孙畅面前，“好了，大哥，跟我说说你以前交往的对象吧。”

“呃？”孙畅立即脸红了，“这个……需要说吗？”

“是啊。”郭云天笑嘻嘻地说，“按理说，也许我只要问一问你的要求就可以了……但是据我多年来做媒的经验（这是瞎扯，她一宗媒都没做过），人有时候也不是太了解自己，提的要求并不全面……所以我想了解一下你之前的感情历程，再和你的要求结合起来，这样就能推出最适合你的类型了。”

孙畅一直微笑着听着，听到这里脸色忽然凝重起来。他轻轻地垂下眼帘，晦涩地一笑，声音湿混得就像大雨前低垂的黑云：“你说得很对，我的确不了解我自己……要说我的要求，我现在似乎就只能说‘人好’而已……但是这个‘人好’具体应该是什么意思，我也不知道。”

郭云天心中一喜：因为这代表着她终于打开了孙畅的心扉，但也隐隐有了种不祥的预感。她朝孙畅仔细看了看，说话时也更加谨慎：“那就告诉我你以前的感情经历吧。”

孙畅的脸色立即阴了，阴得几乎可以滴出水来。过了半晌才强笑着说：“可以不说吗？”

郭云天立即省悟到他可能是有痛苦的回忆，赶紧说没关系。其实她早该猜到，孙畅到现在不结婚，多半可能是因为感情上受了挫，但发现这一点后她还是怒火万丈：他娘的，是哪个瞎眼的浪人敢甩孙畅？精神上有问题吗？要是如果当初这个女人“眼睛不瞎”，现在就没有她郭云天的份了。在盛怒之下，这一节她却没有想到。

虽然这次并没有什么实质上的收获，但郭云天已经知道该用什么策略了。凡是被女人伤害过的男人，都会对女人怀有戒心，却也易被温柔体贴型的女人打败。她只要装作和他坦诚相对，并抓紧一切机会嘘寒问暖，好好地照顾他，一定可以获得他的好感——当然了，获得好感只是第一步，后面可能就要大胆冒进一点——这些可以以后再说。

确定方针后郭云天立即行动。她发现孙畅喜欢吃草莓——这个喜好倒挺可爱，立即上街买了一些，然后再特意增加和他聊天的机会，竹筒倒豆子般把自己从小到大的事情都跟他说一遍。

她这是在主动“卸甲”。要想让别人在你面前卸掉伪装，首先得卸掉自己的伪装。

郭云天侃大山历来是一等一的。再平平无奇的事也能被她讲得精彩纷呈。一开始孙畅还有些微微的不耐烦，但很快便听得津津有味了。特别是在郭云天说自己小时候在乡下外婆家玩的时候，曾经捅过马蜂窝，自己跳进地窖里躲避，却害苦了猪圈的猪，让它们的脸都被叮得“肿平”了的时候，孙畅几乎要笑得窒息了，之后又给郭云天讲了一个他的糗事。

没想到孙畅小时候的爱好和郭云天差不多，也是喜欢糟践花鸟鱼虫。有一次他也是看中了一个马蜂窝去捅，却因为没做好防护措施，脸被叮成了电风扇。他痛定思痛，发誓要报仇，便做好了防护措施，拿束柴草点燃了，准备去烧。还是孙笃说马蜂也是生灵，被烧死也挺可怜。再说人家叮他是出于“自卫”，而且叮他的只是部分马蜂，他犯不着因此害人家一家。孙畅糊里糊涂地就被说服了，之后想来，觉得自己的确不该乱杀生灵。

郭云天没想到孙笃小时候竟如此善良，对他又多了几分好感，他在她的心目中的地位也提升了些许。注意，只是些许。

两人很快就聊到了傍晚。郭云天感到自己和孙畅的距离前进了一大步，心里很是称意，夜里睡觉都睡得香些。然而她这份称意并没有持续多久。因为第二天，曲兰兰竟然又来了，穿得更灿烂，抹得更妖艳，缠着孙畅说这说那，还缠着孙畅带她出去玩。

对此郭云天差点气厥过去，把她拉到墙角，强忍着怒气问她："你怎么又这样了？我不是跟你说过了吗？"

"我哪样了？"曲兰兰无辜地睁着眼睛，"你说献殷勤勾引是吗？我没有啊？"

郭云天差点一口血喷她脸上：这不叫勾引还叫什么？

"我啊，仔细想了想，虽然要矜持，但坐在家里矜持他是看不到的，更不可能让他动心，"曲兰兰自作聪明地说，"所以我就要到他面前来，把我好的一面展示给他，引得他来追我。"说着又用撒娇和祈求的语气对郭云天说，"你也多帮帮我……在他面前多讲我的好话，在我约他的时候也暗中助我一下，好吗？"

郭云天又生气又懊恼——自己胡作什么恋爱指导啊，早就应该想法断了她的心思才对……自己早该知道她就这几把刷子，怎么来都是这一道的。她又气别人又气自己，气得全身麻木。见曲兰兰期盼地看着自己，只好勉强说了声好吧。心里却盘算着相反的事：怎么才能尽快让曲兰兰在孙畅面前消失？

让曲兰兰以最快的速度在孙畅面前消失的方法，自然是赶紧给曲兰兰介绍一个对象。以郭云天对曲兰兰的了解，她选男人就像是在菜市场挑牛肉一样。如果给她选了一块好肉，直接放到她的篮子里，她肯定不会再挂怀还挂在肉钩上的肉——正因为如此，郭云天才不觉得这是在算计坑害她——其实这样也是在对她好。

然而给曲兰兰介绍一个好对象谈何容易——当然了，并不是说曲兰兰真的没人要，也并不说郭云天人脉不够广，而是任何事情急办都难。郭云天现在的状况就等于现在石壁上掏洞，然而在掏洞的同时，她还得担心曲兰兰忽然挖通她的墙角。没办法了，只有搞个花招，看看能不能暂时把曲兰兰蒙住。

郭云天去庙里买了一对白玉菩萨，然后塞给孙笃，叫他自己戴一个，再给孙畅戴一个。

“这是做什么？”孙笃很是诧异，骇笑着说。

“当然是表面工作啊。”郭云天佯装单纯，“让别人知道我这个‘妻子’有多关心你……我到网上查了，你和你哥今年运势都不行，所以给你们两个都求了个菩萨。趋吉避凶的。”

“哦，谢谢。”孙笃笑得甜丝丝地立即把菩萨戴到了脖子上。郭云天不动声色地看着他，佯装随意地说，“叫你哥也务必戴上。也让外人知道我是多么关心你的家庭成员……别人就不说了，至少能在你妈那里给我加点分。”

苍井空！？

孙笃当然照办。曲兰兰第二天又来，见孙畅脖子上多了个菩萨，果然有些在意。也没有再约孙畅出去喝茶，而是把郭云天约了出来，一出门就着急问她："孙畅那脖子上的菩萨是谁给的？"

"哦，这个啊……"郭云天故意皱起眉头，含含混混地说，"好像是别人送的呢。"

"送的？谁？"曲兰兰果然急了。

"这个啊……"郭云天故意吞吞吐吐起来，"好像是个女的呢，和他一样是公务员。"

"啊？"曲兰兰的脸猛地涨得通红，接着大为泄气。在这个一切都要向钱看的时代，男人择偶的时候不可能不看经济条件。曲兰兰只是普通小职员，在经济条件上，自然不能和公务员相比。

然而她并没有就此灰心——当然了，还没有全盘皆输呢，扑过来用逼问的语气问郭云天："那个女的长得怎么样？听说能上出学来的女生相貌都不会好的……能考上公务员的更是如此……恐龙吧？嗯？"

"嗯……"郭云天抿了抿嘴，假装为难地看了她一眼。

"到底是什么样子的？"曲兰兰几乎要喊了。

"这个啊，就长相而言，长得有点像苍井空……"郭云天信口胡编，"不过比她黑一点。也不算多漂亮……"

曲兰兰顿时泄了气。如果说她长得像林青霞、奥黛丽·赫本或者是伊丽莎白·泰勒她都不会如此泄气，但问题是长得像苍井空……大家都懂的。

不过她仍没有彻底灰心："既然像苍井空……那她私生活方面一定很乱吧？跟AV女优差不多的，嗯？"

"这个嘛，我不是很清楚，"郭云天装出为难的样子，"我和她又不熟……不过她既然能做公务员，如果私生活很乱的话，政审那一关一定过不了吧？"

曲兰兰的脸更黑了，但也残留着一点红：大概她还抱着那位女人"私生活很乱"的幻想。

郭云天从没见她如此生气和泄气过，倒也有些发怵，赶紧补了一句："我这也都是听人说……包括这个坠子是女人送的事情。他毕竟只是我的大伯子，不会跟我汇报谈恋爱的事情的。"

曲兰兰呆怔怔地听着，似乎全部听而不闻。她呆了半晌，转身垂头丧气地走了，背影特别的凄凉落寞。郭云天不禁恻然生悯，暗自催促自己一定要尽快给曲兰兰找个好对象，便转身回家了。没想到半夜又接到曲兰兰的电话。

电话里曲兰兰几乎是在哭叫："天天！我不甘心！我不甘心！我好不容易才遇到一个真正让我动心的，却被其他人捷足先登了……我不甘心！天天，你一定要帮我，帮我把那个不要脸的女人挤走！你一定要帮我啊！"

郭云天没想到曲兰兰会有这么大的反应，一时间有些手足无措，只好赔着小心应付她。她从没见曲兰兰如此认真地为男人烦恼过，颇有些惊诧和担忧，又听她口口声声地骂那个女人"浪贱"，也颇有被隔山打到的感觉。好不容易应付完了曲兰兰，郭云天便坐在床上发起了愁。糟了，看来曲兰兰这次相当认真，一定不会善罢甘休……她要是一时激动，跑去问孙畅，或是跑到孙畅的单位核实，西洋景不一下就拆穿了吗？不……她应该不会这么迅速，她刚刚受过打击，应该蛰伏几天……

然而曲兰兰远比她想得迅速。第二天上午刚下班，郭云天就看到曲兰兰一脸黑红地站在门口。郭云天一看就发怵，但也无路可逃，只好犹豫着走过去："兰兰，你怎么……"

曲兰兰一见到她两眼就亮了，冲口就说："天天，我今天去孙畅的单位了……"

郭云天吓得脑中一麻，心头也凉了：这下完蛋了！

曲兰兰掏出手机，猛地递到郭云天眼前："你看看，是不是这个贱女人？"

郭云天发现她的手机里赫然有一个女孩的照片，顿时愣了。

"这是我偷拍来的……这贱女人，撵着孙畅说长道短……真有点像苍井空啊……"曲兰兰咬牙切齿地说。

郭云天一懔，盯着照片仔细看了看，不禁骇然失笑。巧了，孙畅的同事里还真有一个长得像苍井空的。大约有六七分像，稍微有些黑，竟跟她编的非常符合。郭云天说这些的时候只是信口胡诌，从没想过如果这是真的将是多么糟糕的事情。现在她发现这是真的了，简直有种如临深渊的感觉：长得像苍井空，又倒追孙畅……威胁可比曲兰兰要大得多了！

曲兰兰见郭云天怔怔地出神，以为她在为自己犯难，忍不住大声唉声叹气起来——人就是这毛病，在自己将哭未哭的时候，如果有人陪哭立马会掉泪。

"不过没事,小天,"曲兰兰叹了会儿气之后忽然坚强起来——不过更像是拗劲发了,"男人固然会喜欢风骚的女人,但未必会喜欢放荡的女人……这家伙一看就放荡。我一定要调查清楚她的一切,再把她的真面目揭发出来,看以后谁还要她!"曲兰兰咬牙狠狠地说,就像和这个女人有不共戴天之仇一样。

郭云天随口应付着她,把她哄走,然后低着头回到家,坐在床沿上发怔。说真的,她可没有曲兰兰那么乐观。什么一看就放荡……能上学的八零后,都是被父母看着长大的,能放荡到哪里去?说不定恋爱经验还非常简单呢!完了,这下完了……男人最喜欢外表风骚内里简单的女人,更何况她还是公务员……而她现在却只能缓图、暗图……利用曲兰兰让她和这个女人斗?不成。一来是这样太缺德,还有就是曲兰兰她是这块儿料吗?

郭云天坐在床上胡思乱想了好久,最终决定还是刺探一下孙畅,看看他和那女人的关系已经进展到什么地步了。

郭云天又找了个空当,溜到了孙畅身边。开口就问他:"哎,哥,你是不是有对象了?怎么不告诉我啊?"

"什么?"孙畅竟是一副错愕的样子。

"装什么装啊,我听邻居大妈说,看到你和一个女孩一起逛街,听说她长得像苍井空,嗯?"郭云天朝他挤了挤眼睛,装出很兴奋的样子。假装高兴本是她的拿手好戏,但今天在挤出笑容的时候,却分明感到自己的心在滴血。

"不是吧……"孙畅一副想生气又不好意思生气的样子,苦笑着说,"她长得像苍井空吗?"

"呃?"郭云天一凛,耳朵也立即竖了起来:怎么?真和她一起逛街了？

“其实我们只是同事啊……在一块走纯属偶然碰到了……哪有他们说的那种关系啊。”孙畅表情尴尬，不知是因为被人误会还是不好意思承认。

“哦，是这样啊。”郭云天装作有些失望的样子，“我还以为……算了，你也不要太在意，那些大妈的思想还停留在封建时代，只要看到男女走一起大概就以为他们有关系！再说……你年龄也到了，她们这样怀疑也很正常，哈哈。”

孙畅嗯了一声，脸色神情晦涩不明。郭云天本想进一步打听那个女人的消息，但怕万一孙畅真的对她没有杂念，这样反而会促使他注意她，那样就不妙了。所以她就没有再多话，退回房间里，准备找机会自己去调查。

调查这个女人并不难。一打开他们单位网页就有。她叫竹君，是他们单位的“才女”，经常在他们单位职工自娱自乐的版块写诗发表，所以论坛的管理员就把她的照片贴在了论坛的首页。在郭云天看来，自己拿脚指头写的诗都比她写得好，她之所以能上论坛发表肯定是因为她长得像苍井空——再往下叙似乎就有人身攻击的嫌疑了，她赶紧截断了自己的思绪——没办法，在某些时候，她的确不比曲兰兰强多少。

确认她的身份之后自然就是接近她。一天下班后，她打电话对孙笃说自己部门要聚餐，自己却溜到了孙畅的单位门口。她先藏在树后面，等竹君出来。

孙畅先出来了。郭云天把自己藏得严严的，连大气也不敢出一口。又过了片刻，竹君出来了。只见她神色匆匆，手里还拿着手机——似乎刚刚接过电话，听说了什么紧急的事情一样。郭云天立即不动声色地跟在她的身后，竟发现她走进了白莲三巷……呃？

在这一瞬间郭云天的心头喜气暗涌：要知道白莲三巷可是本市民间的红灯区，里面有“发廊”“美容院”无数，都是做那种行当的。竹君跑到这里来……难道她的私生活真的很乱？或者根本就是卖的？

这一点和竹君公务员的身份很不相称，简直有些匪夷所思。因此郭云天不敢十分认定，更不敢十分欣喜，只是不动声色地跟在她的后面，想看到最后再作决断。

只见竹君走到了一家发廊前面，犹豫了一会儿，忽然低头冲了进去。

在一瞬间郭云天差点唱起了“哈利路亚”——看来竹君是风尘女子无疑——现在倒也有些脑残的大学生，不缺吃不缺喝学习也好，却偏偏去搞桃色买卖，至于某些贫困、禁不起诱惑的高才生，做这种行当的更多……哎，管她是什么原因。她只要想办法让孙畅发现这一点就够了……怎么才能不动声色地让他知道呢？

发廊里忽然传出了吵骂声。郭云天一凛，只见竹君从发廊里出来，身上还是那套朴素的装束，手里却拽着一个女孩子。这个女孩子盘着头发，脸上浓妆艳抹，从脸上看不出年纪。但从她尚未长成的体态来看，应该还没到十八岁。

“你怎么又到这里来了？”竹君用近乎撕裂的声音训斥着她，看起来痛心疾首，“大妈妈一说你不见了，我就知道你到这里来了……你怎么还做这种事呢？再这样下去，你一生就完了啊！”

“我的一生早就完了！”那女孩昂着头和她对吼。

“什么叫早就完了？”竹君眼圈发红，眼中也含满了热泪，“被父母抛弃的人多了，难道他们的生活也都没希望了吗？只要你好好读书，你总有出头的那一天的！”

“我不想再听你的花言巧语了！”那女孩用力地摔开她的手，“一个两个都只是说得好听，其实没有一个是真正帮我的！我不想再读书了！我不是那块料！也不想再回大妈妈那里去了……不想再被蛊惑了！”

竹君的脸猛地涨得通红，猛地一巴掌扇到那女孩的脸上。那女孩的脸立即涨紫了，却没有还手，转身就朝发廊里冲去。

“你到哪里去？”竹君冲过去拦她。发廊里却跳出一个大汉，一把把竹君推倒在地上：“臭娘们儿，管什么闲事？”

竹君捂着摔痛的胳膊，对那大汉横眉冷对：“又是你……只会欺凌弱小和良善！你好歹也是个男人，为这种做肮脏生意的人当打手，不觉得可耻吗？”

“他妈的！”大汉的脸立即涨红了，冲过来就要踹她。

“哎哟，消消气，消消气，”在这关键的时刻，郭云天赔着笑站了出来，“好男不跟女斗啊，大哥，你看她细皮嫩肉的，把她打伤了，不有损你的颜面吗？”说到这里她顿了顿，“再说这位姐妹看起来也不是这里的人，非亲非故的，你要把她打伤了，恐怕不好调解……”郭云天其实这是在提醒这位大汉，竹君不是这条街上的人，有可能是更高阶层的人。如果他把她打伤了，可能会引来不测的麻烦。

在郭云天的好言相劝和隐晦威吓下，那大汉收敛了怒气，骂骂咧咧地进去了。郭云天过去扶起竹君。竹君虽然硬气，但也不是不识好歹，知道郭云天是在帮她的忙，便任由她扶起，和她一起走到街道的拐角。

“谢谢你。”竹君低声对郭云天道谢。

“没事，我就看不得男人打女人。”郭云天佯装不介意地说——其实她心里很介意：她到底在干什么啊，帮助情敌？

郭云天把竹君带出白莲三巷，找了个茶馆请她喝茶——表面上是帮助她平复情绪，其实是想慢慢地询问情况。

“那女孩是谁？你的学生吗？你是老师？”郭云天一来是询问情况，二来是表示自己对她一无所知。

“我不是老师。”竹君微微顿了顿，“她是……我一个朋友收养的。”

“呃？”

竹君发觉郭云天有些诧异，赶紧微笑着解释：“我有个朋友……严格来说是像阿姨一样的人。她自己出钱，开了一个孤儿院……收养了几十个孩子。他们叫她‘大妈妈’，我也跟着他们一起喊她大妈妈。”

“哦。”郭云天这才明白“妈妈”怎么还分大小，“那你……也是孤儿院的创办人之一了？”

“不是。”竹君苦笑着摇了摇头，笑容中略微带了点羞惭，“我只是没事的时候帮帮忙……只是个义工啦。”

“哦。”郭云天低低地应了一声。话说今天的事态还真有戏剧性。刚才还有种种信息误导她，让她怀疑竹君是个风尘女子。现在却让她发现她是个闲时做义工照顾孤儿的善良女人。长相性感、工作好、心地还善良……简直像言情小说里的女主角了。

竹君又深深地叹了口气，眼圈也红了："说实在的，对我只能闲时帮帮忙……我是很羞愧的。大妈妈不图名不图利，完全是出于一片慈善之心才开了这个孤儿院，撑得很苦……"说到这里她的语气中加了几分心酸几分愤懑，"你也知道的……在中国做慈善的总是很辛苦……大妈妈本来挺有钱的，但开了孤儿院之后很快就穷了……对这些孩子，难免有些照顾不周的地方。所以慧慧这孩子……就……"说到这里就滴下泪来。

郭云天哑然。是啊，就有这么一个怪现状。只要一做慈善，十有八九会一贫如洗，广欠债务，说不定还会得绝症没钱治。

竹君抹了抹眼泪，再开口时声音已哑了不少："我也想帮忙，但我也没什么钱，拿的工资又被我爸妈管着……他们不喜欢慈善事业，说做慈善的都是傻瓜……所以我没法帮她……"

郭云天虽然对她不怀好意，但听到她的话后也是忍不住为她心酸，拍了拍她的肩膀以示安慰。虽然只是一个小小的动作，也让竹君颇为感激，对她的态度也亲热了起来。

大危机

两人谈了很久，竹君已经把她当成了好朋友，还要了她的手机号和 QQ 号，准备有空再联系——大概是她很难遇见一个认可自己做慈善的人吧。由于种种的原因，现在做慈善的人总被人猜疑和鄙视。难得遇见一个不说她傻的人，她自然会极感亲切。

挫败情敌的第一步，就是获得情敌的信任，再潜伏在她的身边。就这一点来说，郭云天今天可以说是大获全胜，而且完全没有后顾之忧。反正她现在的身份是孙畅的弟妹，就算暴露了，也可以说是弟妹担心大伯子，帮他了解女朋友的情况，也算不上什么大问题。

不过即便如此，郭云天也高兴不起来。因为她怎么觉得……自己不好意思和这样的女孩为敌啊?

不过这种感觉只持续了一瞬。郭云天心里很快便毫无挂碍，她给自己定了个行动计划，接下来的一步就是要搞清竹君和孙畅到底进行到哪一步了。她谋划了一会儿，正打算实施，忽然接到了曲兰兰的电话。

电话里的她声音很惶急，叫她赶紧去她家。郭云天不知道发生了什么事，赶紧赶到她家，却发现她家里很平静。她父母更像什么都不知道一样。

“天天！”曲兰兰的脸黑红着，把郭云天叫进屋里。

郭云天觉得她这模样非常异常，呆瞪着眼睛朝她看。只见她揭开自己身上的睡衣，指着身上的蕾丝内衣问：“我穿这个……适合吗？”

“啥玩意儿？”郭云天差点把满口牙喷出去，“你脑子坏掉了？穿黑蕾丝给我看？”

“讨厌啦！”曲兰兰羞窘万状，“谁是给你看的啊……我是想展示给……孙畅……只是没有自信，所以先让你帮我参谋参谋……”

“我的天……”郭云天差点晕倒在地——她觉得全身的血都涌到了心口，“噗噗噗”地左突右蹿，“你……想干吗？使用人肉炸弹？你疯了你？我不跟你说过嘛，到这个年纪必须要矜持，否则肯定会被男人轻贱鄙视……原来你根本没听进去啊？”

“我听了！”曲兰兰的脸涨得发紫，用力地甩了甩手，“但是……矜持是在有人追的情况下……他根本都不愿多看我一眼……我矜持有什么用啊？”

郭云天哑然，曲兰兰这话说得倒挺对。

曲兰兰坐在床沿上，低着头扭着手指：“我决定了……他既然喜欢那个长得像苍井空的，就应该喜欢开放的女孩子……我索性就豁出去一次看看。”

“这……不值得吧？”郭云天只觉得匪夷所思，“你和他……才到哪里啊？犯得着这么轻易牺牲……冒这么大风险……”

曲兰兰的脸几乎涨得要炸开了，却低声但坚定地说：“我……就是想试试看。”

郭云天怔住了。她万万没想到曲兰兰会这样，以致久久回不过神来。她这才发现自己之前想的全都错了——曲兰兰对孙畅的感情根本不是“主妇对牛肉”的感情，但也不觉得曲兰兰是对的。曲兰兰这实在是太冲动太轻率，甚至有些无厘头。曲兰兰对孙畅的感情是对是错她无法确定，但就看她这个冲动劲，与其说是爱意爆发，不如说倒像是有了什么毛病。因此就算是为了曲兰兰好，她也要阻止她。

“你先别冲动，”郭云天紧咬着嘴唇，飞快地运转大脑，“这一招不能轻易用……因为这样弄不好就会让他以为你是个轻率的女孩子……男人最不喜欢找轻率的女孩子做老婆！我跟你讲一个故事……是古代的陈轸对秦王说的……一个楚人有两个妻子。另一个男人去勾引他的老婆，一个妻子没有拒绝这个男人，另一个妻子却拒绝了。后来楚人死了，大家都以为这个男人会娶当初和他私通的女子，没想到他却娶了那个当初拒绝他的女子。大家都很奇怪，问这是怎么回事。这个男人说，当初他是想要找个情人，当然想要找愿意接受他的女人。但现在他是要娶个妻室，当然希望娶一个恪守妇道的……古今男人的心思不外乎如此。如果你轻率地给他，他固然会跟你好，但未必会跟你结婚……不，甚至可以说是结婚的可能性会非常小。所以，希望你一定要慎重，再慎重……”

曲兰兰露出不耐烦的神情，甚至似乎觉得郭云天是站着说话不腰疼。但最终还是听了郭云天的话，准备再观望一阵子看看。郭云天好不容易安抚住曲兰兰，低着头从曲兰兰家走出来，觉得心简直要炸了：天啊，这是不是要把她逼死啊……怎么出现这两个煞星跟她抢孙畅啊？还一个二个都这么难搞？

郭云天回到家里，坐在床沿上出神，忽然听到电话铃响。她起身一看,发现是个完全陌生的号码。她接起一听,顿时身体一震。

她怎么忘了？这不是戚玉成的声音吗?

戚玉成在电话里礼貌地问她考虑好没有。郭云天本想婉言谢绝，却忽然心头一震，莫名其妙地答应了。她为自己的这个选择惊诧不已，挂掉电话后好久才明白过来。

哦。她这是想尽快捞到一笔快钱，摆脱现在的窘境啊!

是的。她现在跟孙笃假结婚，不就是想要一套房子吗？如果可以捞到足够买房子的快钱，她就立即恢复自由身，和情路上的程咬金明抢。当然了，这只是倾向而已，并不是决定。现阶段她还是倾向于熬到拆迁——不管是真结婚还是假结婚，都是背上了一段婚史。付出了这么大代价，不坚持到最后太可惜了。

虽然“赚快钱”不是她的主要倾向，但她刚才一时不慎被这个倾向主宰，答应了戚玉成，就只有快钱、房子一起图了。

戚玉成的计划是找一个场地，按照选秀晚会的程序来作秀。通过各大相亲机构，通知不明真相的女性来报名，一共选三关，评委是戚玉成本人及本市的文艺界的几个骚人浪客，至于能晋级的选手却是内定的，并且负责表演耸人听闻的言行来博人眼球。比赛时会由专人拍摄全场，之后放到某个著名视频网站上进行首页推荐——戚玉成很会把钱花到刀刃上。现在八卦奇闻传播速度最快的地方莫过于网络，而且网络宣传的成本也相对较低。在网络上炒热之后，再邀请电视台以新闻调查的方式予以报道——这只是前期的工作。估计也就只有前期需要投入，等到这件事被炒热之后，估计媒体就会自动前来采访，那时他就坐看新闻扩散就可以了。当然，这些投入只是确保选秀成功的一个要件，最重要的是是否能找到惊倒众生的选手。郭云天的任务就是寻找这些人。至于她的报酬方面，戚玉成设置了一个底薪，这是效果一般时的薪水。但如果这个秀之后的效果非常好，他会按实际效果给郭云天奖励。郭云天悄悄地算了一下，如果后续效果很好，酬劳够多的话，加上她的积蓄，应该可以买一套中小公寓，就可以凑合了。当然了，如果她办秀成功的同时又排除了情场上的险情，那就可以弄到两套房子和一个老公……人生之乐，莫过于此。

戚玉成的秀的持续区间是一个月——据说这是戚玉成研究网络热点效用后测算出来的，加上准备时间，大约要两个月。不比拆迁早多少？未必。因为半年后拆迁只是暂定。按照郭云天的社会经验，此等大事很难有准的。现在她还没有听到风声，推迟个一年半载都有可能，所以还是尽快把能捞到的钱捞到。

在陪秀的人选方面，郭云天并没有费太大精力。现在有的是视名誉为空气，只想出名和拿钱的人。

难的是如何找主秀——既是戚玉成口中的那要啥啥没有，面目可憎，却又能装出有美丽心灵，而且能演戏、又不是表演专业的人。说真的，现在这样的人太难找了。郭云天发动所有人脉，一连找了几天，还是没有找到合意的。这边没进展已经够让她头疼的。然而她还得注意情场那方面的事。说真的，她和孙畅不在一个单位，真没条件也真没理由一天到晚盯着孙畅。现在最有效的方法就是在孙畅面前毁谤竹君和曲兰兰，但那样风险极大。弄不好会适得其反，说不定还会让人以为她心怀叵测。更何况她也不忍心对曲兰兰做这种事。天……她现在是一根蜡烛两头点了，简直要被逼死啊！

郭云天当然不是会被逼死的人。现在既然不能盯着孙畅，就退而求其次挤占孙畅的业余时间。她略一回忆，就想起自己的亲戚家有个孩子要考公务员，便求孙畅给他辅导辅导。当然了，待遇优厚。不过孙畅也未必看得上那些小钱。郭云天本来怕孙畅不愿意，没想到他还挺热心，一口就答应了。郭云天很高兴，暗地里找到那个孩子——那个孩子叫郭百利，叫他帮忙盯着孙畅，以后她会帮他介绍女朋友——真是坏姐姐。

郭百利一口答应了。找年轻人办事就是好，他不会问你为什么也会尽心尽力。也许人的运气总是一起来，郭云天这边找了个缓冲的办法，那边也传来消息。她朋友的大姨说有一个人民教师，三十三岁，大略符合郭云天说的条件，叫她去看看。

郭云天立即去了——当然了，她没跟她朋友的大姨说真相，只是说有个脑残想找类似的老婆——这种大忽悠的事情，真相越少人知道越好。她也没打算一开始就对这位女性说出真相，准备先试探一下她，看看她是否真符合戚玉成的条件。

这位女性真能算是要啥啥没有。工作收入微薄，年龄大，个子矮皮肤黑，小豆眼蒜头鼻，还长了一张大厚嘴——说实在的，郭云天一见到她就想起了《西游记》里的奔波儿霸。然而别看她长成这样，却很会拿劲，仿佛自己就是一朵兰花。说话也细声细气的，目光也绵软温暖。郭云天觉得靠谱，便和她攀谈起来。谈着谈着却发觉不对了。这位女性看起来平和，其实心里满腹不满，而且还高度自恋，演技也极差——没说几句话就让郭云天看穿了她的内心。这样的人显然不能放到电视上供全国网友检验。郭云天立即走人。

乘兴而来，败兴而归的郭云天相当不爽，到路边摊买了一根冰棍。然而还没等她把冰棍放到嘴里，就接到了郭百利的电话，里面是他气急败坏的声音："不得了了，大姐……刚才我上厕所的时候，曲兰兰来找孙哥哥，我爸妈不知道内情，把他放走了！"

郭云天脑中一晕，重重地把冰棍甩到地上。糟了，如果是竹君还好说，但问题是曲兰兰……曲兰兰现在出现肯定是等不及了，准备对孙畅使用人肉炸弹。虽然现在男女间这点事已经不算什么，但万一孙畅就是个老实人，被她讹上了……她又是她的闺蜜，典型的豆腐掉灰堆里——吹又不好吹，打又不好打……那就完蛋了！

郭云天赶紧打孙畅的手机。没想到得到的回复竟是"您拨打的用户已关机"。听到这个后她头皮都要炸了：怎么了？难不成已经开始了？想到这个后她简直想把天捅个窟窿，又赶紧打曲兰兰的手机。

手机响了三声之后，曲兰兰接了。

"喂……"她的声音有些颤抖。

郭云天现在可没空管她的声音如何，只是聚精会神地听背景音。

嗯……有音乐，但也有隐隐的车辆行进和鸣笛的声音……啊！他们应该是在酒吧里，而且是靠窗的座位……还好，还没开始……

一想到这里郭云天的心里稍微安定了点，忍不住用斥责的语气问曲兰兰："你干什么啊？我不是跟你说过？"

"哦，是妈妈啊！"曲兰兰却答得驴唇不对马嘴，"你想知道家里的大葱放哪儿了？好，我跟你说……"接着那点杂音便急速隐没——郭云天这才反应过来她是不想让孙畅知道她们谈话的内容，跑到洗手间去了。

“小天……对不起，我等不及了……”再开口时曲兰兰的语气里充满了羞惭，“我知道你对我好……但是我怕再不快点他就会被那个‘苍井空’弄走，我只有……”

“我的天，”虽然已经知道了她的意图，但听到她这句话的时候还是差点喷血，“我的天啊，老大……你再着急，也不能胡乱行动啊……你这样，势必会让他以为你放荡随便啊！”

“我不知道……我没有办法……”曲兰兰的声音剧烈地颤抖，可见她的心里异常混乱，“我就是觉得，他可能是我最后的恋爱机会，我都这么大了，如果不再加把劲儿……我就觉得和他的关系近一点才能安心……”说着竟把电话挂了。郭云天发疯地再打，她却把手机关上了。这一瞬间郭云天简直想把手机摔了，但想到在此危机的时刻绝不可以自乱阵脚，赶紧强迫自己冷静下来。

内外皆珍宝

郭云天往花坛边上一坐，努力回忆刚才从手机里听到的声音。从车声的大小和杂乱程度来判断，应该处于十字路口，十字路口旁的酒吧……郭云天立即用手机上网，查看本市的电子地图，发现在十字路口旁边的酒吧不少于几十个……妈呀，这简直是逼她做名侦探柯南啊！光凭这些信息……就算她是名侦探柯南也推理不出曲兰兰他们在哪儿啊！

“各位先生小姐，请过来看一看……”一个学生模样的人站在路边，怯生生地开了腔，“肯德基大减价……”

“呃？郭云天猛地跳了起来。是啊。刚才她似乎也在电话的背景音里听到“肯德基做活动”的声音……虽然很小，但隐约应该是。既然是在吆喝“做活动”，就一定在店面附近，在肯德基附近的十字路口的酒吧……郭云天飞快地搜索，发现本市有两个。一个是曲兰兰经常活动的西城区，另一个便是她不常去的东城区……曲兰兰常去的地方也是她常去的地方，曲兰兰为了避开她，一定会去东城区……对！立即去东城区。

郭云天立即拦了辆出租车，赶到东城区的那个酒吧，却发现靠窗的位置已经空了。她在酒吧里找了一圈，没有发现曲兰兰和孙畅的身影。

难道她来迟了一步？还是根本判断失误？她赶紧去问酒保，才知道曲兰兰和孙畅模样的人的确来过，刚刚才走。在这一瞬间郭云天简直想把出租车司机揪过来暴打一顿，也想把郭百利暴打一顿：她可是接到郭百利的电话后就去找曲兰兰的，那时他们已经在西城区的酒吧了……西城区离郭百利的家可不近，证明郭百利报信的时候曲兰兰和孙畅已经离开许久了……他怎么过了这么久才打电话？当然欠揍！

但现在迁怒于人是无法解决问题的。郭云天咬牙想了一会儿，又上网查找离这里最近的宾馆——曲兰兰要使人肉炸弹的话，肯定会拉孙畅上宾馆。据酒保所说的，曲兰兰离开的时候已经喝了不少酒——脑残啊，要勾引别人自己喝那么多酒干吗，而且两人是步行，应该不是去较远的目的地……

郭云天找到了最近的宾馆的位置，飞奔了过去。宾馆的前台一般都会死守住客的秘密，但见到钱后也很少不开口。站台的服务员收了郭云天一张百元票，立即告诉她刚才曲兰兰和孙畅模样的人来过，女的要开房，男的却不愿意，说再到公园坐坐说说话什么的。郭云天赶紧赶往最近的公园，却依旧扑了个空，回宾馆去问，却被告知他们没有再出现。

郭云天彻底绝望了，茫然地走出来，不顾形象坐到花坛边上，心中恨意混乱，见到谁想到谁都恨，恨不得把每个人都抓过来打一顿。

正在她狂躁不安的时候，郭百利忽然打电话来。郭云天一看到他的号码就怒火万丈，没好气地接起：“喂！？”

“大姐，情况怎么样？逮到他们了吗？”郭百利的语气也是气急败坏。

一听这话郭云天差点吼：“当然没逮到啊！你怎么回事啊！？

过了这么久才报信……黄花菜都凉了！”

“我也没办法啊！”郭百利倒很委屈，“我上完厕所，发现孙哥跑了，本来想立即通知你来着，我爸妈却不知犯了什么病，非要拉着我说教……等我好不容易摆脱他们，就已经是许久之后了……”

“别给我找理由！”郭云天正在气头上，说话难免不留情面，“反正现在是麻烦了……我根本找不到他们，就算能找到他们，说不定黄花菜也都凉了……如果曲兰兰和孙畅真的搞出什么事来，我就唯你是问！”

“怎么了？”身旁忽然响起一个熟悉的声音，吓得郭云天差点把手机摔了。

天啊，孙畅！他怎么会在这个时候出现！？

郭云天怔怔地站起来，惊慌之下竟说了句驴唇不对马嘴的话：“你怎么知道我在这儿？”

“啊，”孙畅撇了撇嘴，“你看你那济公般的样子，在街上很是扎眼啊！”

济公？郭云天下意识地看了看自己。是说她不顾形象地坐在花坛边吗？可是也称不上“济公”啊？

“怎么了？怕我和曲兰兰……搞出事来？”孙畅似笑非笑地问，目光中却似乎带着寒意。

“不，不是……”郭云天本能地想要否认，理智却告诉她现在否认只会越描越黑，只好老老实实地回答，“是的……目前……我不希望你跟曲兰兰……在一起……”

“为什么？”孙畅注视着她的眼睛，目光中似乎有钩子。

“这个……”郭云天一脸坦荡地注视着她，不动声色地思忖着，“我……是担心曲兰兰……当然了，我不是说你不好……我只是觉得，曲兰兰的热情有些盲目，我怕她会走歪路，害了她，也害了你……我们毕竟是中国人，见面不久就那什么……肯定是不好的。”

孙畅没有回答，只是注视着她。郭云天被他看得心中发毛，下意识地把目光偏向一边。

“哈。”孙畅忽然笑开了，说，“我也这么觉得。”

“呃？”郭云天怔住了。

孙畅看了看左右，朝不远处的一个街心公园指了指：“我们到那里慢慢说吧。”

一听这话郭云天立即紧张了不少：要到那里谈，肯定是有话不便在大街上宣之于口……难道他们真的搞出事来了？

孙畅倒很轻松，径直走到街心花园里的凉亭里坐下，等郭云天坐下后便说：“其实我也觉得，她的感情起得有些太猛了……所以我劝服了她，拦了个的士把她送回家去了。”

他这几句话说得轻描淡写，说的也正是郭云天期望听到的，郭云天的心里却莫名起了几分酸意和怒意，幽幽地说：“她那么喜欢你，一定什么都听你的了……只是她表面上听你的，心里未必能想得开了。”

孙畅不可名状地笑了笑：“她爱的可不是我哦。”

“呃？”郭云天差点跳起来。“那她爱的是谁？是哪个男人？”

“不是其他男人。”孙畅意味深长地笑了笑，“说句文绉绉的话吧，她爱上的其实是她的急切。”

郭云天乍一听来觉得匪夷所思，仔细想后却觉得明白了几分。

孙畅知道她懂了，眼中滑过一丝笑意：“她太急了……非常想立即找到一个结果，所以看到一个她认为可以的，就不顾一切地想靠上去……我已经对她说这不对了。她并不了解我，更不知道我是否适合她……如果贸然跟我在一起，以后难免出麻烦。感情这东西，最重要的不是开始，而是如何持续，是否能持续。我跟她说明白了这个道理，把她劝回去了。”

他虽然是在说曲兰兰，郭云天却觉得他也像在说自己，不由得脸微微一红。她爱得好像也有点冲动。但她并不认为自己会选错。看啊，多么有品行有品位有深度，内外都是珍宝。

“好了，”孙畅站了起来，“我们回去吧，晚上你再打电话跟你朋友聊聊。她刚刚被劝服，心里难免有些反复……另外，就当我是偏向弟弟好了，你以后能不能帮他干点家务呢？虽然他也有干家务的义务，你也没说一直不干，但是……干家务也是增进夫妻感情的纽带啊！”

孙畅这句话说得很委婉，在郭云天听来却比厉声呵斥还要厉害，立即面红过耳，赶紧跟他回家了。一进门就帮孙笃做粥。

然而即便表现得很积极，她心里也清楚，这是她这阵子唯一能帮孙笃的一次。相亲选秀的日子已经日渐临近了，她必须尽快找到主秀……可是现在这样的人显然很难找……丑女们早就不像以前低头含胸地过日子了，都是以“野草也要争上游”的姿态扮强势，那样的人虽然不能说就不好，但是不符合戚玉成的要求……她的人脉已经快被用尽了呢……怎么办……呃？

郭云天脑中忽然灵光一闪，情不自禁笑起来：她怎么忘了这件事呢？

第二天下班后，郭云天打电话给戚玉成，说她已经选好了人选。戚玉成立即要求碰头，却发现来的只有郭云天一个人。

“你说的人选呢？”戚玉成下意识地朝郭云天身后看看，接着便自我解释地笑了，“是不是还没敲定细节，她不想轻易过来……真是个谨慎的人呢。”

郭云天阴阴一笑：“她已经来了。”

“啊？在哪里？”戚玉成赶紧朝周围扫视了一圈。

郭云天笑得更贼：“就是我啊。”

“呃？”戚玉成瞪大眼睛朝郭云天上上下下地打量了一下，不可名状地笑了，“不，你虽然不是绝色美女，但也不符合作秀的效果……”

“化了妆就符合了，”郭云天嘿嘿贼笑，“身高和体形都可以通过变装来改变，低头含胸垫点棉花绝对可以让辣妹变成土豆。至于脸嘛……伪装起来更容易，我有个朋友学影视化妆的，绝对可以把我化得很猥琐……”

“这个……”戚玉成未置可否，接着晦涩一笑，“是因为没找到合适的人选吗……这也不失为一个办法。”

“而且是最好的办法。”郭云天盯着他的眼睛，眼睛在酒吧的灯光中闪闪发光，“我仔细想过了，现在不管是找什么样的人作秀，都难免会被网友找出蛛丝马迹。这是主秀的位置，一定会被网友放到放大镜下检验……如果在比赛结束前被爆出主秀是雇来的，那肯定会对宣传有极为不利的影响，所以我觉得，最好的办法就是找一个根本不存在的人当主秀……网友尽管人肉搜索好了，一个根本不存在的人……搜吧，搜他姥姥！”说到最后的时候郭云天忍不住得意地笑了。

戚玉成思忖片刻，脸色转为明亮。看来他很认可郭云天的说法。认可之后也没有多说废话，只是叫郭云天赶紧“定妆”给他看看。

郭云天的朋友果真不是盖的，把郭云天化得判若两人，再加上躬身垫棉花的戏码，郭云天立即由一朵鲜花变成一条大豆虫。戚玉成这才定下就由郭云天扮演真人秀的主秀，并把自己拟好的剧本给他——主秀的言行可是一点都马虎不得的，叫她回家好好研习，十天后就开秀。

郭云天这才放下心来，从心底笑了。她要自己扮演主秀，并不仅仅是为了交差。主秀的酬劳多丰厚啊，她要是既能当策划又能当主秀，简直是吃双份子。而且，一个秀的成败，主要在于主秀，她的利益和秀紧密相连，不管是谁来当主秀，她都要捏一把汗。如果由她自己来当主秀，她就可以直接控制整个秀的成败，不管怎么想都很稳当——她对自己可是相当有信心的。

因为郭云天在选角上的出色表现，戚玉成对她更加赏识，渐渐让她参与核心的工作。郭云天这才知道，戚玉成即使是砸钱办秀，也没想过要让自己吃亏。他竟然已跟很多商家商定，悄悄地在秀中加入很多植入广告，比如说各个副主秀的衣装。到目前为之，他已经凭广告费收回成本，甚至还赚了许多。

郭云天没想到此人的脑袋如此灵光，竟然能做出这种一箭数雕，几乎等于别人倒给钱给他宣传的买卖，对他简直佩服得五体投地。

我不是潘金莲

秀开场的日期日渐临近，郭云天也抓紧时间背台词。这件事不瞒着孙笃和孙畅不行，但也不能全瞒着他们——他们可是跟她朝夕相处的。于是乎，她就对他们说她有个姐们儿在大学教书，在校园周年庆上要表演戏剧——是校领导要求她和学生一块演戏，以增进师生友谊。然而因为演好这个戏需要点功力，参演的学生又压不住场，所以只好请她来救场——这样也可以为她在参与相亲秀期间离家作出解释。

孙笃和孙畅倒没有异议。

郭云天的台词很快就背熟了。开秀的日期也快到了。因为她是带妆作秀，之前必然要彩排一下，便前往好友李青青（就是给她化妆那人）家“彩排”。她换上那套伪装，在镜子前走了，越看越觉得天衣无缝，转身对李青青笑道：“我这次彻彻底底成了一个猪扒了吧？”

“我看算是彻底了。”李青青抿着嘴笑，“不过不知道别人看来怎么样。要不让你再穿着这一身到街上走走？”

她这句话本是调侃——即便是穿了一身伪装，一般女人也不愿因此被人嘲骂。但郭云天竟毫不为意，立即跑到街上去了。所有看到她的人都呈惊讶、鄙视及怜悯状，看来她的妆容和演技都挺到家。郭云天非常满意，高高兴兴地回李青青家去了。也是她过于高兴，竟没有发现，一个熟悉的身影在离她十米远的地方相向而过。

那是孙畅。他一脸的狐疑左顾右盼着，目光像猎犬一样四处乱扫。

郭云天回家的时候，发现孙笃和往常一样在家里煮饭，孙畅却不在。郭云天想起孙畅之前叮嘱的话，赶紧放下包帮孙笃做饭。不一会儿后孙畅回来了。郭云天像个小孩一样笑着朝他看去——她可是按他的话做了呢，还不夸奖她？

孙畅却是一脸冷峻。

郭云天脸上的笑容也凝固了。

“小郭啊。”孙畅赶紧换上了一副笑脸，“今天单位加班了吗？”

“呃？”郭云天一惊，这么说她知道今天她回来得晚了？这么说他曾经回来过？

“不是啊。我去李青青家玩了。”郭云天坦白了一半隐瞒了一半。通常就是这种话最容易蒙混过关。

“哦。”孙畅低低地应了一声，同时注目向她打量。郭云天被他锐利的目光看得很不舒服，下意识地低下头来，心里暗自猜度：他这是怎么了？难道是她“大忽悠”的事情被他发觉了？不会啊……她应该没露什么蛛丝马迹……再说这件事虽然有些缺德，但和他也没什么关系，他也犯不着如此在意……哦，肯定是为她又让他弟弟做饭不满吧……想到这里郭云天暗自窃笑，眼睛又贼溜溜地朝他一瞄：老哥对不起，妹妹我还要忙一阵了，忙完了再来做孙笃的好媳妇……不，哈哈，也许到那时就能做你的好媳妇了！

秀很快开场了。今天是海选第一天，郭云天带着伪装混在人群里，即便很低调也照样引人注目——那些美女靓妇们都觉得这种人还敢来参加相亲选秀，简直是作孽。郭云天根本没空理睬她们——她不仅仅要做好主秀，还要挂怀整个秀的成败。

然而这个秀进行得要远比她想象得好。她和戚玉成内定下几个选手，本想靠她们耸人听闻，没想到其他不明真相的选手表现得比她们还要精彩。

这些选手有的故作清高，有的刻意发嗲，有的浪得受不了，更有人假装有文化——她们说的那文绉绉的话，乍一听很华丽，仔细一听全是语法错误。至于她们的才艺方面嘛……只能说是娱乐性十足，让认真看的人很受伤，却可以让看热闹的人很欢乐。

戚玉成和郭云天没想到来了这么多活宝，心里简直乐开了花。但即便有人的表现胜过了内定的选手，也要按原来的计划选人晋级。如果让这些人晋了级却没摘桂冠，难保她们不会立即撒泼，把会场砸了——当然了，如果出现那种情况，照样可以引出爆炸性新闻，但就是怕会出现不可控的局面。

秀已经进行了过半。在前一个拿腔拿调的选手退下后，上来了一个穿藕色连衣裙的女人。

这个女人一出现，竟让大家都感到眼前一亮。仔细看看后却发现她并不是什么绝色的美女，但是特别地耐看。一张瓜子脸就像用水墨描出来的一样，不甚妍媚却素丽清雅。她抱了一个琵琶，眼神淡定，微笑着朝大家扫视了一眼——只凭这一眼，就让大家觉得她和自己打了一个得体的招呼，不禁都面露微笑。

她向大家作了自我介绍——她叫朱颜，二十九岁，便抱着琵琶款款坐下，伸指在弦上一拨。

哇！大家简直觉得有颗珍珠滚到了自己的心里，瞬间便心旷神怡。

朱颜运指奏乐，很快便“大珠小珠落玉盘”。满场的人都闭紧了嘴巴，聚精会神地听她奏乐，甚至连大气都不敢出一口。一曲终了，大家竟一时没有回过味儿来，过了片刻掌声雷动。郭云天深深吸了一口气，感觉乐曲的余香还在心头袅袅飘动，不禁感到又惊诧又好笑又可叹：没想到相亲秀上还真来了位好女子，不过这位女子纵使色艺俱佳，也只能当陪练了。

轮到郭云天上场了。按照戚玉成的安排，郭云天当场表演做菜，然后再拿给评委试吃——其实那菜都是预先做好的，郭云天只是点燃了电波灶，胡乱鼓捣了几下，弄热了就去给评委吃。评委当然会昧着良心说好吃，并打上高分。在郭云天说要秀厨艺的时候，底下已是嘘声一片。等她拿了高分下台后，底下更是一片哗然。郭云天一概听而不闻，却下意识地朝朱颜看了一眼。之后她很是讶异自己看着一眼做什么，想了想后发现自己可能是想看看这位女子会对她的才艺有何评价，不禁骇然失笑：她这是怎么了？怎么会对朱颜生出竞争者的心态呢？

秀结束了打分，郭云天本以为朱颜会被刷掉，没想到她也晋级了。郭云天很是惊诧，赶紧去问戚玉成为什么。戚玉成解释说：朱颜的人气相当高，不让她继续秀很可惜。另外她也正好代表了一种秀外慧中的古典美，也是一种主流传统美，让她和郭云天饰演的心灵美猪扒分庭抗礼，一定会很吸引眼球。郭云天认可了他的想法，却怕在决赛刷掉她的话，局面会不好控制。

“没事。”戚玉成神秘地笑了笑，“我有办法。”

“哦。”郭云天半信半疑地点了点头，忽然脑中亮光一闪，试探道，“嘿嘿……该不会你是看上了她，想要舍身安抚她……”

“没有。”没想到戚玉成一脸正经地否认，“这个女孩不行，看起来太清高了，不像是能过日子的。就像林黛玉一样……像我们这种人是不能娶林黛玉的，否则肯定辛苦死。”

“哦。”郭云天点了点头——虽然戚玉成一脸正经，她却仍想继续调侃，“那你是要娶薛宝钗喽？”

“我告诉你，薛宝钗也不是最会持家的人，”戚玉成也调侃般笑了，“其实，我是想娶凤姐——《红楼梦》里的凤姐哦。”

“哦，可是凤姐很霸道哦。你喜欢当妻管严吗？”郭云天哈哈大笑。

“我可不是贾琏哦，我很会管老婆的。”戚玉成也笑着说，“再说贾琏是胡乱出轨，心里有愧，才会被凤姐拿住的，我要是娶了那样的女人，一定会对她忠诚的……像这样的女人，疼得疼不过来，怎么舍得背叛呢？”说到这里，他不知想起了什么，意味深长地朝郭云天看了一眼。

秀结束后郭云天就打开电脑看秀的网络反映，效果比她期望的还要好。她打开秀的视频页面，发现点击率竟像坐了火箭一样往上猛蹿。她心里很是满意，便也打开视频观看，看着那些拿腔拿调的选手一个接一个地献丑，忍不住哈哈大笑。她这一笑不要紧，把孙笃和孙畅都引来了。他们不明真相，以为这只是一个普通的搞笑视频，便也跟着郭云天一起笑。很快就到了朱颜表演琵琶曲的那一段，屋里的气氛顿时变了。一开始是大家都在笑，现在却是大家都在认真听。再次听到这首曲子的时候郭云天还是一样的赞叹，又下意识地想看看孙畅会做何反应。然而回头后却发现孙畅不见了，大概他瞧不上这种秀，跑去做自己的事情了吧？郭云天对此不以为意，又在网上搜关于这个秀的帖子，一看竟有了一大堆。

不出郭云天所料，网上对这个秀的争议相当大——现在没钱讨老婆的男青年太多了，看到戚玉成这样显摆，恨不得组团过来把戚玉成给啃了。对于参赛的女性自然也是痛骂的居多，不过也有正面的评论——其中朱颜占得最多。郭云天暗暗佩服戚玉成的见识，心想如果有机会，多和他合作合作也好。

戚玉成也颇喜欢和郭云天合作——她在这次秀上表现得相当好——越来越多地邀她去商讨核心部分的议题。谈事情就要吃饭，戚玉成每次都颇大手笔，不是去法国餐馆就是去意大利饭店。食色，性也。郭云天是性情中人，毫不掩饰自己对食物的喜爱，吃得香喝得甜。戚玉成也不喜欢那种装模作样的人，和郭云天谈得兴高采烈。郭云天对他的感觉渐渐变得像从小一起长大的知己一样，已经完全不对他再有戒备。

他们从餐馆出来时，天色已晚了。郭云天想起自己对孙畅的承诺，赶紧和戚玉成告别匆匆往家里跑。然而人越急的时候越可能出错，郭云天竟一不小心踩到了下水道的铁盖上，把鞋跟卡进孔洞里了。

戚玉成便弯下腰帮她拔鞋跟。郭云天道了声谢，随意往周围这么一瞄，竟发现孙畅正似笑非笑地站在不远处。

郭云天感到他的目光内容复杂，心中莫名一紧，这才发现她和戚玉成的状况有些暧昧，身体猛地颤了一下。

戚玉成已经把郭云天的鞋跟拔了出来，看到孙畅和郭云天对视，也感到了其中的异样，问郭云天:“是你男朋友吗？”

“不是，呃……”没等郭云天回答，孙畅已经一步跨了上来，彬彬有礼但锋芒内敛，“我是郭云天丈夫的哥哥。我叫孙畅。”

“哦。”戚玉成朝郭云天打量了几眼，脸色微微地暗了一些。说真的，他一直以为郭云天未婚呢，下意识地朝一边闪了闪。转瞬之间却又改变了主意，又朝郭云天靠近了些。

孙畅发现了他这两个值得玩味的肢体语言，脸色立即变得阴寒起来，但也只是一闪即逝又笑开了。

“我们是来谈生意的……”郭云天知道孙畅怀疑了,赶紧解释。

“是啊。”戚玉成不动声色地笑着说，“你弟妹很有灵性，帮了我不少忙呢。”目光中却悄悄流露出犀利。这是他下意识地做出的，自己竟似都没有注意。

“哦,那就太好了。”孙畅依然很礼貌,目光却也变得犀利起来。

郭云天感觉到这两个男人间的气氛开始变得诡异，赶紧岔开话题，和戚玉成告别，然后招呼孙畅离开。戚玉成和孙畅都没有异议，相背而行的时候却不约而同地回头看了一眼，目光正好撞在一起，竟似在空气中撞出了火花。

郭云天赶紧拉着孙畅就走。因为她心里想尽快结束这件事，因此下意识地走得很快，孙畅却走得不紧不慢，逼得郭云天几次停下脚步等他。

走到离家不远的地方，孙畅忽然变向了。郭云天不知怎么了，只好跟上去。孙畅找了一家小饭馆，要了个包间。

“我吃过饭了……”郭云天心里隐隐有了种不祥的预感。

“我知道。”孙畅淡然地一笑，“我只是有事想和你谈……不能在家里谈……”

郭云天立即省悟是要谈戚玉成的事儿，顿时紧张了不少。

孙畅要了包间后并没有急着谈事，而是要了一个麻辣豆腐，一个苦瓜肉片，一个醋熘鲤鱼，一个西瓜莲子羹。菜上来之前不发一言，菜上来后就给郭云天夹菜盛汤。郭云天被他搞得心里发毛，忍不住说：“大哥，你不是有事找我谈吗？”

“不急，先尝尝菜。”孙畅深不可测地微笑着。

“可是……”

“先尝菜。”孙畅语气并不重，却有种让人不敢违背的力量。

郭云天没有办法，只好把他夹在碗里的菜吃了，顺便也喝了点汤。

“怎么样，把菜和汤在一起吃比单喝甜汤有滋味吧？”孙畅凝视着她似笑非笑，表情却渐渐变得凝重，“这也像人生，酸甜苦辣俱全才完整，也更真实。有些事，有些人，看起来并不甚好却是真实的更能支撑人生，就像这几道菜。而有些东西，有些人，看起来很好，味道也很甜，却是虚的，最终也不能饱肚，就像这道汤。味道虽然很甜，但归根结底，只是清清的一些水而已。”

郭云天慢慢地放下碗，样子有些狼狈。

孙畅笑了笑，盯着她的眼睛继续说：“你和孙笃结婚之前……应该有经过慎重考虑吧？”

“唉……”郭云天长长地叹了口气，迎上他的目光，“大哥，我知道你是什么意思，孙笃才是真正能和我过日子的人，我和那个戚玉成不配……富豪可能会和所有类型的女人交往，但结婚的对象却历来只有两种，那就是女富婆和大官的女儿。像我这种人，顶多是个情人的命，而且也不能被照顾一辈子，顶多是在年轻漂亮的时候被他玩几年，等到人老珠黄的时候就会被抛弃……浪费感情白耗青春，这些我都清楚！”

孙畅很是惊诧，僵笑着问：“你既然知道这个，干吗还……”

“唉。”郭云天又重重地叹了口气，盯着他的眼睛，略带调侃地说，“拜托，大哥，你不会以为男人和女人只要一见面就会有不正当关系吧？”

“可是……”孙畅的目光纷快地闪动，“我看到他对你……”

“拜托，大哥，我的鞋子卡在下水道盖子里了，”郭云天不露痕迹地逼近一步，调侃和埋怨的语气又重了些，“难道他应该不帮我，就让我在那里站着……哦，对了，男女也该授受不亲的哦，他应该立即报警，请公安机关派个女警来帮我……”说到最后忍不住“噗”一声笑了。

孙畅也笑了——一来是因为他处境尴尬，不得不笑；二来是因为郭云天说得的确有些好笑。他只笑了一声便止住了，下意识地揉了揉鼻子，目光中仍有少许的警醒和忌惮——似乎已经察觉到郭云天是想把他的思想带离大道。

郭云天注意到了这一点，故意重重地叹了口气：“大哥你也真是的，不问我去见戚玉成是做什么，就胡乱猜疑……告诉你吧，大哥，我是去和他谈生意的。”

“谈生意？”孙畅一惊，显然不相信，“你和他……有共同的业务吗？”

“你一定是想说，‘我有什么资格跟他谈生意’吧？”郭云天撇了撇嘴，“不错，我是没有什么钱，但我人脉比较丰富啊。他找我，就是让我帮他找对象的。”

“帮他找对象？你？”孙畅更惊诧了，疑惑也更重，“现在有的是婚介公司啊，干吗找……”

“问题就是他们是‘公司’啦。”郭云天喝了口汤，“为了营利会不择手段……他怕他们为了赚钱，会闭着眼介绍外表光鲜但内里有问题的人给他，甚至会给他介绍婚托……后来他从章萍那里听到了我的事情……我不是经常帮章萍的忙嘛，他感觉我比那些公司的还强些，而且民间的媒人也不会像那些用资本运作业务的人花花绕多所以就找我了。”说到这里莞尔一笑，“大哥，按理说你不应该惊诧啊。三姑六婆可是自古就有的女性职业啊。我是在从事最传统的职业，你干吗还要胡乱紧张呢？”

孙畅又笑了——他更尴尬了。他下意识地揉了揉鼻子，喉头稍微动了几动却没有再说什么。也许他还没有完全相信，但已经不好再说了。郭云天得意地朝他瞥了一眼，心里却异样一酸：说真的，如果他是她的男朋友，他吃醋她心里也许还会甜丝丝的，但是他现在是以“大伯子”的身份和立场……一想她的心里又要滴血了。

定时炸弹

孙畅知道自己已经试探不出什么了，默默地结账，带郭云天回家，临到家的时候仍不甘心地补了一句："就当是我多嘴吧……自己心怀坦荡固然很好，但也要警惕别人心怀叵测……"

"放心，我知道。"郭云天佯作认真地点了点头。孙畅看出了郭云天暗藏的不以为然，在心里叹了口气。

孙笃正在家里看电视，见郭云天和孙畅一起回来，不由得一怔。孙畅朝孙笃看了看，却什么都没有说，转身回小屋了。郭云天嘻嘻哈哈地朝沙发上一坐，拿起选台器准备换台，却被孙笃一把抓住手腕："怎么？你和我哥出去玩了？"

"哪有！"郭云天甩开他的手，撇着嘴说，"我去和我一个朋友吃饭，被你哥逮到了……他以为我和那个朋友有不正当关系，狠狠地盘问了我一通……"

郭云天说的是实情，听起来也很像实情，但不知为何孙笃就是不太放心。他朝郭云天小心翼翼地看了看，又凑过来问："你真的……没对我哥有想法吧？"

"干什么干什么啊？"郭云天焦躁起来——被孙畅以"大伯子"的身份盘问后她心里异常的恼火，"怎么一个二个的都以为我要红杏出墙啊！？"

孙笃没想到她反应这么强烈被吓了一跳，赶紧打手势叫她低声。

郭云天会意，连忙把声音压下来，语气中却依然气鼓鼓的：“放心，我们虽然只是在做生意，但我起码的职业操守还有，不会在生意期间做不利于生意的事情的，这你可以放心！”

孙笃没有话说了，默默地去厨房——名为舀汤实为避羞。踏进厨房的门槛后，又下意识地咕哝了一句：真的只当作做生意吗？声音细微，几不可闻。

几天之后又是第二轮海选。这一期的选手同样的是怪样百出，但无论怎样都没有能盖过朱颜人气的。郭云天在网上看着视频，看着下面网友对朱颜的评论，正在感叹朱颜真有人气的时候，孙笃又鬼鬼祟祟地靠了过来。

“哎，云天……你不是在未婚女性中人脉比较广吗？你……抽个空给我哥介绍个对象吧。”

郭云天第一个反应就是孙笃想断她的念头，顿时气往上冲，差点叫嚷：“拜托，要防我也不至于如此吧？”

“谁要防你啊？”孙笃的脸涨红了，“是因为她啦！”朝视频里的朱颜狠狠地一指。

“呃？”郭云天顿时如堕五里雾中，“跟她有什么关系？”

“当然有关系了！她是我哥的前女友啊！”

“什么？”刚听到这句话的时候郭云天的脑中竟是一片空白，怔怔地朝电脑看了看，忽然大吼，声音几乎要把房顶掀掉了，“她是你哥的……前女友……”

“是啊。”孙笃看着视频，表情复杂，“他们之前好过五年，之后不知怎的，闹得很僵，之后就分开了……前几天我哥看到她的视频后，又从手机里翻她的照片出来看……我想他心里一定很难过吧，看着她参加相亲秀……所以我就想，如果能尽快给他介绍个女朋友，他也许就能放下这段往事了……呃？”

孙笃忽然发现郭云天竟是一副义愤填膺的样子，好像她与朱颜不共戴天的样子，顿时惊呆了，半天才笑着说，“其实当时情况说不清谁对谁错，未必是朱颜负心……你怎么这么愤慨啊？”

郭云天赶紧收敛了怒色：“我只是有些惊讶而已。”她偷偷地继续从眼角瞟着朱颜，只觉得牙根痒痒。虽然她知道不应该管、也没法管孙畅的往事，但想起孙畅之前和某个女人交往过便觉得异常愤怒，一想到他是被这个女人甩掉的，简直恨不得把这个女人从他的记忆里揪出来打一顿——并不仅仅是为孙畅义愤而已。她现在回过味儿来了，她之所以这么恨甩掉孙畅的女人，是因为她也等于侮辱了她——把她一直憧憬着的人甩掉，当然是侮辱她了。现在发现朱颜就是这个女人之后，之前对她的竞争心和仰慕心顿时全部化作鄙夷和仇恨之心。连原本喜欢的琵琶曲，听起来都是那么的刺耳和恶心。她看着在台上表演的朱颜，在心里大声冷笑：蹦跶吧，你就蹦跶吧。贪慕虚荣，见钱就上，还跑到台上搔首弄姿……反正你是没戏的，只是为他人作嫁衣裳而已……等到结果下来的时候，你再狠狠地哭吧！

想到这里郭云天异常地解恨，在心里狠狠地幸灾乐祸，她忽然想到一个问题，顿时满腔的欢喜都化成了担忧：等等啊，孙畅已经知道了她的存在，如果对她旧情未了的话，肯定能和她联系上……如果朱颜在比赛中落败后痛心疾首，外加痛改前非，再回到孙畅身边，那岂不是……

郭云天这才发现自己已经陷入了一个异常尴尬的境地：这不

又来了个定时炸弹吗？而且爆炸时间还在竹君和曲兰兰之前……她本想通过这场秀赚一笔快钱，再恢复自由身，狙击曲兰兰和竹君，没想到现在又来了个定时炸弹，爆炸事件竟然在秀结束之前！？疯了！真要疯掉了！

郭云天虽然想了这许多，时间却只过去了一瞬。孙笃见她一会儿咬牙切齿，一会儿冷笑，一会儿又满脸哀愤，顿时大感惊疑和困惑："你怎么了？"

"没事。"郭云天低下头去，依然从眼角狠狠地刮着视频界面，即使朱颜已经下台也是一样。

"你真的没事？"孙笃根本无法相信。

"真没事……"郭云天用力地抹了抹额头，为防自己在孙笃面前继续失态，赶紧打发孙笃，"我想想谁适合你哥……我先捋捋，你先去吧。"

孙笃很是犹豫和狐疑，但也不好不走。郭云天咬着牙苦思，心想要想狙击朱颜，恐怕得利用竹君和曲兰兰，但那样绝对可能后门赶走一条狼，后面放进一只虎……

郭云天正在苦恼，手机忽然响了。她一看到是戚玉成的号码，她忽然有种把手机吃掉的冲动。不仅仅是因为他让孙畅和她有了误会，还因为就是他这个破比赛，才让孙畅重新发现了朱颜。她盯着号码呆看了片刻才接了电话，也忍不住有些咬牙切齿："喂——"

戚玉成倒没有发现她语气中的怪异，仍用轻快的语气说："云天，明天下午有空吗？我想请你去接受采访……和朱颜一起接受采访。"

什么？和朱颜一起？一听到"朱颜"两个字，郭云天就感到血往上冲，本能地想要回绝："为什么要和她一起接受采访啊？"

"为了增加话题度嘛。"戚玉成在那边嘿嘿笑，"把你们两个放在一起，形成强烈的对比，也可以暗示你们正在分庭抗礼，话题度大大的。"

郭云天撇了撇嘴，正想说自己明天下午没空，却忽然想起了一件事，赶紧把话吞进了肚子里：死心眼啊她。这不正好能接近朱颜，一探虚实吗？

第二天下午，郭云天和朱颜一起坐到了摄像机前。说是报纸自发来采访，其实还是戚玉成找来的，所有的问题都经过审核，答案——郭云天那里有现成的，朱颜那里则没有。因为郭云天是主秀，所以由她先说。她不动声色地背着戚玉成给的纸条上的答案，再配以表情，搞得就好像是她的真心话一样。这些话很符合主流面上的"美德"，私下里却能把人雷得外焦里嫩：什么女人必须要做得一手好菜，通过男人的胃抓住男人的心，否则就不是女人啦，什么女人只要守好家，男人就能把山扛起来啦——这些话可以说是现在的职业女性群体最讨厌听的话——连郭云天自己都讨厌听，再配上她那猥琐的伪装，被公布后肯定会被在网上引爆。

郭云天说完就轮到朱颜了。她并没有侃侃而谈，而是惜言如金。记者变换方式问了半天，才问出她对比赛的些许态度：女人不应该做藏在阴暗角落里的花，而是应该站出来勇敢地展示自己。她并没有把比赛当成决定她终身大事的契机，仅仅是来展示一下而已。而当记者问她以前的经历——其实就是想问她的情史的时候，她却闭紧嘴巴不开口了。记者很是生气和无奈，转头用询问的目光看戚玉成。戚玉成却说这也不失为一种风格，也和她古典美女的形象相符合——古典传统的女性历来不喜欢畅谈一切，所以说这样采访也可以，但要记者着力渲染一下她的“惜言如金”。

朱颜对戚玉成微笑注目，以示嘉许。郭云天从眼角瞥见了，感觉顿时像被烫了一样：虽然她和孙畅早已分手，虽然她看戚玉成的目光并不算放电，但郭云天仍感觉很碍眼，就像她是潘金莲再世。

采访结束后郭云天趁戚玉成不备，几步赶上朱颜：“朱姐姐，你也喜欢做菜吗？”

“做菜啊，还行。”朱颜朝郭云天瞥了一眼，目光变得有些复杂，“作为一个女人必须得学会做菜，通过男人的胃抓住男人的心啊。”

郭云天故意苦笑：“那只是我自我安慰的方式啦。我是很努力地学做菜，一直努力地学，却依然总是失恋……”说到这里又自我安慰般说，“不过我想着最终总是会找到我的真命天子，天天快乐地做饭给他吃，这样想想就又有动力了……以前的恋情虽然都以失败收场，但其间我也快快乐乐地给恋人做过饭……现在想来那些记忆也很甘美的……朱姐姐你也有过这样的心情吗？”说着边不动声色地朝她注视过去。

朱颜脸色一僵，没有回答。

“有没有呢？”郭云天知道自己此时不该冒进，但就是控制不住。

朱颜没有回答，脸一下子拉下来，盯着郭云天看了几眼，忽然冷笑道：“你的眼睛很不一样呢。”

“呃？”郭云天没想到她会说出这句驴唇不对马嘴的话来，微微一怔。

“你的眼睛很灵动，甚至可以说是顾盼生姿。”朱颜的后半句话已略带了挖苦和调侃的意味，“和你的外表很不相称……让我忍不住怀疑，你是不是戴了副假面具……”

郭云天一懔，下意识地后退了一步，背后陡然出了一层冷汗。她太大意了。影视化妆虽然可以以假乱真，但也禁不起细看。她顶着这张脸就来和朱颜交锋，实在是太不谨慎了……难道她看出这张脸是假的了？那她会不会匿名向外爆料呢？那样整个秀就会提前毁了！

郭云天越想越是害怕，低下了头，却偷看朱颜。不过她现在虽然很是慌张，但仍没有失去观察能力。她发现朱颜虽然猜到了什么，但没有十分肯定，而且说不定只以为她是在“演戏”，而没有猜到她是真的“戴了面具”。

郭云天稍稍放心了些，觉得不能在她面前久留。她胡乱找了个借口，和朱颜告了别，大踏步往家赶，一边走一边感到风吹到脸上火辣辣的。

怎么着？这家伙还是个高手？真是气坏了……算了算了，没什么好气的。她是高手才对啊，否则怎么能骗到那么有程度的孙畅呢？至于今天的小败……更没有必要计较。人在江湖飘，哪能不挨刀啊。

郭云天一进门就下意识地溜进了孙畅所居的小屋，一进门就看到孙畅在用自己的手提电脑看视频。孙畅见到郭云天进来了，赶紧把手提电脑合上。但郭云天已经看到他是在看朱颜的视频——视频正好播到对朱颜的脸进行特写，白白净净的脸上似乎包含着无限的恶意。

“你……在看谁呢？”郭云天微笑着问。心思在心中迅速地转了几转：现在再打太极肯定无用，不如单刀直入。反正她的身份是弟妹，即便问出问题来，也不会影响到什么。

“是……朱颜吗？”郭云天小心翼翼地问，“我听孙笃说……她居然是你的前女友……真巧呢。”

孙畅的脸色微微一变，之后就恢复如常。但郭云天并不觉得他的心情就此转为宁定了。他肯定是把激荡的心情压到更深的地方去了，对身心的伤害也将更深。

“我只是想看看她现在变成什么样了而已。”孙畅苦涩地一笑，想装得淡然，却让人觉得他十分不淡然。

“哦……”郭云天的心里涌起一股难当的醋意，咬了咬嘴唇，“你……心情不好吗？”

孙畅僵硬地笑了一下，也许想说谎，最终却实话实说：“是啊，心情总会受到些影响的。”

“那……最近就别上网了吧。”郭云天隐隐感到自己的话有些不妥，但在醋意的驱使下就是收不住，“她参加的那个相亲秀，在网上人气挺高的……她可是夺冠的最大热门。”

“哦。”孙畅脸上的肌肉一颤，无所谓地笑了笑，“这还真像她的所为呢。”

真像她的所为？郭云天的耳朵立即竖了起来：是指她喜欢找有钱男人呢，还是指她喜欢表现？

“那……你现在对她还有……留恋吗？”话刚出口郭云天就省悟到自己说的是废话：瞅他那样儿，显然是旧情难忘啊！

孙畅果然苦涩地笑了笑，没有回答。

“那……想和她和好吗？”郭云天发觉自己说的话越来越不对，但在醋意的驱使下就是无法刹车。

“当然不了。”孙畅的表情越来越晦涩难懂，看不出是不是在说谎。

郭云天的心底涌起一股干涩而又虚空的窃喜，之后却发现自己根本是在自欺欺人——现在他说的话，哪里做得准？她盯着他看了看，总算遏制住自己继续胡扯的冲动，黯然地退了出来。

郭云天彻底没辙了。当然了，她并不是没了智计，相反她的大脑受到刺激后异常活化喷出了许许多多的计谋——但她就是不知道这些计谋是否可用。因为她知道自己的心已经乱了。在心乱如麻的时候判断都难保客观，何况用计呢？

禽　兽？

正在郭云天一筹莫展的时候，事态忽然发生了重大的变化。她有天上网，赫然发现网上有人揭露朱颜年龄造假。爆料者在天涯发帖，说朱颜自称二十九岁，实际上已经三十二岁了。爆料者的ID名为“专逮不要脸的”，是今天刚注册的，一看就是专门为了爆料而注册的马甲。发帖者在帖中对朱颜隐瞒年龄的行为大加毁骂，并说了很多引导性的词语。现在网民最痛恨的就是大龄拜金的美女，一时间骂声四起，短短几十分钟就把这个帖子翻了几十页。郭云天注意到，在这个帖子中有个叫清荷的ID异常活跃，一直为朱颜辩驳，并和骂朱颜的人对骂。郭云天敏锐地感觉到她就是朱颜本人。并不仅仅因为她为朱颜说话，而是因为她在和网友对骂的时候，显露出了本人才会有的愤怒和委屈。郭云天思虑再三决定去刺探一下她的想法，便也启用自己的一个马甲，给名为清荷的ID发了一个私信：“颜姐，是我啊！”

郭云天这个计谋很冒险，却也巧到了极处。任何人都有结识过后来记不得的网友的经历，也会在不经意间对这个将来不会记得的人透露自己的个人信息。这个名为清荷的ID注册已经许久，难免不会结识这样的人。郭云天就是要攻击这个心理盲点，看能不能找到机会。

“清荷”看到私信后愣了一会儿，之后发来一个私信：“我现在忙，等会儿再谈。”

郭云天知道她已经把自己误当成了熟人，立即回了一个私信："颜姐,别和这些人瞎吵了,没用的……好多人已经在怀疑'清荷'就是你本人了！再吵下去，恐怕会越描越黑！"

这句话颇为有效，清荷不再在帖子里出现了。郭云天又不失时机地给她发了一条私信："我以前的号被人盗了，这是我的新号，加我吧。"彻底把"以前可能有"的破绽全抹杀了。

郭云天原以为清荷——不，现在应该说是朱颜了，被骂得窝火之后倾诉欲应该相当强，没想到她倒挺沉静，加了郭云天后半晌不吱声。郭云天等得心里发毛，只好先开口："颜姐，这是怎么回事啊？"

"我不知道啊！"一句话分两次发过来，看来朱颜此时的心情一定激荡万分。

"是不是和你一起比赛的人使坏？"郭云天问。

"不知道……但是很有可能！"

"你觉得会是谁呢？"

"很多很多……有动机的人很多，有条件的人也很多……我在家乡也算有点名气，只要用心调查我，要找到我的个人信息很容易……"

嗬？看了这个之后郭云天颇不以为然：口气挺大啊，我倒要看看你是何方神圣。接着便开始搜索朱颜的信息。

网上叫朱颜的人相当多，但郭云天是搜索高手，很快就搜出了朱颜的信息。喏，是的，有点名气。在临市的市辖县县里举行的少儿琵琶大赛里获得过第一名，当时是十六岁，年份是1995年。后来又在市里举行的旗袍美女大赛中获得第三名，时年二十岁，年份是 1999 年。两项印证，她果然是三十二岁。

以前郭云天对这种荣誉都是嗤之以鼻的，今天心里却有些奇怪，沉甸甸酸溜溜，竟像嫉妒和受挫了一样。

“那…… 颜姐，你以后打算怎么办？”郭云天继续问。

“不知道…… 不过我是不会轻言放弃的。如果放弃了，就遂了这些坏人的心！”

郭云天本性不坏，见她有点意气用事，本能地想要提醒她，但想到那样可能多生枝节，只是小心翼翼地问了一句：“这样好吗？”

朱颜沉默了一会儿问：“你觉得该怎样呢？”

郭云天仔细想了想，最终还是决定不要多管闲事：“我也不知道。颜姐，这是你的事，你自己决定吧…… 只要你把前因后果想清楚，确认没有关系，就可以了。”

朱颜沉默了一会儿，忽然发来一条信息：“你是张妮吧？”

郭云天的手指本能地从键盘上弹开了。张妮正是她参加比赛时的化名。朱颜竟然能从隔着电脑的只言片语中猜出她的身份…… 也是个厉害人物啊！

“张妮是谁啊，我不认识……”虽然被识破了，郭云天仍然要狡辩。

“你不用装了！我根本不记得你！什么时候跟你姐妹相称了？别看我已经快被气死了，我心里明白着呢！虽然网上有很多垃圾恨我，但是巴巴地写这么多字毁我，还是和我有利益冲突的人最有可能！那就是你！谁又会最关注帖子后面的回复，以及我是否过来看了呢？只有发帖的人！当然也是你！”

“不，你弄错了……”郭云天继续狡辩——不过现在也不能算是狡辩了，因为朱颜除了对她的身份的猜测是对的之外，其他全错了。

“你不用装了！我告诉你，我是不会退出的！我做人清清白白，除了隐瞒了年龄这一点，其他没什么可以被攻击的！你就不一样了！你看看你，全身上下哪里不是漏子？我告诉你，别以为自己人气高就一定嫁入豪门了，我告诉你，人家眼睛可不瞎，就算你能得第一，他也不会要你的……”

郭云天默默地把网页关了。关闭网页时朱颜的头像还在闪个不停，看来还在痛骂她。说不定朱颜以后也会想办法调查她——不，应该说是调查“张妮”，找机会修理她吧。看来是白白惹上麻烦了呢……不，不算。反正朱颜早就认定张妮是她的主要对手，没仇没怨也会和她作对。再说在她去刺探之前，朱颜也已经认定这个帖子是张妮发的了。她暴不暴露其实都一样。她现在在意的是朱颜说的那句话。

巴巴地写这么多字毁我，还是和我有利益冲突的人最有可能。

和朱颜有利益冲突的人很多很多，郭云天却唯独想到了一个人。

那就是孙畅。如果他对朱颜尚未忘情的话，很可能会这样做。再说他也是最熟悉朱颜情况的人之一。虽然还没有证据证明孙畅就是发帖的人，郭云天还是感到一种盐渍般的痛。她咬了咬嘴唇，想再去找孙畅刺探一下，仔细想想还是作罢了。因为她发现自己在他面前似乎已经不能保持冷静了。

郭云天很快就发现，自己要担心的，并不仅仅是孙畅是否会旧情复燃的问题。这天她买酱油回来，亲眼看到孙畅和竹君并肩在街上走。虽然没什么肢体接触，但神态看起来是颇亲热的。郭云天看愣了，等到有人提醒她酱油袋快被捏破了的时候才回过神来。糟了，为了摆脱前女友的阴霾，去找新的港湾……多么顺理成章啊！？

两人走到离家不远的地方才分开。孙畅若有所思地走着，忽然看到郭云天，笑了笑欲言又止。

“没事。”郭云天笑得异常仓皇，“这样挺好的……这样才对！”上一次睁着眼说瞎话时她感到自己的心头在滴血，现在则分明感到自己心头血崩了。

孙畅却有些紧张，正色说道：“不是，我只是和她聊聊天而已。不像你想的那样。”

“哎呀……”郭云天的心头鲜血直流，却硬撑着笑着，“怎么这么大的人了，还不好意思啊？”

孙畅被她说得颇不好意思，讪笑着说：“不是，如果是真的，我自然不会隐瞒的……只是现在还不是啊。”

乍听到这句话的时候郭云天还稍稍地惊喜了一下，仔细一想却暗骂自己没脑子：就算现在不是，以后是不也一样糟糕？

孙畅见她似笑非笑，表情异常复杂，又是惊诧又是窘迫，下意识地咳嗽了一声。郭云天如梦方醒，赶紧微笑着把孙畅往巷子里让，又下意识地朝竹君离去的方向瞥了一眼。不知是精神过敏还是怎么，她竟觉得有两只眼睛，躲在暗处定定地看着他们。

相亲选秀还要经过一轮海选才能进入半决赛，郭云天和朱颜暂时见不着面。因此她准备先“料理”竹君。她谋划了一会儿，准备用电话把竹君约出来刺探刺探她的想法。为了让信号好一点，她下意识地走到客厅里。

竹君的手机通了。令郭云天惊诧的是竹君似乎有急事，连珠炮般地对她说:“对不起，天姐，我有急事，完事后再和你联系！”说完便挂断了电话。郭云天颇为不爽，悻悻地合上手机，却忽然意识到竹君的声音来源似乎有两个：一个是手机里，一个似乎是……门外?

还真有人敲门。郭云天吃了一惊，正要从猫眼里看看，孙畅却忽然出现了——他小屋的门离大门更近，走过去打开了门。

“孙哥，我没主意了……想请你帮忙……”一见到孙畅，竹君就像见到亲人一样扑了过来，忽然看到郭云天，立即呆住了。

“是我弟妹。”孙畅看出了异样,用质询的目光看了看她们两人。

“我们之前见过,哈哈。”郭云天仓皇地大笑了几声,“偶遇……哈哈,她人很好的,不仅在公益机构当义工,还义务搭救失足……呃，失足少年……”

“就是那个失足少年……出了事啊！”竹君忽然哇的一声哭了出来。郭云天又是震惊又是侥幸——多亏了她这一哭，孙畅肯定无暇再管她们的“偶遇”是否可疑。而且，她这么激动肯定也不会再细想她们的偶遇是否有蹊跷，也许这件事就能这么蒙混过去了。

“失足少年？谁？”孙畅被竹君说得一头雾水。

“那孩子……就是天姐看到的那孩子，她叫慧慧……很不争气，年纪轻轻就去当……去当失足妇女……可是这次却真的想做点好事，却……却遇上了那个禽兽……”

竹君越说越乱，孙畅和郭云天全都听得一头雾水。郭云天赶紧倒了一杯水给她。

竹君喝了水之后稍微好了一些，一把鼻涕一把眼泪地说了一个令孙畅和郭云天惊诧万分和怒发冲冠的事情。

原来那个叫慧慧的孩子，虽然嘴上说永远不愿回孤儿院，其实对院长、同伴和义工们还是很有感情的。她见她们做得辛苦，便想为她们做点什么。见戚玉成高调“选妃”，心想他既然有这么多钱浪费在选妃上，应该也有钱做慈善，便去求他了。

没想到他竟然是个衣冠禽兽，一见慧慧就提出要她陪他过夜。慧慧为了给孤儿院争取点资金，就答应他了。没想到他得逞之后竟然不认账了。慧慧没有办法，哭着跑回了孤儿院，叫院长给她做主——其实是希望大家能够一起努力，凭借这件事，叫戚玉成拿出些钱来。大家对慧慧的想法心知肚明，却也因此更加心酸和愤怒，决定一定要为慧慧讨个说法。但是院长以前虽然做过生意，但没什么文化，也不懂法律，不知道该怎样处理这件事为好，又加上被气得发晕，一时间竟拿不出主意来。而其他的孩子和义工们都是老实巴交的人，再加上也被气得七荤八素，更加拿不出主意来。竹君没有办法，只好来找孙畅帮忙，希望他能帮大家拿个主意。

听完竹君的话之后，郭云天觉得脑子都要炸了，一时间不知道该如何是好。孙畅则气得脸色铁青，恨恨地朝郭云天瞪了一眼。他这一眼的内容十分复杂，郭云天无法尽识其味，但想来也是质问她为什么要和那种人做朋友。被孙畅瞪了一眼后她羞恼至极，但也因此冷静了下来，沉着嗓子问竹君。

“她……关于这件事，留下什么证据了吗？”

“没有，”竹君满眼泪水，满脸愤怒，眼泪都似乎要被怒火烧沸了，“戚玉成很小心，事后还叫她洗澡……把一切都清理掉了。唉……慧慧这孩子不谙世事，被他耍了……”

“呃？”郭云天的心头飞快地闪过一个疑问。慧慧会不谙世事？不一定吧？她在风月场所已经做了一段日子了，不可能这么没有见识……不过也许人家孩子就是不懂事，她现在也不能妄下判断。

“这很麻烦啊……”孙畅的脸色青得都要掉霜，“这样就没法证明他们发生过关系了……”

“就算有证据也不乐观啊……”郭云天接过话头，眉头也皱得要滴血，“本来以发生关系为代价，争取利益就不被社会道德认可，更不受法律的保护……而且就算能证明他们发生了关系，如果戚玉成说……他们之前并没有什么协议，完全是你情我愿，我们也不能把他怎么样……”

“可慧慧还是个孩子啊！她今年才十七岁……对这么小的孩子做这种事，他不应该受惩罚吗？”竹君几乎要喷出血来。

“估计不行。”孙畅的喉中也几乎要滴出苦血，“法律只是规定，与未满十四周岁的女孩发生关系的，以强奸罪论处。但是……对未满十八岁的孩子做这种事，是一定要受到社会的谴责的……而且他现在又在高调选老婆，一定怕有这类丑闻传出来……我们还是能讨到说法的！”

这一点郭云天也想到了，只是迟疑着不敢说，听孙畅抢先说出来了，只有悄悄地苦笑。她现在和戚玉成可以说是一条绳上的蚂蚱，这件事如果闹大了，天知道会不会牵连到她身上。而且，她对这件事的真实性颇感怀疑，但是现在无凭无据，一切都不能妄下结论。

听孙畅这样说后，竹君立即要去找戚玉成讨说法。孙畅怕她吃亏和把事情搞砸，提出陪她一起去——从今天她的表现来看，她不仅暴躁而且冒失。郭云天本来不便掺和这事，但害怕他们搞出什么不可测的事情，也只好硬着头皮跟着去。

信　任

三个人打上的士直奔戚玉成的公司。前台小姐见这一男两女脸色铁青、气势汹汹地进来，吓得站了起来："请问找哪位？"

"我们……"竹君张口就要说，却被孙畅阻住了。他意味深长地看了郭云天一眼，缓缓地对前台小姐说："请你告诉孙总，就说郭云天郭女士找他。"

郭云天心头一沉。孙畅以她的名字通报，绝不仅仅是因为她是戚玉成的朋友更容易见他。他是想让她在这件事里打头阵，至少让戚玉成认为她是打头阵的。任何男人都不喜欢和自己作对的女人。他这样做是想了断她和戚玉成之后的所有可能。原来他还是没有完全放心……真是聪明……手段也真是厉害。

戚玉成立即叫前台小姐带他们去他的办公室。戚玉成原本是满脸堆笑，但看到竹君和孙畅也一块跟来了脸色顿时铁青，接着又由骇异转为怀疑。看来竹君这个暴躁而又冒失的家伙已经到他的办公室闹过一次了，他知道竹君和慧慧是一伙的。

见他如此，郭云天简直像被人兜头打了一闷棍，心里叫苦不迭。她知道戚玉成在怀疑什么。他肯定不觉得郭云天和竹君认识是巧合，进而怀疑郭云天和他合作是另有目的，甚至怀疑她做的所有事都是一个阴谋。在一瞬间郭云天感到事情糟到了极点，心里又凉又软，只想往下瘫，但事已至此也只能硬着头皮前进。

她定了定神，对着戚玉成淡淡一笑："这位是春晖孤儿院的义工竹君小姐，她们孤儿院在本市很有影响的。我从她那里听到了一些事情，想向您求证一下。”

她的话乍一听来是为竹君提高声势，其实是向戚玉成暗示：她和竹君只是“普通的结识”，因为她在市里有影响，所以她才认识了她，两人的结识并没有什么特殊的成分。

戚玉成是个聪明人，脸色稍微缓和了一些，但依然绷得紧紧的：“你们想找我确认什么呢？”

“你还想抵赖吗？”竹君差点跳起来。郭云天赶紧安抚住她，仓皇地朝孙畅和戚玉成笑了笑，略带了些央求的意味：“大家坐下来慢慢说吧，都不要冲动，嗯？”

孙畅和戚玉成对望了一眼，都缓缓地点了点头。戚玉成叫郭云天他们在沙发上坐下，叫秘书端来了茶水和水果。秘书是个乖觉的人，察觉了这里气氛异常，轻轻地走进来，轻轻地走出去，还几乎不发声地把门关严了。

“好吧，说吧。”戚玉成黑着脸说，看向孙畅和竹君的目光竟充满了愤怒和鄙夷，“你们想干什么？还想怎么讹我？”

“你说什么？”竹君又要跳起来。郭云天赶紧按住她，转头对戚玉成僵笑着说：“戚先生，其实我们到这里来，首先是希望能把事情搞清楚……”

“这么说是要听听我的说法了？”戚玉成冷冷一笑，眼中忽然迸出火花，“事实就是……那丫头讹我！我根本没碰过她！那天她到我家找我，说她是失学儿童想请我帮助，我见她可怜就请她进来了……”

“等一下。”孙畅的声音并不响，却很有力，就像把刀子一样斩断了戚玉成的话，“你的家庭住址是未公开的吧？她之前和你并不认识，怎么可能准确地找到你的家呢？”

“你是说是我把她带回家去的？哈哈，”戚玉成盯向孙畅，眼中几乎要喷出火来，“你别告诉我你连这点脑子没有吧！？只要守在我的公司外面，等我回家再跟踪我，傻子都能找到我家在哪里！”

他的话很有道理，却也很无礼。还好孙畅能沉得住气，没有和他计较。

戚玉成斜睨着他，冷笑了一声：“没有别的话了吧？我可以继续说了吧？”他脸上的愤怒和鄙夷更加浓郁，“我原来以为她只是叫我资助她一个人，没想到她是叫我资助整个孤儿院，而且要的金额还高于常规。当然了，如果是正规机构来找我我还可以考虑，但是她就一个孩子，既没带身份证也没带孤儿院的相关证明，我怎么可以答应她？她就以为是我小心，就在我家赖着不走，非要逼我答应。后来竟然说只要我愿意出钱，无论我叫她做什么都可以，竟然……竟然开始脱衣服，我赶紧把她赶出去了……”

“你胡说！”竹君像被人炮烙了一样跳了起来，“慧慧她不会是这种人……你血口喷人！”

“血口喷人！？”戚玉成和她针锋相对，“哼！我已经调查过她的事情了！她是在发廊从事皮肉行当的！这种人能做出什么好事来！？血口喷人的人是你们吧？”

“不过，”孙畅再度插嘴，同样声音不大但相当有力，“我们是不是也可以这样理解，因为她有这种背景，所以你觉得无论她说什么都没人相信，觉得对她做什么都可以呢？”

戚玉成的脸猛地涨得血红，几乎要扑过来揍孙畅，但还是深吸一口气把怒火压了下来。他鄙夷地看了看孙畅和竹君，冷声说：“你们真会狡赖啊。我也懒得跟你们啰唆。我就一句话，既然你们说我做了，就请拿出证据来。”

“你不是叫慧慧洗澡了吗？哪还有证据！”竹君越来越愤怒，也越来越接近失控。

“笑话！谁让她洗澡了！？谁见过她洗澡了！”戚玉成大声冷笑，“照你这样说，她也可以说她和奥巴马交易了，之后又洗了澡把证据给丢了！”

“你……”竹君一口气卡在嗓子里，两道愤怒的眼泪汩汩而下。

“都冷静一下！请先听我说句话！”郭云天终于开口了。她的神色平静，眼神犀利，朝大家扫视了一圈。大家都不由自主地静了下来。

郭云天在心里叹了口气，咬了咬嘴唇——她知道自己现在的处境很微妙，无论做什么都可能引发无尽的误会，但还是决定站出来。他们都太冲动了，再这样闹下去，说不定真会闹得鱼死网破。

“竹君，大哥，你们别生气。”郭云天看向孙畅和竹君，紧张中透着坚定，“其实，我一直有疑惑……慧慧虽然很小，但也是在风月场所做过的人……应该不会这么没有见识，不懂得保留证据……更不会不知道，交易的原则就是要一手交钱，一手交货。”

孙畅僵住了，瞳孔也开始收缩，不知是愤怒、骇异还是疑虑。竹君的表情更像是刚刚被人强迫吞下了一个鸡蛋。

戚玉成则露出了得意和欣慰的神情。

郭云天对孙畅和竹君的神情视而不见，又转向戚玉成：“不过戚先生，你和慧慧发生冲突的时候，没有旁人在场吧？而且，您住的地方应该是高档小区，任何人来去都有记录的吧？应该有很多人记得慧慧进过你的家门，之后又非常生气地离开了……社会上对这种事都是疑罪从有，又对富人有偏见……如果这件事闹开了，你恐怕也很难说清楚吧？”

戚玉成也僵住了，眼神也开始变得疑惑和锋利。

郭云天仍表现得泰然自若，垂着眼帘谁也不看。“所以现在最需要做的，就是弄清事实……请你们都配合一下！”

她的话很是有力，双方都不再保持战备状态，屋里的气氛立即缓和下来。

“可是怎么弄清事实？”竹君小声说，“这种事情历来都是说不清道不明的……”

郭云天咬了咬嘴唇，脸色更苍白，目光也更犀利：“办法倒是有……我看过一篇古代的小说，说一个富人，强暴了一个民女，不愿认罪，民女就说出了他身上的特征，结果让他伏了法。”

戚玉成一怔，下意识地看了看胸前。

郭云天发现了这一点，微微地皱了皱眉头，拿出手机递给竹君：“你给慧慧打电话，问她记不记得戚先生身上有什么特征……按下免提键，我们都听一听。”

竹君茫然地把手机接过来，抖抖索索地拨通孤儿院的电话。

“喂，慧慧，现在事情卡住了，需要你提供证据……你记不记得戚玉成身上有什么特征？”

“特征，有啊！”慧慧竟然丝毫没有迟疑，声音既高且锐，“他的胸前有一个文身，是太阳形的！”

孙畅和竹君立即朝戚玉成看了过去。戚玉成冷笑一声，直接把衬衫扯开了。

“啊！”大家都惊叫了一声。他的胸前没有文身，却有一块烫伤。这块烫伤很新，颜色也很浅，根本盖不住什么，不像是为了欲盖弥彰而故意烫上去的。

“哼。”戚玉成冷笑着合上衬衫，“我告诉你们她怎么会把这块烫伤当成文身的……之前我吃饭的时候被热汤烫到，感到很倒霉，便发微博调侃了一下，说多了个文身，还是个太阳形的。她不知道我是在调侃，便以为我真有个文身……哈哈，现在你们该知道她从头到尾都在说谎了吧？”

竹君露出了高楼失足般的表情，接着便无地自容。孙畅的脸也一直红到耳朵根。郭云天稍稍松了口气，却也担忧地朝戚玉成偷看了一眼。虽然她力挽狂澜把一场乱局化为无形，也帮到了戚玉成，但毕竟是参与了这件事情，不知道戚玉成还会不会怀疑她另有目的。

戚玉成的目光没有和她的目光相触，只是冷笑着看着孙畅和竹君：“既然真相大白，我也不想再计较什么了。毕竟她只是个孩子。不过我想提醒你们一句，做慈善固然是好，但请在照顾孤儿们的生活的时候也照顾一下他们的内心。如果净养出这种人来，就不是在为社会造福，而是在为社会招祸。”说到这里顿了顿，脸上的鄙夷之情更浓，“另外，也请你们自己也成熟一些。她是孩子，你们可不是孩子！”

竹君的脸更红了。孙畅脸色却不再那么难看——看来他是个拿得起放得下的人，因误会而产生的羞耻很快就吞下了。

从戚玉成的公司出来之后，郭云天依然担心自己是否有被戚玉成误会，脚步微微有些沉重。孙畅发现了她的异常，朝她瞥了一眼。然而就是这一眼，竟让郭云天怒火万丈——其实她已经气闷了很久，这一眼就好比落到干柴上的火种。郭云天真想对着孙畅大声吼叫：你凭什么这样猜疑和算计我啊！？

当然，在竹君面前是不能对孙畅吼叫的。她一直忍耐到回家。还好孙笃不在。郭云天铁青着脸关上门——可能是因为她看起来颇像要“关门打狗”，孙畅立即紧张起来。

“怎么了？”孙畅强笑着问她。

“有什么话就敞开说吧。”郭云天铁青着脸盯着他，眼中似乎要喷出火来。

“什么，我不知道……”孙畅仍想装傻混过去。

“你就不要再装了！”郭云天冷笑一声，说的每一个字都“咝咝”冒火，“你怀疑我和戚玉成有关系是不是？你认为我是什么？无耻的拜金荡妇？你凭什么这样侮辱我？”

“我没有侮辱你……”孙畅被问得猝不及防，顿时手足无措。

“你这样想就是侮辱我！”郭云天逼近一步，热泪迸流：“你为什么这么不信任我！？我做错什么了？”

“对，对不起……”孙畅知道再抵赖已经无用，干脆直接赔罪，“是我疑心病重了些……对不起，是我不对，以后我再也不这样了……”

郭云天可不买账，眼泪像洪水决堤：“从一开始你就猜疑我，怀疑我的人格……到底是因为什么？如果之前我做过对不起你们孙家的事情，你猜疑我还情有可原……可是之前我什么都没做过，为什么你一见面就认定我不是好人呢！？”

孙畅被她哭得手足无措，只好一个劲地赔罪：“对不起……是我疑心病重……是我多管闲事……就算要喝干醋，也该你老公来喝，我却多管闲事，真是太混账了……对不起，我以后再也不多管闲事了……”

郭云天没理他，继续哭得不停。她气的可不是孙畅多管闲事，而是因为孙畅的冤枉和猜疑。不过说实话，孙畅冤枉她是错，但猜疑她未必是错。她跟孙笃的婚姻的确有猫腻。但被喜欢的人冤枉和猜疑，还是让她感到很伤心和委屈。

孙笃回来了。郭云天不理他，继续哭。孙畅又是惊慌又是尴尬，下意识地后退了一步，意思是说你不要误会，我没有欺负你老婆。

孙笃倒没在意这个，只是愕然地看着他们。郭云天终于哭够了，站起来一抹眼泪，一甩头发走进卧室，没有朝他们兄弟两个看一眼。之后外面似乎有嘀咕声——孙笃肯定要问孙畅发生了什么事，她也不想再管。

郭云天在卧室里闷头睡了好久才出来，脸色黄黄的，拉着脸，径直到厨房里去找吃的，对孙畅兄弟俩视而不见。也许她这样过火了点，但她就是不愿干休——谁让你怀疑我来着？郭云天刚找了个茶叶蛋放进嘴里，就听见手机响。她怀疑是戚玉成打电话来了赶紧去接，迈步时却下意识地朝孙畅两兄弟瞥了一眼。他们同时把目光偏向别处。看来他们也怀疑是戚玉成打电话，但也都选择了假装没看见。

“喂……”果然是戚玉成打来的。郭云天的心顿时提到了嗓子眼儿——她还不知道戚玉成对她会是什么态度呢。

“喂，是云天吗？”戚玉成的语气倒很轻松，就像什么事都没发生一样，“关于秀我有新的想法，你可以出来一趟吗？”

“哦，好的……”郭云天仍紧张得手心冰凉。

“那好,三十分钟后在琼林酒吧见。”说完戚玉成就挂断了电话。

郭云天怔怔地放下电话，又是诧异又是迷惑。他竟然只字未提那件事……难道他已经决定不计较那件事了？也不再猜疑她郭云天了？他会这么大度和信任她吗？还是打算等她到了地方，再好好地试探和盘问她?

家门秘事

郭云天忐忑不安地赶到了琼林酒吧。这里是本市较为高档的酒吧，“人文气息”很浓。郭云天一进酒吧，就发现他在花朵区的梨花位置上——这个酒吧的老板很会玩情趣，把酒吧按照“风花雪月”分成四个区，每个区的每个座位都饰以不同的主题，戚玉成现在所在的，就是以梨花的花式和寓意精神装饰的座位。

戚玉成一见到郭云天就露出了灿烂的笑容。郭云天犹疑地走过去，坐在他的对面。戚玉成对她的忐忑视而不见，开口就说秀的事情。这大概就是表示已经不猜疑她了吧？但郭云天心里还是没有底，终于忍不住在他讲了一大段之后打断他：“慧慧那件事……很抱歉……”

“没事。小孩子嘛，没有家教又穷急了，可以理解。”戚玉成拈了个腰果放进嘴里，竟似毫不在意。

“我也要对你说抱歉……”郭云天笑得更紧张——戚玉成现在这样子，简直就是一深不可测。

“你干吗对我说抱歉啊？”戚玉成“哈”的一声笑了出来，“我还要对你说谢谢呢！如果不是你想到办法了解了这件事，我恐怕还要和他们纠缠不清呢。如果消息再传出去了，对我的秀就是毁灭性的打击。你可是我的大功臣呢，怎么还要说抱歉呢？”

郭云天又惊又喜，稍稍放了点心，却依然怕戚玉成没说实话，迟疑了一会儿之后小心翼翼地问：“那……你就一点没怀疑我是和他们串通……接近你是另有目的的吗？”

“当然不会，”戚玉成嘿嘿一笑，“我是用人不疑，疑人不用，再说我也不是不会看人。”说完便凝视着郭云天。

郭云天觉得他的目光似乎看到了她的心里，里面更似乎有种令人眩晕的东西，下意识地把目光移向一边。

戚玉成的目光微微一闪，佯作无事地把目光移向腰果，拿起一个腰果吃了。然后又佯作无意地说："其实我一直很担心你的……担心你回家不好交代，毕竟你站在了我这边。"

“没事。”郭云天大姐大般地挥了一下手，“他们不敢说什么的。”

戚玉成偷偷地凝视了她一眼，目光变得晦涩起来。“哦，这么说你的婚姻很如意？你丈夫对你很好？”

郭云天本想微笑着默认，笑容却原因不明地垮了。戚玉成目光一闪，似乎从心底笑了出来，却依旧佯装无事："哈哈……就算是聊点闲话吧……我还没有进入婚姻，所以想知道婚姻内部到底是什么样子的……你和你丈夫是怎么相识结婚的？”

“哦，和他啊。”郭云天开始背诵之前向孙畅编过一遍的话，“我和他是同事，认识有七八年了。”

“那为什么到现在才结婚呢？之前有过波折吗？”戚玉成几乎是目不转睛地偷看着郭云天的眼睛。

“也不是啦……”郭云天小心翼翼地斟酌着措辞，“一开始没感觉，但是后来处着处着，就……”

“就感觉年龄到了，所以就将就嫁了他，觉得以后会有感觉的，对吗？”戚玉成的眼中有道锐利的光一闪而过。

“算是吧。”郭云天干脆借坡下驴。因为她和孙笃根本就没爱过，继续编说不定会露出破绽，不如就照着他的话说。

“这么说你是为了年龄而嫁的？”戚玉成笑了，用看似温吞实则锐利的目光看着她。

“怎么了？”郭云天感到了些许异样，不由自主地紧张起来。

“没事……我只是认识一些情况和你类似的人，”戚玉成眼皮一垂，把那含义丰富的目光藏了起来，“他们也是觉得自己到了世俗认定的结婚年龄，便找了条件差不多的人结了婚，并幻想以后能孕育出甜蜜的感情，结果却不尽如人意。”说到最后的时候又把眼一抬，像要捕捉什么一样盯向郭云天的眼睛。

然而郭云天却是一副心不在焉的样子。

戚玉成微微有些诧异，也微微有些迷惑，赶紧哈哈一笑：“不过当然也有感情甜蜜的组合……哈哈，因为历史的原因，中国人本来就有在婚后培养感情的传统……出现这种情况也是合理的。”

郭云天依旧漫不经心。戚玉成又偷瞄了一眼，眼中似乎有种悻悻之意，忽然有些冲动：“恕我冒昧……我感觉你的大伯子……好像有点过于注意你了。”

“呃，有吗？”郭云天一惊，想要装傻，却不由自主地红了脸。

“哈哈。”戚玉成的目光忽然变得有些灼烫，语气也有了刃口，“呵呵，就当是老朋友多管闲事吧……你的大伯子，是不是对你有意思？”

郭云天一惊，立即面红过耳。

戚玉成微微有些得意，却相当地愤慨：“是这样的吧？他带着那女人来找我，其实是因为喝干醋……按理说即使要喝干醋，也应该由丈夫来喝……而他仅仅是个大伯子，却来横插一杠子，显然……你和他的关系进行到哪一步了？让他得手了吗？”

“哎呀，别……”郭云天又慌又窘，赶紧摇手示意他放低声音。天啊，难道他是以为孙畅对她有想法，在对她发动攻势……或是横加骚扰？天……完全猜反了啊！她和孙畅之间是有些问题不错，但是她要向他伸手！不过他怎么会以为是孙畅要对她伸手的？难道是……孙畅对她也有什么异样，她当局者迷没看出来，却被旁观者清的他看出来了？

一想起这个郭云天就怦然心动，脸也更红了。

戚玉成怀疑地看了看她的脸色，顿时更加愤慨：“什么！？难不成你已经被他……”

“胡说什么啊！”郭云天急了，下意识地挥舞起了双手，衣袖险些将腰果碟带翻，“哪有的事儿啊！？他只是一个多管闲事的哥哥而已……他是觉得他弟弟老实，而我有些……猴精，怕弟弟被我欺负，才多管了我一点儿！”

“真的？”戚玉成一开始不相信她的话，但见她的目光不似作伪，脸色便稍微缓和了一些。郭云天见他不再胡说八道，也稍稍松了口气。

一时间两人都不再说话，只是低头吃东西。

“不好意思，多管闲事了……”最终还是戚玉成打破了沉默，笑得很是尴尬和悻悻，“不过，就当是老朋友唠叨吧，其实为了年龄而结婚，总是有些风险的……和一个不是很有感觉的人相处就有些困难，再对着他的家人……如果他的家人易于相处还好说，但如果他们不好相处，就一定很辛苦……所以像我这类的人，就宁愿多等一会儿，虽然迷茫一些，但也有些风险，但至少无悔和轻松一些……”说到这里他的目光又开始变得深沉，却发现郭云天依旧漫不经心，不免有些失望，脸色顿时晦暗下来。

其实郭云天也觉得今天的戚玉成有些奇怪，但就是想不通哪里奇怪，而且一用心去想的时候脑子里就变得一片空白。这种情况她从没有遇见过，自己也在诧异中。

两人又陷入了沉默。戚玉成越待越觉得无味儿，下意识地看了看手表，似乎准备买单走人。郭云天心头一阵慌张，一不小心把在心头盘旋多遍的话吐了出来：“不好意思，再麻烦你一下……是不是孙畅对我的态度有些奇怪啊？你看出来了？”

“什么？”戚玉成又是好气又是好笑，更有些懊恼，“原来你也……那你还说……”

郭云天赶紧低下头来。糟了，看来她问错了，也恐怕问不出什么。

戚玉成见她如此，一时间也不知道该说什么好。他拿起叉子，叉起一颗草莓，放下。“对于这个，我也没别的什么话给你，只是……”又叉起一个草莓，再度放下说，“只是想给你一个忠告……不管是已婚的男人勾搭未婚的女人，还是未婚的男人勾搭婚姻里的女人，都是没想过对女人负责的……尤其是未婚的男人勾搭已婚的女人，是从来没想过要对她负责的，因为他觉得她反正有归宿有人养，不需要他负责……”说到这里他忽然僵住了，接着便露出了误入陷阱般的窘态。

郭云天倒没有注意到这一点。她紧皱着眉头，呆呆地思索。戚玉成的话提醒她了，不管她是真结婚还是假结婚，毕竟和孙笃有了一次婚姻。她和孙畅之间已经有了很多世俗的障碍——别的不说，以后就算她和孙畅有机会，但孙畅能不在意她和他的弟弟曾经假结婚吗？之前她光顾着兴奋和痴恋，竟丝毫没想到这些实际的问题。现在想来的确前途多艰，说不定还是昏暗一片。

戚玉成见她皱眉愁思，还以为自己说到了她的心里去，冲动地想要说些什么，却最终没有开口。两人闷头吃东西，过了一会儿便散了。郭云天闷闷地回到家里，发现孙笃和孙畅都在紧张地等她回来，见她回来后却不约而同地把脸偏向一边。郭云天冷冷地瞥了他们一眼，径直去玩《植物大战僵尸》去了。

然而这次即使玩《植物大战僵尸》都没能让她平静下来。她闷头上床，却呆瞪着双眼一夜未曾睡着。糟了，她心乱了！

郭云天清楚地知道自己的心不可以乱。她现在还有很多重要的事情要做。为了静心，她带了渔具去郊外小河边钓鱼。把鱼钩抛进水里之后，她感到自己的心也一并沉入了盈盈碧波里，晃晃悠悠地沉静下来。她深吸了一口气，渐渐地耳聪目明，忽然觉得周围有些不对。沙洲树后的水面传来了一波接一波的涟漪，似乎还有嬉笑和呻吟的声音。郭云天下意识地站到高处看，竟然发现有对男女在沙洲后的水里亲热。

郭云天立即闹了个大红脸，接着感到无比憎恶，啐了一口后准备换地方，却赫然发现孙畅站在不远处。

“大哥……有事？”郭云天的心里一阵悸动，接着又想起了戚玉成的话，不禁心头狂跳着后退了一步。

“这个……”见她窘迫，孙畅也尴尬起来，接着也看到了水里的那对男女，顿时脸也“唰”一下红了。

“真是伤风败俗啊！”他愤愤地说，“报警吧……不，找联防队！”

“这又何必呢？”郭云天苦笑了一下，“你是来找我说话的？这里不方便，我们就换个地方谈吧。”她知道孙畅如此憎恨那对男女，是因为他们无意之间给她和孙畅的会面营造了尴尬的气氛。是啊，荒郊野外孤男寡女，旁边还有一对男女在乱搞，简直像诲淫小说里的情节。

“当然，非礼勿视……”孙畅不敢再看那对男女，转头就朝坡上走，郭云天赶紧拿起渔具跟上去。

然而今天偏偏很邪门，草丛树林里到处都是幽会的男女，好不容易找了个清静的地方，却已是深入僻静之处了。

“长话短说吧。”郭云天又尴尬又无奈，心头也慌乱不堪。

“当然。”孙畅苦笑。他也知道现在他们已经误入瓜田李下般的情境，不长话短说不行。然而他今天要说的事，却似乎不是几句话就可以说清的。但即使说不清，也得硬着头皮说。

“我今天是来向你道歉的。”

“道什么歉？”郭云天明知故问。说来也奇怪，当初被他冤枉和猜疑的时候她悲愤得要死，现在见他追着道歉又觉得不耐烦——大概是因为他是为孙笃而道歉的吧？

“你不用装了。”孙畅苦笑着说，“我知道你心里一定还很在意的。的确，”说到这里他尴尬地揉了揉头发，“如果我是你，想起来也会很光火的……对你们来说，我只是个外人，却硬要多管闲事……的确很讨人厌。”

郭云天敷衍地嗯了几声。孙畅的道歉根本不在点子上，只能让她越听越不耐烦。

“对于这件事，我很抱歉，但也希望你理解。”孙畅小心翼翼地看着她的眼睛，斟酌了之后说，“我……是当兄长的，关心弟弟是我的责任。俗话说长兄如父嘛。我爸爸工作忙，一直不能很顾家。可以说到我懂事之后，教养弟弟的责任，大部分都是我承担起来的。因此，我就很宠他。”

“哦。”郭云天依然不耐烦，心里却稍稍有了些感动——在中国女人的心目中，注重家庭、珍爱亲人的男人总是很有光彩的，不是吗？

“而我这个弟弟呢，”孙畅的笑容开始尴尬了，“不知是不是被我宠过头了，有点傻，也有点面……在和女孩子相处的时候总难争到上风，总是……我本以为他只能找个比他更傻更面的女孩才能相配，而且即使找到了也得观察个很久才能结婚……没想到他竟忽然闪婚了，而且找的还是个……冰雪聪明的女孩。”

“是猴精猴精的女孩吧？”郭云天冷笑。类似的话她好像听孙畅说过。当时她以为孙畅只是为了方便话题展开和代孙笃谦虚的缘故才说孙笃傻的，现在看来孙畅是真以为孙笃傻。

孙笃的确不是个聪明外露的人，但她也不觉得他傻。相反他进退得体，脑子也挺灵活，和人相处一点也没有问题。孙畅却把孙笃说成个傻瓜……溺爱的反面就是轻视和不信任，大概这就是中国家长的通病吧？

“大哥，这就是你的不对了。”郭云天微微地笑了笑。

“是啊。我不该多管闲事……”孙畅以为郭云天要对他发泄怒火了，赶紧讪笑着做好了忍怒的准备。

“不是说那件事。”郭云天的目光变得深沉起来，声音也变得更轻柔却也更有力，“你太小看你的弟弟了。”

“哈？”孙畅一怔，讪笑也僵在脸上。

“经过我跟他的相处，我觉得他并不傻。”郭云天郑重地说，“至少没有你说得那么傻……相反，我认为他挺聪明的，只是聪明不外露而已。大概你是因为关心他，才会想帮他处理一切。但你这样也等于是在轻视和不信任他。”

孙畅一激灵，开始思考，表情也渐渐变得郑重。

“其实我可以理解你的想法。”郭云天苦涩地笑了笑，抬头看向天空，“我小时候，我爸爸对我也是一样的态度。他因为喜欢我，便过度地担心我的能力以为我什么都不行。当时我很苦闷，觉得很受束缚，便事事都跟他对着干——当然了，我苦闷的原因，并不仅仅是因为觉得受到了束缚而已，还因为人都是希望得到最亲的人的赏识。我爸爸不赏识我，使我自己也怀疑，我自己是不是什么都不行。我就这样和他对着干了很多年，后来虽然也向他证明了我其实很有能力，再回首时却恍然发现我们的父女关系已走了很多不该走的弯路。虽然最后我们依然是相亲相爱，但是想起那段弯路，还是很遗憾的……哈哈，孙笃是个聪明而又善良的人，应该不会走我这样的弯路吧？但我觉得，他心里也会有一样的迷茫和苦闷。”说着直视着孙畅的眼睛，一字一顿地说，“所以，希望你也不要因为关心而轻视和束缚他。不要人为地……缩小他的天空……哈哈，对不起，掉书袋了。”

孙畅一副醍醐灌顶般的模样，霎时间显得无比羞惭。他揉了揉头发，把这份羞惭咽了下去，然后朝郭云天感激地笑了笑。

郭云天一激灵，接着便感到他们之间的气场已经不一样了。

孙畅对她似乎不仅仅是感激而已。在这一瞬间，他已经彻底认同了她，并也把她当成了亲人。郭云天一阵激动和欣喜，之后心情却猛然垮了下去：你激动个屁啊，他把你当成亲人……你之后要他把你当成“女人”……不就更加难了吗？

要淡定啊！

不管怎么说，孙畅和她的关系还是转好了。当成亲人总比把她当成心怀叵测的危险家伙强，郭云天如此安慰着自己。她问孙畅还有什么安排。

“安排？”孙畅尴尬地笑了笑。显然他来之前根本没想过别的。

“反正你已经来了，就和我一起钓鱼好了。”郭云天笑着扬了扬手里的渔具袋，“这里离城里很远，就算你现在立即回去，也一定好晚了，也做不了什么了。”

“那好……”孙畅现在是无不从命，看着渔具试探着问了问，“你带了两副渔具吗？”

“不。”郭云天粲然一笑，“这渔具让给你。”

“啊？”孙畅很是不解，“那……你是要看我钓鱼？”

“不是。”郭云天扮了个鬼脸，“其实我在农村，学会了一个用树枝和干草钓鱼的本事……哈哈，这当初也是我爸爸逼的，他当时不让我动渔具，说我笨手笨脚，甩钩的时候会把钩子钩到领子里，把自己肉钩烂。我当时就很火，心里想即使不用渔具，我也要钓来鱼给你看看。便找农村里的大爷偷师，自制渔具来钓鱼……哈哈，自己做渔具挺好玩的，钓上鱼之后也格外高兴……我虽然已经买了渔具，但还是时不时地想重温旧梦……今天正好可以重温旧梦了！”

孙畅礼貌地笑着，目光中却有些许怀疑。郭云天也不跟他多说，立即用行动让他明白。只见她伸手拗了拗身边的树枝，找了一个较为坚韧的，用巧劲折了下来。然后找了几根较为坚韧、半干半鲜的草，把坚韧的部分撕下来，扭在一起，拴在树枝上。

“这样渔竿和渔线就做好了呢。”郭云天嫣然一笑，从渔具袋里拿出一个钩子挂上，“本来我还可以用小树枝来做鱼钩，不过得找自然形状相近的才行——自然形成的是最坚固的。今天不凑巧，没有类似的树枝，只有拿钩子代替了。”

“哦。”孙畅看了看郭云天手中的渔竿，已经有了五分信服，但仍不很相信用这东西能钓上鱼。

郭云天也不跟他多说，带他回到水边，从鱼饵盒里拿出一条人造饵，挂在鱼钩上，轻轻地把鱼钩甩进水里。不知是不是纯自然的材料更有欺骗性，不多久就有一条鱼儿上钩。郭云天兴高采烈地把鱼儿甩上来，得意地朝孙畅眨眨眼睛。她此举虽然有炫耀的意思，但是一脸孩子般的娇憨并不让人反感。孙畅也觉得她的笑容非常娇憨可爱，忍不住从心底笑了出来。

郭云天觉得他的笑容十分动人心魄，不禁心里一阵迷乱，手上就差点劲儿，让那鱼掉到地上了。而那鱼求生欲望极强，落地之后极力蹦跃，往溪水中去。郭云天又笑又闹地追到溪里——溪水极浅，只到膝盖上方，而她穿的又是牛仔短裤，所以一点都没有顾忌。鱼儿进水之后自然抓不到了，而郭云天图的只是个乐子，还想水中取鱼，伸手朝鱼儿乱抓。她嬉笑着在水中迈了几步，忽然感到脚下一空，竟一下跌入深水——这小溪中段……竟然有个洞！？

孙畅见郭云天一下子没了，并没有如何惊慌。因为他亲眼看到之前溪水只到郭云天的膝盖，以为郭云天只是在逗他玩，只是笑着喊道：“别逗我玩了，出来了吧！”

郭云天落入深水后便拼命踩水，忽然又感到脚踝一紧。糟……好像缠上水草了！她心中一阵惶急，不小心呛了口水，虽然及时闭住了嘴巴，但也便感到水压盈耳，凉水灌鼻，胸口憋得快要炸裂，说不出的难受。人在极度难受的时候，精神反而会格外膨胀。她两耳满水，听不见孙畅的笑语，但也猜到孙畅以为她是在恶作剧，不会下来救她，顿时心里叫苦不迭。为今之计只有自救，她拼命踢着水草，却不小心岔了气息和力气，汩汩不断地喝进水去。她心中一阵绝望，脑中也开始糊涂，却忽然感到身边压力陡变，睁开眼后竟发现自己已被抱出了水面。

“没事吧？”孙畅从后面抱着她的腰肢，一脸惊恐。刚才正是他下水救了郭云天。按照救落水人的规矩，只能从后面抱。因为人落水后会拼命抓抱身边的任何东西，而且力气会大乎寻常。如果从前面抱她，说不定会被她纠缠住而被拖入水中丧命。郭云天知道这个规矩，心里却格外异样——拥抱历来是从背后抱身后接触面最大，而且似乎也是暧昧指数最强的抱法。

想到这里之后郭云天羞赧万分，下意识地想要挣脱，心里却隐隐感到快意难言，竟是舍不得离开。

“嘿嘿嘿！”头顶忽然传来几声怪笑。郭云天和孙畅一激灵，抬头看去，顿时张口结舌。刚才在水中亲热的那对男女正站在坡上对着他们坏笑。郭云天立即省悟他们是怀疑她和孙畅在做和他们一样的事情。孙畅也因他们窘到了，正好在此时放手，郭云天便扑倒在水里。她本以为自己能立即站起来，却发现自己的腿软软的不听使唤——溺水的后遗症，径直往水里扑去。孙畅只好又揽住她的腰肢。那对男女嘿嘿怪笑了几声，转身隐没在树丛里。

孙畅慢慢地把郭云天扶上岸，低声说了句“没事吧”，声音小得简直像蚊子哼哼。郭云天红着脸没有吭声。她现在才发现他们的处境多尴尬。他们虽然衣衫整齐，但浸湿了之后衣服全贴在身上，算得上是毫厘毕现。他们尴尬地坐在岸上，目不转睛地看向别处。还好现在气温高，他们的衣服很快便半干了。

“回去吧。”孙畅提议，声音依旧小得像蚊子哼哼。郭云天含混地应了一声。然而屋漏偏逢连夜雨，他们刚走了不远，竟然下起雨来了。郭云天今天可是看了天气预报才出门的——天气预报没说今天有雨，结果没带伞——她早就该知道天气预报不能信的。孙畅也和她一样。两人没有办法，只好到一棵树下避雨。

这棵树枝繁叶茂，能遮住一些雨点，但毕竟叶间有缝，还是有不少雨水淋到了她的身上。

“冷吗？”孙畅问她。

“没事。”郭云天笑了笑说，“我身上早就湿了，再添一点水没有关系。”

怎么会没有关系啊？雨水冰凉凉的打在她身上，寒气一点点地往心里透，简直让人直打冷战。郭云天全神贯注地和冷气相抗，忽然发现淋向自己身上的雨点少了些。抬头一看，竟发现是孙畅在用身体帮她挡雨。

郭云天的脑中“轰”一下乱了，接着身体也变得滚热。她清楚地记得年幼的她，曾经冲动地决定，以后要是有哪个男生愿意用身体帮她挡雨，她就一定会嫁给她。这个冲动的决定早已被岁月冲刷得模糊得难以辨认，现在却真出现了一个男生为她挡雨，还是她喜欢的人，顿时让她有了种被宿命击中的感觉。

但孙畅并不是因为把她看作“女朋友”，才给她挡雨。他是把她当作亲人，顶多是妹妹级别的人。但即便如此，她心中还是混乱无比、滚热如沸，一时间竟连身体都感觉不到冷了。

两人回到家时狼狈万状。孙笃有些讶异，但没有询问。他只是不动声色地朝他们瞥了一眼，目光中带着难言的压抑。郭云天对此倒没有多加注意，她被水淋得晕头涨脑急于休息。她洗了个热水澡，躺在床上，心头反常地怦怦乱跳。

不会要出什么事了吧？千万不要再出事了吧……她在心里默默地祝祷。不知从何时开始，她变得比以前胆小了许多。

就是要出事。就在半决赛开始的前一天，戚玉成忽然被爆出和一位小明星有染。这位小明星忽然在博客上诉苦，说戚玉成欺骗了她的感情，她为戚玉成几度自杀之类。这则消息一放到网上就爆炸了，瞬间相亲秀博客的留言页面就被刷爆。网友之前见戚玉成高调选妃，就已经非常看不惯了，现在见他之前还干过这等事，顿时恨不得从电脑里伸出嘴来把他咬碎。郭云天从来没见过这种程度的网络怒潮，有点扛不住，便打电话去问戚玉成。

戚玉成表现得倒挺淡定。他对郭云天说，这个小明星只是想借势炒作一下，不会做什么出格的事。网友的能力目前只限于围观，真正拔刀相助的还是极少。只要她自己没有动作，没人会真正拿他戚玉成怎么样。而且，他又没骗小明星的钱，只是“感情上的问题”，这种事情本来就是说不清道不明的，谁是谁非很难说。就算能证明是他戚玉成有错，这种罪过在现在的社会里也仅属于空气，没人会怎么在意。再说现在网友主要是“仇富仇官仇美女”，尤其是拜金的美女。他们骂他戚玉成只是宣泄第一波愤怒，第二波愤怒肯定还会发泄到小明星身上，自会有人骂她。所以他叫郭云天不用担心，继续作秀，而且肯定地告诉她，现在的网络怒潮对他和他的事业只有好处没坏处。因为凡是因私人事情不检点而身败名裂的人，其实都没有真正因为风化问题而落马。他们之所以落马，都是因为网络问题牵出了他们的违法乱纪问题。他戚玉成胆子小，做生意的时候一直都很本分，没有这方面的事儿，所以就算被炒得比芙蓉姐姐还红也没有关系。他叫郭云天放一百二十个心，闭着眼作秀就可以了。

即便如此，郭云天还是无法彻底放心。她打开了小明星的微博——这小明星叫花醒，名字酸得要死。长得是挺漂亮，但是没什么气场。虽然郭云天没干过娱乐业，但也一眼就认定这个女人红不了。因为一个演员要红，关键在于个性。就算你美如天仙，没有让人一眼就记住的气质，再怎么被捧也不行。

她找到花醒自爆自己被欺骗感情的微博，打开评论界面，果然看到都是骂戚玉成的。虽然戚玉成已经跟她说过，之后自然会有人骂她，但是郭云天还是忍不住注册了一个马甲，发了一个评论。她质问花醒和戚玉成交往时应该不是白白奉献吧，肯定也得到过好处。若是如此，那就是你情我愿的交易，谈不上欺骗不欺骗。至于之后分手，也只是交易完了而已，她花醒没什么资格痛苦。之后的几次自杀，说不定也是以死讹诈，想多弄点钱罢了。

郭云天写这篇评论时头脑有些发热，发上去之后才如梦初醒：糟了，会不会引起众怒，被网友群拍啊。然而令她讶异的是，网友的评论竟以她这条评论为界，转而攻击花醒了。都说她是婊子，拿了钱后就该闭嘴。郭云天对此哭笑不得。原来很多网友都脆弱和迷糊得紧，很容易被引导。不过这也证明了戚玉成说的话很真很透。

骂花醒的评论越来越多，数量竟很快便超过了骂戚玉成的数量。郭云天想再这样看下去也没有意义，便关上网页看其他的东西去了。她在网上看了一会儿视频，忽然好奇心发作，想看看花醒被人骂到什么程度了，再度登陆马甲的微博，赫然发现自己竟收了一摞私信。她狐疑着打开信箱，竟发现都是花醒发来的。第一句话竟然就是:“你是张妮吧？”

“嗬？”郭云天的下巴差点飞出去。现在的小丫头都挺长进啊，怎么一个个都猜得这么准？仔细一想却觉得这根本没什么奇怪。现在的国人，都是事不关己就不会在乎，她的评论又带有明显的偏向性，宛如当事人说的话，花醒应该很容易就猜出她是戚玉成一方的人……她怎么能猜出她是“张妮”呢？为什么不直接猜她是戚玉成呢？

“哟，被骂急了是吧？大明星亲自来问我，我好荣幸哦。”郭云天给她回了个私信。因为对她的印象不好，郭云天的口气也很不友好。

“你怎么觉得我是张妮呢？为什么不觉得我是戚玉成呢？”

“我了解戚玉成，他不会做这种无聊的事情。”

“哈？”郭云天回复，“这么说你知道戚玉成人品好了？他既然人品这么好，你怎么还忍心在网上毁他？”

“这是我们之间的事情，你这个贱女人别管！”

“贱女人是谁？我不觉得我是啊。我只看到一个贱女人拿青春换钱，交易结束后不甘心，像狗一样乱吠乱咬——还只敢在网上乱吠乱咬！”

“什么叫交易！？我们那是爱情！”

“爱个鬼！他要是个普通工人，你还爱她吗？不就是冲着他的钱去的吗，装什么圣母啊！”

“哈？我是喜欢他有钱又怎样？你不是冲着他的钱去的？不过像你这样的猪扒，竟然妄想嫁入豪门，真是天大的笑话。就算他是个普通工人，也看不上你这种猪扒！”

“哈哈，我能不能嫁进豪门是以后的事情，而你却已是板上钉钉地被甩了！与其担心我，不如担心你自己吧！”

郭云天这句话戳了花醒的肺，花醒破口大骂，什么猪猡、贱货、丑八怪，在私信里罗列全了，一条条地发过来。郭云天懒得和她对骂，把账号关了，回房睡觉。明天就是半决赛了。她得养精蓄锐，继续去激怒精英女性。自己这次淋雨，可能隐性地伤了风，为了不让自己在比赛时状态不佳，郭云天熬了家传的驱风寒的偏方，给自己灌了下去。这偏方效果很好，但就是味儿太难闻，把孙畅和孙笃都熏到了。更糟的是偏方不是只喝一次就行，至少得喝几天。也就是说孙笃和孙畅还要再被熏几次。郭云天感到很对他们不住，但也没有办法。

乱　了

半决赛同样是雷人怪事层出不穷。第二、三、四次海选除了内定晋级的几位表演者之外，还选出了一些极品。比如说风头最劲的自信姐。

“自信姐”名叫周晨，“自信姐”是网友给她取的名号。之所以称呼她为自信姐，是因她的目光言谈、举手投足，无一不显出压倒一切的自信，也让网友倒足了胃口，便被封极品。

其实自信姐并不丑，甚至可以称得上是漂亮，但是她表现出的自信，却远远比她应该表现出的大。恰恰就是这一点犯了众怒：如果她是一个丑怪之人，大家还可以把她当作笑料。偏偏她又是个有中上之姿的人，让很多网友无法心安理得把她当成笑料。现在很多网友就是仇富仇官仇美女。她的自信和她的条件反差虽然远不如她的一些网络前辈，但也激起了网友极大的愤怒，因此遭到围攻。

但自信姐本人并不觉得这是耻辱，反而觉得很骄傲。在半决赛的时候更加“自信”，表演的节目也更加雷人——她竟然写了一首诗歌，把她那根本没什么可吹的生平吹了一通，然后站在台上声情并茂地朗诵。前半段只是吹她的“事迹”，什么小学时兼班长和课代表什么的，这还犹可，到后面她竟然玩命地鼓吹起自己的长相来，说自己往花园里那么一站，大家只觉得“芙蓉如面柳如眉”——就是说不是她像花而是花像她，然后就鼓吹自己的姿态“走一步，凤展翅；走两步，彩云飘”。

郭云天算是承受能力比较强的，但也被雷了个七荤八素。即便如此她也没有彻底否定她，还半是调侃地说至少她文学底蕴不差。但稍一细想忽然觉得这些语句她好像在哪里听过，仔细想想后差点被雷得晕过去：这不是戏曲《花为媒》里的词句吗？好嘛，这家伙抄袭古人啊！

被雷得七荤八素之后自然是疯狂爆笑。郭云天不敢笑出声来，用力地掩住口极力压制，即便如此也笑得全身抽搐。评委席里的戚玉成似乎也在竭力忍笑，脸上倒是一本正经，脖子上却有青筋在不断地蠕动，脸上那份正经也是脆弱得要命，似乎一触就会垮塌。郭云天知道他一定忍笑忍得很辛苦，忍不住又是一阵偷笑。

郭云天爆笑之后，忽然想到自己脸上有妆，刚才说不定已经把妆抹坏了，赶紧回化妆室检查。还好没什么问题。她松了一口气，摆好猥琐的姿态从化妆室里走出来。却在走廊里看到了一个熟悉的身影。

天啊，孙畅！他到这里来做什么？

郭云天第一个反应就是藏到角落里。还好她一贯临危不乱，立即省悟到自己现在脸上有妆，孙畅不认识她，她一点都没必要慌乱。心思平定后她就气定神闲地和孙畅相向而走，忽然想到了一件事情，重新紧张起来。

他来这里难道是找朱颜的？

想到这里郭云天的心里顿时打破了醋罐子，呼噜噜全乱了。她低着头从眼角偷瞟着孙畅，慢慢地从他身边走过去。孙畅一开始对这个“丑女”并没有如何在意，但在她和他擦肩而过的时候，他忽然像发现了什么一样猛地朝她转过头来，满脸的惊疑。郭云天大骇，不知道他发现了什么，赶紧低头快步向前，一边走一边往后偷瞥，竟然看到孙畅站定了脚步，目不转睛地看着她。她又惊又疑，逃命似地逃到了选手等候区。还好孙畅并没有跟过来。她惊魂稍定，灌了几口凉水，看着来时的方向，心里很是不解：孙畅到底发现什么了？

很快便轮到她上场了。郭云天今天表演的是刺绣——不用说，又是之前绣好的。主持人假装互动，和她插科打诨，其实是偷偷地帮她把空白的丝帕换成绣好的。之后她埋头绣花，摄影师也转变机位，让人看不见她的花是老早绣好的。郭云天因为受了惊吓，表演起来自然有些不在状态。但是绣花也不是需要摇头摆尾的活计，再说她的任务就是要表现笨拙和猥琐，但也没有影响到她什么。“绣好”花之后她把花向观众席展示，说了一些女人就要针线茶饭样样都行，上街买衣服不如自己做之类的令职业女性发指的话，然后便下台去了。下台后并没有回去休息，而是躲在舞台边朝台下张望：孙畅是不是还在啊？

直到朱颜上台，她都没有发现孙畅。朱颜今天表演的是舞蹈，穿着一身连身泳装般的练功服，两条长腿上穿着黑色的丝袜，上面绣着点点亮片，宛如一只披着星光的仙鹤。她表情肃穆高贵，似乎对满场的观众视而不见，伴着音乐翩翩起舞。刚开始的时候音乐比较舒缓，她如同一只戏花的蝴蝶般柔缓而舞，后来音乐变得激荡，她便也如海燕凌风，大鹏逐雀，舞姿气势动人心魄。郭云天一直以为舞蹈只是“逐末之技”，现在却暗赞朱颜才艺了得。然而就在她全神贯注地看她跳舞的时候，忽然看到她的眼角略有荧光闪动。

朱颜的脸上可没有涂荧光粉啊……难道是她哭了！？郭云天一激灵，陡然间头脑清明，赫然发现朱颜的舞姿很是激烈，似乎心里非常痛苦，又或是有激烈的斗争。她微微打了个寒战，心里变得醋意冲天外加一片混乱：这样看来她一定和孙畅见过面了……为什么会哭？是孙畅骂她了，不会……那就是对孙畅旧情未了心里痛苦？

比赛很快便结束了。郭云天、朱颜和诸位雷人姐顺利晋级。戚玉成对半决赛的效果非常满意，有意留郭云天参加庆功宴，郭云天却婉言谢绝了，快速回到家里——她也不知道自己回家后能做什么，但不到家心里就不安稳。孙畅正在家里帮孙笃烧菜——说真的，孙畅也是个新好男人的典型，还没结婚呢，就天天在家待着，很少出去应酬，菜也烧得不赖——从这个层面上来说，他比孙笃还要适合当老公。

"回来了？"孙畅看似随意和她的打招呼。郭云天佯装无意地应了一声，不动声色地偷看他，赫然发现他的目光似乎内容丰富，顿时打了个寒战。

"你感冒好了吧？"孙畅微笑着问了一句话，依旧让人摸不着头脑。

"是啊。"郭云天不由自主地紧张起来，笑容也僵硬了。

"这么说你家的偏方很有用……这是你们家乡人都懂的验方吗？还是你家祖传的？"

"这个啊，是我家祖传的。"不知为什么，郭云天不敢再站在孙畅的目光里，赶紧找了个借口逃开，"我去煎药。"说着便走进厨房。一进厨房她就闻到了一股刺鼻的药味，忽然如梦初醒：啊！难道……孙畅那时是闻到了她身上的药味，所以才盯着她看的？

郭云天全身的毛孔都缩紧了，又害怕又后悔：她怎么忘了人喝药后，身上也会带上药味呢？那种药的味道那么浓烈，她喝过之后身上肯定会带一些。然而人都有一个毛病，那就是自己身上的味道自己闻不见……天啊，怎么会这么不小心……

然而郭云天只是慌乱了片刻，很快便冷静了下来。怕什么啊。不就是点药味吗？相似的味道多的是，认错味道更是常有的事。他肯定不敢自称是缉毒犬，辨识味道毫无差错吧？再说中国人的习惯，就是喜欢窃集体功劳为己有。如果孙畅追究起来，她完全可以说是她娘拿了家乡里的验方，自称是自己家祖传的……对对，没什么可慌张的……

在自己的安抚下，郭云天渐渐平静下来，忽然又怒气勃发：对啊！凭什么光是你盘问我啊？你今天为什么去秀场……我还没问你呢！

不过她是显然不能问孙畅的。她也清楚，但还是下意识地走到前厅，心头撞撞地想要说话。孙畅此时正在前厅看报纸——他似乎是在有意识地寻找什么东西。

"大哥……"郭云天心里憋得难受，想胡扯几句排解几下，但还没开口，就听见门铃响。她撇着嘴打开门，顿时像被闪电击中一样愣了：天！是朱颜！？她来干什么？

朱颜见到郭云天的时候也是一愣，并因她的眼中迸出的敌意而"猜错"了她的身份，"你是……孙畅的女朋友，还是她的老婆？"

“呃？”郭云天被这句话戳中了痛处，一时间又生气又沮丧，一张脸飞快地紫胀起来。

“她是我的弟妹。”孙畅及时出现，轻轻地把郭云天推向一边，直视着朱颜，目光深不可测，“她是我弟妹。你来有什么事吗？”

“什么事？你真的不知道是什么事吗？”朱颜的眼圈竟然红了。“你今天找我干什么？”

“我只是跟你打个招呼啊。”孙畅淡淡地笑着。“我们毕竟是老同学，多年没见了，交换一下联系方式，以便继续联系……这不是通行的客套吗？当然了，你要不想继续跟我联系也完全可以。”

“你倒装得很淡定啊！”朱颜的眼眶红得宛如充血，似乎马上就要哭出来，“你这分明是让我心乱！”

孙畅悄悄地翻着白眼，依旧是淡然地笑着：“是吗？我怎么能让你心乱呢？我不明白啊。”

“你——”朱颜终于哭了出来，“你还不承认！？你怎么可以这样呢你？！”

孙畅依旧淡淡地笑着。他的眼底似乎有情绪在激荡，但明显比朱颜冷静好多。郭云天偷偷地看看他，又偷偷地看了看朱颜，感到心里天翻地覆。以前她以为是朱颜甩了孙畅，让他一生留恨，此时看来却不像这样。孙畅显然能肆意地拨乱朱颜的心弦，甚至是可以自如地操控朱颜的情绪，而他自己，见到朱颜后虽然也有些激动和心乱，但程度明显比朱颜见到他时低得多。

看到朱颜哭了后，孙畅轻轻地叹了口气，抽出一张纸巾递给她。朱颜把纸巾丢在地上，用力地一抽鼻子，想把眼泪压下去。却没想到眼泪反而越来越多，连鼻涕都流了出来，顿时狼狈万状。

忍不住偷瞟孙畅，希望他能再递张纸巾过来。没想到孙畅竟假装看不见。

朱颜很是恼怒，自己翻包找纸，却因为着急外加心情激荡，仓促间找不到。孙畅叹了一口气，抽了张纸巾给她，微微一笑："你看你像个小脏猫一样。"

"你才是小脏猫呢！"朱颜悻悻地接过纸巾擦脸。如果郭云天没有看错的话，朱颜应该露出了少许羞赧……她怎么会对这句话这么有反应？难不成这是他们之前打情骂俏时的常用之言？

一想到这里郭云天心里又打翻了醋坛子，连头发都要竖起来。

朱颜哭了一阵之后，眼泪渐渐地止了。她捏着纸巾，双目无神，不知看向什么地方。就这样发了一会儿怔之后，她轻轻地叹了口气，把纸巾揣进兜里站起来走了。孙畅似乎一直都对她漠不关心，见她如此却似乎受到刺激，悄悄地咬了咬牙——他一咬牙牵动了腮边的肌肉，郭云天一直目不转睛地看着他，这一下看得真真的，顿时觉得有醋火冲头：你和她到底是怎么回事啊……今天我一定要问个明白！

朱颜走了。孙畅装作不以为然，坐下来看报纸，却总是发怔。郭云天这边也是醋火烧心，瞅了个机会，走过来轻声问："你今天去找朱颜了？"

孙畅腮边的肌肉动了动，露出戒备的神色，仔细一想后却温然一笑："是啊。我去……那个相亲秀的比赛场地去了。"

"哦。"郭云天点了点头，试探着问，"你……是去找她复合的？"

从他们的样子就知道孙畅肯定没说这样的话。她是故意说得夸张的，这样说不定可以诈出孙畅很多话来。

“怎么可能？”孙畅果然有些激动，“我只是想和她打个招呼……”说到这里自己也觉得骗不了人，顿了顿后苦笑着说，“我只是……想看看她现在是什么样子……因为……”

“她走岔了道，是吗？”郭云天紧跟着来了一句。是啊，参加那种相亲秀显然是走岔道了。

孙畅一怔，朝郭云天打量了一眼：“是啊，我是这么觉得的……不过……”说到这里忽然不可名状地微笑了一下，接着便低下头去。

“不过什么？”郭云天此时活像一只猎犬，咬着他的话头不放。

孙畅又是犹豫了一下，但之后还是坦然地说：“不过我觉得她可能不是真要嫁戚玉成……可能她是为了别的什么目的……比如说搏名气什么的……”

在这一瞬间他的眼中露出了悲愤的神情。郭云天一激灵——他似乎在诉说心底的痛楚啊。难道……当初也是因为朱颜为搏名利而做了什么违背他的意思的事，才导致他们分手的？

“朱颜……很想出名？难道她想进娱乐圈？”郭云天不禁对朱颜又添了几分鄙夷，同时也想起了秀场上的那些牛鬼蛇神。其实说真的，参加这些秀的，真正只为嫁戚玉成而来的恐怕没几个，大概十有八九都是想以此出点名气，以此进入娱乐圈。

“那倒没有。”孙畅笑了笑，笑容暧昧苦涩，“她……只是有点自命不凡，总是觉得自己不是普通人，总是抓住一切机会，想成为不平凡的人……学古筝时是这样，参加旗袍美人大赛时也是这样……”

他的声音越来越低，最后几不可闻。郭云天本想继续追问，理智却告诉她该闭嘴了。她陪着孙畅坐了一会儿，希望他嘴里能再蹦出几句心底的话，最后却是以失望收场。她沮丧地走进厨房，发泄式地揪扯着菜叶——她明明知道自己对孙畅来说只是个弟妹而已。孙畅今天已经算对她说了很多了，但她就是很痛苦很委屈，甚至想扑倒在菜叶里痛哭一场。

心里话

今天是郭云天做的晚饭，这在孙家算得上的是稀有事件了。郭云天也不知道自己为什么会想做饭，大概是想化悲愤为料理——这么说来她要把盐粒想成眼泪，想着它在菜肴里慢慢融化。孙笃对此颇为惊喜，孙畅却有些心不在焉，一边吃一边走神。郭云天知道他在想什么，也是一边吃一边走神——他一定在想朱颜吧……天，他们到底是怎么回事啊！？之前看起来像朱颜甩孙畅，现在又像是孙畅甩朱颜，而且他们之间显然还有旧情揪扯不清……到底是怎么回事，来个明白点的好不好！？

饭很快就吃完了。孙畅帮着收碗，却接到了一个电话。他看了号码之后很是紧张，立即溜进了自己屋。郭云天全身的寒毛立即立正，找了个借口把孙笃支开，自己则贴在他的房门上偷听。

“我不会去的。”孙畅的声音被门板一隔，缥缈得就像从另一个世界传来的声音。

不会去？是谁约他出去吗？是朱颜？郭云天竖起了耳朵，全神贯注地偷听。

“你这是干什么？”孙畅忽然怒了。

郭云天颈后的寒毛立即竖了起来：怎么了？是不是见他不愿去，以死相逼还是怎么的？

“你何苦这样呢？”孙畅又幽幽地叹了口气，似乎有些被打动。郭云天立即猜测朱颜是不是在那边抽泣，让孙畅心软了，顿时又在心里把朱颜骂了一千遍：虚伪、无耻、装可怜！

“好吧，我去见见你……不过事先说清楚，这只是朋友间的会面。”孙畅终于投降了——也许还没到投降这么严重，但在郭云天看来就是败退投降沦陷了。

门里的孙畅不再说话。大概是在整理衣冠准备出门。郭云天赶紧退到一边藏着，等孙畅出门的时候再跟着。孙畅似乎没怎么着意修饰，但细节方面却很齐整——这么说来他其实是捯饬过，但是不想让朱颜看出来——这不显然对她很重视吗？郭云天的心里顿时醋意汹涌，穿上鞋子就准备出门。

“你准备到哪里去？”孙笃忽然出现了。他出现之前毫无声息，简直就像忽然冒出来的一个魂儿。

“我到美美家去啊。”郭云天有些慌张，仓促地编了个去向。

“哦。”孙笃的脸上波澜不惊，却不动声色地盯了郭云天一眼，“那就去吧……不过……小心点……”他的表情很奇怪，分明是想叫郭云天停止做某事，最终却没有明说。郭云天没空管这些事，穿上鞋子就追了出去。糟……孙笃这一耽误，她和孙畅的距离已经拉得颇大了……这不，她刚跑到小区门口，孙畅就已经坐上出租车走了！

还好她及时拦到了一辆出租车，在孙畅坐的出租车消失之前跟住了他。出租车司机是个见惯人情冷暖的人，一看她的神情就明白了：“呵呵，撵老公的是不是？”

这句话在郭云天听来有着别样的滋味，胡乱应了一声，心里却格外迷乱。孙畅在二十四小时开放的沁兰公园门口下了车。郭云天从出租车上下来，猫着腰在黑暗里穿行。看着孙畅的背影在树影的掩映下慢慢穿行，竟有种在梦中穿行的感觉——很生气、很焦虑、很不甘心的梦。

孙畅在一株花树前停下来了。花影里隐隐露出白裙的一角。是朱颜在那边等他吗？虽然郭云天看不见朱颜穿白裙的形象如何，却忍不住在心里骂了一句：还穿白裙……你以为你还十八啊？

他们聊了几句话，接着便一起往东边走。郭云天正想跟过去，忽然听到一阵异样的呼吸声，并闻到了一股怪异的骚味。她本能地向后一退，接着便看到一只驴一样的大型犬摇头摆尾地走了过去，一个柳条般的女人牵着它在前面走，瘦小得几乎可以忽略不计。一看到这一对郭云天的心里就犯嘀咕了：好嘛，月黑风高的你出来遛这种大狗啊！就你这身板，能拽得住这祖宗吗？万一它咬人怎么办？真是，人和狗都该看起来……郭云天一边嘀咕一边绕开大狗追赶孙畅，却骇然发现两人都不见了。

郭云天的头皮顿时炸了：天，就耽搁这么一会儿，这两人就上哪里去了？又不是狐精，还能驾云走了吗？

郭云天凭着感觉一直追到河边——这公园是傍河而建的，河边是本市情人们遛弯的首选之地。郭云天猫着腰，躲躲闪闪地沿着河段走了一遭，愣是没发现孙畅和朱颜。这下她彻底惶惑了，抹着额头看着水中央发怔：到底跑哪儿去了？

一阵冷风吹过，她忽然觉得特别的迷茫特别的孤独特别的凄凉，一时间只想扎进水里痛哭一场。

郭云天不知道，她在河段上找不到他们其实完全正常。因为前几天公园才新添了一个业务：向约会的游客出租小船提供食品饮料，并配上船娘，让船娘划船带他们到河心对着月亮，享受古代诗文里的男女相会之乐——其实配上船娘等同于配上电灯泡，但游客自己一般都不会划船，配上自动行进系统的话成本又太高，反正中国的情侣的一大特色就是卿卿我我的时候不避人，因此也不会有太大问题。

此时孙畅和朱颜就坐在小船里，晃悠悠地对着月亮呢。这个小船伪装成古代的式样，船娘也穿得古不古今不今，孙畅并不大喜欢这个调调，朱颜却很喜欢。此时她正出神地看着月亮，喃喃地低语:“真有古代诗文的意境啊……简直可以以此作一首诗呢。”

孙畅暗暗地撇了撇嘴——虽然说爱一个人就要接受她的全部，但很难有人做到这一点。孙畅虽然爱过她，但也无法完全接受她的某些特点，比如她现在冒出来的酸劲。

朱颜幽幽地叹了口气：“你撇嘴了吧？”

“呃？”孙畅一惊：她没回头怎么看见了？赶紧否认，“没有的事。”

“你不用抵赖了。”朱颜嗔怪而又苦涩地一笑，“我知道你肯定会不屑的。”

孙畅略微有些羞惭，但很快便不以为意。

“你肯定又不以为意了，对吗？”朱颜仍是没有回头，但仍对孙畅的言行了如指掌。孙畅尴尬地笑了起来，之后表情却凝固了。是啊，这么了解他的一个女人，现在却和他形同陌路，甚至还在参加一个一看就不是真心选妻的富豪的相亲秀。

两人就这样默默地坐着，气氛压抑得连船娘都觉得受不了。船娘穿着蓝色印白花的伪棉布衣服，穿着青色的长裤，一头乌丝梳得明光水滑，一张脸虽然有些衰老松垂，但仍涂脂抹粉，一丝不苟——看来年轻时也是个风流人物。她看着这对纠结的年轻男女轻轻地叹了口气，给他们各倒了一杯饮料："你们大概也渴了，喝点东西吧。"

其实是叫他们转过身来面对面。

朱颜又幽幽地叹了口气，回头看向那摆着食品和饮料的固定在船上的小几。饮料在杯子里微微荡漾着，月亮印象其中。孙畅的杯子里也是一个月亮。两个月亮就这样晃荡着，似乎永远都碰不到一起去。

孙畅面无表情地坐着，眼中却似乎有两轮月亮在晃。那是从杯子里映来的月亮。镜花水月已是虚空，再映到眼睛里，那又是什么呢?

朱颜盯着杯中的月亮看了许久，端起来一饮而尽，长长地出了口气："说吧，你到底想做什么？"

孙畅的目光迷茫起来，眼中的那两轮月亮也变得模糊。

"你肯定不是只想和我打个招呼吧？"朱颜用手指拨弄着塑料盘里的酸梅，"什么分手后还是朋友……都是傻话。男女分手后都是说再见后希望永远不见……你来找我，是故意让我心乱的，是吗？"说到这里朱颜的目光忽然灼热起来，几乎是定定地盯住了孙畅的眼睛。

孙畅的目光却变得低沉起来，忽然对船娘说："大姐，麻烦你划回去吧。"

"怎么？"朱颜宛如高楼失足般惊叫起来，"你要走了吗？"

"是啊。"孙畅笑了笑，"然后便'再见，永远不见'。"

"你怎么可以这样！？"朱颜身体一颤，歇斯底里地说，"你忽然出现，把我的心拨乱了……竟然又要走！？”

孙畅已经转过身去：“因为我发现自己错了，所以必须要中止。”说罢朝船娘看了一眼，示意她赶紧摇橹。

船娘只好照办。

朱颜定定地看着孙畅，眼中似乎要冒出火来，忽然沉着嗓子说：“你……是不是走上岔道了？”

“什么？”孙畅讶异而又哭笑不得地转过脸来，“我走错？”

“你弟妹喜欢你啊。你没发现吗？”朱颜冷笑着看着他，已经顾不得压制音量，“不，也许你早就发现了，正在心安理得地享用免费餐吧。”

孙畅的瞳孔猛地收缩，人也呆住了，半晌才怔怔地问道，“你说她喜欢我？”

“你没发现？”朱颜见孙畅不像在假装惊诧，自己倒讶异起来。她仔细想了想，轻蔑而又恼怒地一笑，“啊，是了。她表现得很隐晦，你这个粗心的男人看不见……哈哈，不过身为女人的我是能看出来的……我到你家的时候，她那个目光……简直要从眼里长出牙齿把我咬碎！”

孙畅全身剧烈颤抖，目光如风中野火般纷乱地闪动。朱颜冷冷地看着他，弯起的嘴角里盛满了鄙夷和自卑。

这边岸上郭云天总算明白了孙畅他们是到河里荡舟去了，也打算租一艘船去监视他们。但问题是水面上无遮无挡，潜伏起来相当困难。她正在犹豫，忽然听到身后有一个人轻笑了一声：“哟，你在干吗呢？”

郭云天蓦然回头，发现戚玉成正站在她身后不远处，笑容的意味异常丰富:“怎么了,来见你大伯子!?”

郭云天的脸立即红到了耳朵根,叫道:“没有!”

“是吗?”戚玉成故意盯住她看了看,又夸张地朝四周望了望,“你别告诉我你今天是一个人到这里玩的吧……这里可是本市情侣……哈哈,当然也是搞婚外恋的人游逛的地方。”他不想说话带刺,却就是忍不住。

“他们喜欢来逛是他们的事……没人规定只有他们能来逛吧?我就是喜欢来逛怎么着……刚才我还看到一个女人牵着她的狗来逛呢?还能说她是来跟她的狗约会的?”

戚玉成察言观色,觉得她大概不是来和孙畅约会,但肯定另有原因。他心里似乎安定了些,但仍然感觉混乱,见她脸色涨红,又忍不住想刺激她,盯着她的眼睛坏笑着问了一句:“是吗?”

“反正我就是来散步的,你不信我也没有办法,”因为恼怒的关系,郭云天的脸又开始发白,“你又来做什么的?你也是一个人啊……难道是想到这桃色胜地来找孤独怨妇打野食?”

这话说得很损。郭云天话刚出口就发现不妥,之后更发现自己似乎把自己也骂进去了,脸色顿时又紫胀起来。

戚玉成也被这句话刺到了,悻悻地回道:“你这话说得也太损了吧?”但也因此知道她是真的怒了,就不再胡扯八道。他朝河心望了望,享受了一下扑面而来的夜风,苦笑了一下说,“我跟你一样也是来散心的……不过不是普通的散心,”说到这里轻轻地叹了口气,“我……就按你的说法吧,就是一旷夫……我来这里,是因为想起了之前的事……”说到这里他的表情变得有些愤懑和遗憾。郭云天略一思忖,便即了然,小心翼翼地问,“是因为……

花醒的事情吗？”

“你真聪明。”戚玉成没想到郭云天能一下窥破自己的心思，微微有些诧异，也微微有些激动，“不管怎么说，我们都算有过一段情……现在成了这样，我总是有些遗憾的。”

“哦。”郭云天之前听他说得通达，原以为他对花醒的感觉只如过眼云烟，没想到他对花醒还是有些旧情，对他的印象又好了许多——在中国女人眼里，念旧情的男人总是不错的。对婊子念旧情的男人更是又傻又可怜又可爱。

“这么说你还是真心喜欢过她了？是她……先对不起你的吗？”郭云天小心翼翼地问。

“不是，是我主动离开她的。”戚玉成似乎已经沉浸在了回忆里，表情不可名状。

“那是因为什么？是因为你觉得……她不值得娶？”

“我根本就没想过要娶她。”戚玉成皱着眉头笑了笑。

“切，”郭云天一撇嘴——她竟有了种被愚弄的感觉——原来他不是又傻又可怜又可爱啊，“那你还煽什么情啊，不以结婚为目的的恋爱就是耍流氓！”

戚玉成一怔，接着便哈哈大笑起来，笑声中颇有苦涩：“你不知道，对她那种女孩子来说，你要跟她结婚才是耍流氓呢！”

“呃？”郭云天呆住了。

戚玉成又笑了几声——此时的笑声听起来却像是在干咳，他笑够了，用力地一抹额头，倒释然了：“其实没那么夸张……我也想过要娶她。不过后来放弃了。”

“为什么？她不够年轻漂亮吗？”在郭云天的概念里，像戚玉成这样的有钱人应该只知道盯着年轻美貌的女人。

“年轻漂亮又怎样？如果娶回家不安分，那还不如不娶呢！”

“呃？”郭云天盯着戚玉成上上下下打量半天。

一直以为有此感慨和领悟的只会是长相猥琐的干瘪老头子，没想到戚玉成相貌堂堂又显年轻，竟然也会有此感慨——说真的，现在的有钱老头子能领悟到这一点的还真没几个，都以为自己魅力无敌，再年轻的女人都能降服住。因此戚玉成能有如此感慨，真是弥足珍贵……然而郭云天又盯着戚玉成看了几眼，觉得他实在不像是该有如此感慨的人。

“不是吧？你年轻有为，又有模有样，怎么会有这种感慨？像你这样的人会收不住老婆的心？”她笑着问。

“我能有多帅啊？”戚玉成撇了撇嘴，“我再帅，能帅得过那些男明星吗？长期以来大家都有一些错觉，以为一些美女要面包不要爱情，其实那是看三不看四。这些美女没面包的时候会放弃爱情换面包，但在她拥有面包的时候，又会暗暗地找回爱情。我们这些做生意的人经常不能回家，这么多时间空出来，她在家里还不是想干什么就干什么？有人说美女因为自己标致，所以就对标致的男人没感觉，只爱才和财。我告诉你那全是胡扯！美女丑女都爱帅男，而且都爱小帅哥，年纪越大越喜欢，这是改不了的！而且人一有钱胃口就会大，你想想，她自己是美女，觉得自己该有帅哥，又有了钱，还有大把的时间，看着那些帅帅的小男明星，能不动歪心思？谁说把美女娶回家就万事大吉了？要是你在外面辛苦养家，她在家里给别人当老婆，还不如不娶呢！我就是因为想清楚了这一点，才下决心不娶她！而她那时候……也不甘心早早结婚……其实我觉得，她想找的是一个能花钱捧红她，之后又能被她甩掉的金主，所以我就彻底打消和她结婚的念头了。”

“哦……”戚玉成这话讲得相当透彻，让郭云天更加觉得他是个智者。但是即便他这样说，郭云天仍然不觉得这样的事会发生在他身上，但他又明确这样说了……难道他遇到过这样的事?

戚玉成一见她看着他沉思，知道她在想什么，立即撇了撇嘴：“别这样看着我……我倒没遇到过这样的事情。我是看了我的一个朋友的悲惨遭遇……我那朋友真倒霉，娶了个比自己小二十岁的女人，婚后就养了对双胞胎儿子。当时他乐得到处吹，后来发现这对孩子和他长得越来越不像才觉得不对头，后来一做亲子鉴定，竟发现这两个孩子不是他的，更奇的竟然是这俩孩子还不是同一个爹养的。他气得啊……中风到床上躺着去了。我仔细想了想，觉得我自己也悬……毕竟我总有一天会变得又老又丑的，难说不会遇上这样的情况。”

他的说其实很有道理，组合得却有些搞笑。郭云天听到最后一句的时候忍不住笑了出来：“你干吗非要想自己又老又丑的时候啊？现在不能结婚吗？”

戚玉成也知道自己话说得不大妥当，有些搞笑，便索性搞笑到底，故意一本正经地说：“我就是有那种感觉，觉得我不到七老八十结不了婚啊。”说完便“哈”的一声笑开了。

郭云天也哈哈大笑起来。多亏了戚玉成及时出现，和她插科打诨，她的心情舒服多了。她和戚玉成又聊了一些闲话，越聊心里越是舒畅。她虽然已经领了个结婚证，但实际上还是姑娘，所以心里一直没有“已婚者”的自觉。和戚玉成聊天的时候就没有顾忌太多。然而就在这个时候，孙畅已经下了船，因为心情烦乱而到处乱走，正好看到郭云天和戚玉成在兴高采烈地谈话。他如遭重击，立即躲到阴影里偷看他们，瞳孔也开始收缩。

还好，郭云天只是和戚玉成嘻嘻哈哈地说了一阵而已，并没有什么过激的举动。孙畅稍稍安心了些，之后想想郭云天和戚玉成那亲热的样子，却仍然觉得不大放心。他深吸了一口气，忽然觉得自己的心态已经有些不大一样了。以前是因为担心孙笃才会对郭云天监视和猜疑，而现在……难道说……？！

婆婆来了

郭云天和戚玉成聊了几句后就分开了。戚玉成有邀请她去喝酒，她却没答应——她还记挂着去找孙畅呢。虽然耽搁了点时间，但应该没关系——谅他们也不敢在船上做出什么来。郭云天找到了一艘船准备下水。孙畅一直在一边监视她，实在搞不清她找船下水做什么，终于忍不住现身叫住她。

“呃？”郭云天万万没想到孙畅会在这时候出现，顿时非常激动，脸“唰”一下红了——还好现在天色昏暗，孙畅看不清她脸上的红云。

“哦，我是……心里烦闷想散散心。”郭云天飞快地转动着大脑——乍见孙畅后她竟有些手足无措，平时的机变和灵巧竟然都没有了。

“为什么要散心？有什么不愉快吗？”孙畅盯着她。说真的，乍一听说她可能喜欢他，他很受刺激，也感到莫名慌乱和茫然，但见她和戚玉成也相谈甚欢，不禁又愤懑和迷惑起来——何止是“愤懑”和“疑惑”而已。他的心里简直像有个满身喷火的怪兽乱冲乱撞，几乎要把他的心田烧焦撕裂了。

“还好吧……可能是天气的原因，心里有些烦闷。”郭云天继续胡扯，越扯越是困窘。因为她自己也知道这番胡扯骗不了人。

孙畅凝视着她，轻轻地叹了口气：“那我就陪你一起吧，反正我也闲着。”

“呃？”郭云天既惊讶又尴尬，但见他一脸认真也只好听他的话。两人上了船，让船娘把船摇到了河心。这里是本市仿照各个名山大川造出的伪景，在月光下倒也颇有风致，再加上柔柔的碧波和柔柔的月光，泛舟河心的确颇有情趣，也能让人心旷神怡。但两人坐舟上就是浑身不自在，就连那牛奶似的月光，也仿佛是洒到他们身上的一层白虱。

在郭云天看来，今天的孙畅深不可测，就像一口深井，而深井中却像有不明生物在悸动，多看一刻似乎就引出不测来，所以下意识地看向河心。历来碧波水月是最能催发人的落寞的东西，郭云天看着水中的月亮在碎碎碧波上荡漾，有些触景生情，不由自主地露出了落寞的神情。

孙畅一直看着她，见她这样轻轻地叹了口气：“你很寂寞，是吗？”

郭云天一激灵，赶紧回过头——她知道孙畅说的这个“寂寞”有别的含义：“这是怎么说的？”

“我都知道了。”孙畅冷冷地一笑。他这有诈她的意味。因为有很多事情不便言说。

“我不知道。”郭云天也不是这么好诈的。她一面否认，一面迅速开动脑筋思忖他何出此言，忽然想到他可能是看到了她和戚玉成谈天而已，便冷冷地一笑，“在这上面我可是清清白白的。我从没有和任何男人有过越轨的事情，顶多是说说话。当然了，如果你家的规矩大，觉得说话也不行的话，那我也可以考虑不再跟男人说话。”说罢镇定而又带点挑衅意味地看着孙畅。孙畅一定在旁边监视了好久吧？既然如此，他肯定看到她拒绝了戚玉成的邀约——他难道还会睁着眼睛说瞎话吗?

孙畅脸上一僵——她刚才面对戚玉成时行为的确没有什么不妥。虽然这并不能代表她和戚玉成之间完全没问题，但他也不能就此说她——想到这里他忽然心头一烫，接着便有一股烈焰冲入脑海。

“可你喜欢我，不是吗？”孙畅话刚出口时有些慌乱，却很快便释然了。说来也奇怪，这句话他本来难以启齿，现在却觉得是如鲠在喉不吐不快。

郭云天如遭雷击，接着便面红过耳，心里也变得一片滚沸。她第一个反应就是要极力否认，但现在似乎否认也没用，而且也大违她的本心。然而就在她即将焦急为难到极点的时候，忽然感到脑中一片空白，接着便感到了一种难言的轻松。

“是的。”郭云天定定地看着孙畅的眼睛，幽幽地说，“我是喜欢你，但是我知道现在的境遇不可以……我只是想一想而已……连想一想都不行吗？”

这句话亦真亦假，亦实亦虚，把孙畅给镇住了。他没想到郭云天会如此爽快地承认，也没想到她会这样问。

是啊。她只是想想……想想都不可以吗?

他呆呆地看着郭云天，脸红一阵白一阵，眼神也变得迷乱起来。

两人就这样呆呆地面对面坐着，许久许久。等月亮躲到云后，他们才发现这样不行，悻悻地下了船，木木痴痴地往回走，都像走在棉花上。

“云天……不，小郭，过几天我还是出去住吧。”孙畅忽然开口。

“为什么？”郭云天惊得差点咬到自己的舌头。

孙畅没有答话，只是看了看她。因为惊慌过度，郭云天乍一下竟看不懂他是什么意思，只是隐隐觉得他那感觉是非走不可。

“为什么要走？我有对你做什么吗？我不一直克制着吗？我以后也会继续克制，不可以吗？”其实就算让孙畅离开，也没什么大不了的——他们之间根本没有什么亲密关系，之后也没有，孙畅搬出去住，事实上对郭云天造成不了什么实际的损失，更谈不上是“抛弃”。但郭云天就是有那么一种感觉，得抓紧他不放手。

孙畅又朝她看了看——他的目光内容依然复杂，郭云天依旧看不懂，却感到他要走的意图更加强烈。郭云天更加慌乱，却也因此生出一股怒气，苍白着脸冷冷地说：“如果你是女人，要躲出去还差不多，可是你是男人……只要你内心坚定，我又能把你怎么样？只要你能做得了柳下惠和鲁男子，又干吗要躲出去呢！？”

孙畅一激灵，接着脸上红意蔓延。他被郭云天这句话将住了。照郭云天的话说，如果他对她根本没有想法，就完全没必要躲出去。如果他还要躲出去，就证明他……对她也有邪念！？

然而孙畅也是应变奇速，很快脸上的红意便隐去，淡淡一笑：“即便问心无愧，瓜田李下的也该避嫌。因为即便自己问心无愧，也要防止别人胡思乱想。”说着也不给郭云天回应的机会，立即转过身背对着她，“我明天就收拾东西……找同事帮忙，应该可以很快租到房子。”

“武松走了之后，武大郎怎么了？”郭云天忽然冒出一句。

孙畅一惊，回头看她，发现她双眼闪闪发光，目光却极混沌。其实她也不知道自己怎么会冒出这么一句，只是忽然想到了这个，就说了出来。

孙畅一开始只觉得惊讶和好笑，略一思忖，却觉得她这话颇有深意。《水浒传》里武松骂了潘金莲，搬了出去，潘金莲很是生气，也许也有点自暴自弃，便又找了西门庆。她肯定是在暗示他，如果他离开了，她难免会羞愧和愤恨，说不定会走和潘金莲一样的路子，更加轻率……而且，现在不正好有个“西门庆”在她左右吗！？

孙畅心里一沉，不再敢提搬走的事情了。郭云天察言观色心头暗喜，知道他不再想搬了，仔细一想自己刚才的言行，却又有些恼火。其实她还有其他方法阐明这个观点，却不知为何说了这个例子——她这不等于说自己是潘金莲吗？虽然说理说通了，但也有点自污的意味……是不是因为她心里一直把孙笃和孙畅比作武大和武松，才会有此想法的……算了算了，不追究了，只要孙畅不走，不就一切都好……

想到这里郭云天又怔住了，接着是莫名的烦恼和惆怅：谁说孙畅不走就能一切都好？能往她所想要的“好”发展吗？

因为彼此心里都明了了，回家时郭云天和孙畅特意一前一后。还好孙笃没有起什么疑心——说来也怪，虽然郭云天清楚地知道她和孙笃只是契约关系，但现在不知为何也怕他知道她对孙畅的感情。

之后的几天孙畅和郭云天虽然相安无事，但彼此都觉别扭。看来在瓜田李下泰然自若也不是件容易的事情。照这样发展下去，说不定孙畅还会想着溜走。郭云天对此暗暗着急——不知是什么原因，她现在只想着不能让孙畅离开。就算知道这可能是无意义的执迷，但是她就是无法想开。这天下班，她回到家里，赫然发现孙畅不在，顿时慌了神了，想都没想就拨孙畅的手机。

手机响了良久都没人接。郭云天顿时浮想联翩：是不是铁了心走了，连他的电话都不接了？

终于有人接了，竟然是孙笃的声音。郭云天这才发现孙笃也不在家——他和孙畅一起的？这么说孙畅不是离家出走了！

郭云天顿时大大地松了口气，声音也喜俏了好多："你们到哪里去了？"

孙笃的声音却挺低郁："云天，你自己打电话来正好……你做点粥拿来吧，我不放心让哥吃外面的东西了。"

"怎么了！？"郭云天的心头猛地一跳。

"都怪他们单位领导啊……"孙笃恨恨地开始倾诉，"聚什么餐啊，还到关系户的餐馆去……不知道是不是餐馆做菜不干净，还是饭菜是陈的重新拿出来热的……把我哥吃成食物中毒了！"

"啊！"郭云天失声惊叫，"那怎么办！？"

"没事，已经没有大碍了……只是脸色白白的，看起来好令人担心……"孙笃的声音隐约带了哭腔。没想到他一个三十岁的大男人，看到哥哥生病竟也像一个小男孩一样。

郭云天倒没空管这个。她飞也似的煮好一锅粥，飞也似的跑到医院。原来在那个餐馆中招倒下的不只是孙畅一个人，还有他们单位的若干人，只是他们都在医院的走廊上吊水，只有孙笃因为在医院里有熟人，把孙畅弄到了病房里。听到这个后郭云天忍不住朝孙畅偷瞥了一眼，在心里说："你弟弟不是挺有本事吗？你怎么还说他傻啊？"

不过她一看清孙畅的脸色，调侃的心情顿时飞到九霄云外去了。只见他双眼微闭静静地躺着，脸色白白的倒突出了他那长长的黑睫毛，颇是可怜可爱。郭云天对他又是怜悯又是怜爱，一时间母性爆棚。

“你带粥来了啊。哦,煮得挺好的。”孙笃接过盛着粥的保温罐，打开来看了看，准备给孙畅喂。

“哎呀！”郭云天一把把保温罐抢了过来，“一个大男人，喂什么粥啊？多难看？”

“呃？”孙笃丈二和尚摸不着头脑——他实在弄不清为什么男人就不能喂粥，待要再说什么的时候，郭云天已经舀了一勺粥递到了孙畅的口边。

孙畅见到郭云天给他喂粥着实有些无措，但他现在重病之中，也没有精力大惊小怪，也只好张口咽下了这口粥。

“好吃吗？”郭云天温柔地笑问。

不知是不是这粥真的很好吃，还是被郭云天的笑容感染了，孙畅的脸色愉悦了很多，微微地点了点头。郭云天更加高兴，又小心翼翼地从保温罐里舀了勺粥，款款地送到孙畅嘴边。孙畅则更加受用地把粥喝了下去。

两人就这样一个喂，一个喝，非常默契和融洽。郭云天的脸上爱怜横溢，几乎要发出光来。孙笃发现了，扭过头去不看，脸色阴沉沮丧得几乎要滴出水来。

因为理亏，领导特批，在关系户餐馆中毒倒下的员工多休几天病假。其实情况并不很严重，孙畅第二天就可以出院了。郭云天喜滋滋地和孙笃一起把孙畅接回家，在心里暗暗盘算：孙畅这一病，肯定要在家里多休养几天。等到休养好了之后，说不定就会忘了搬走的想法……哈哈，幸运幸运！

她根本不幸运。可能是因为心理还没断奶，孙笃等孙畅在家里安顿好之后，就打电话跟自己妈通报了孙畅生病的情况。孙笃妈一听自己宝贝的大儿子生了病，立即坐火车赶了过来，要亲自照顾大儿子。一听到这消息郭云天差点晕倒在地，回过神后只想仰面大喊："苍天啊！"

因为孙笃家比较拥挤，郭云天一开始还担心孙笃妈住哪里。原本她和孙笃一间房，孙畅一间房，而孙笃妈来了，肯定要独住一间房——她是长辈，总不能让她到客厅搭床……这样岂不是反得让生病的孙笃到客厅搭床？那他还怎么能休息好呢？

然而事实证明她的担心全无必要。孙笃妈一来，就拎着行李进了孙畅的屋，说要跟孙畅住一个屋。面对郭云天惊诧的目光，她狠狠地白了一眼："我是他妈啊！"接着竟然还说要带着孙畅睡，说这样更好照顾孙畅，如果孙畅哪里不舒服，就能在第一时间作出反应。

一听这话郭云天的头发都要竖起来了，还好孙畅也觉得这样很丢人，劝服孙笃妈在他的房间搭床。即便如此郭云天还是觉得浑身不舒服——她还想趁照顾孙畅的时候，再不露痕迹地跟他亲近一下呢。这下孙笃妈把她的美差全给夺了……就算她能找到机会服侍他，旁边要有个龟毛老太婆看着……那还有趣味吗？

即便如此，郭云天也没有多说什么。她不是傻子，知道对待难搞的人就要避其锋芒、息事宁人。其主要的方法就是主动下厨做饭——她知道依孙笃妈的性子，一看她天天叫孙笃做饭一定会闹得神鬼不安。她的厨艺虽不算好，但也不算差，再加上她做饭的诚意，她想孙笃妈应该不会再多说什么。

事实证明她太天真了。那天她刚开始切菜，孙笃妈就蹭了进来，左看右看，当目光停留在她切菜的刀和手上的时候，忽然大惊小怪地起来：“哎哟，你这是怎么切的啊？”

郭云天被吓了一跳，差点切到手指。

“你看看你，”孙笃妈整张脸都皱了起来，就像发现了什么大逆不道的事情一样，“有没有练过刀工啊？肉片切得这么厚，等会儿会烧不透的……真是真是，菜烧不透味道就不好，怎么给病人吃啊！？”说着夺过刀便自己切。

郭云天气得热血上涌，好不容易才克制住，又去淘米。

“唉哟！”孙笃妈又大惊小怪起来，“你这是怎么洗的啊？你当是淘沙子呢？这样米里的营养不都被洗掉了吗？”

吓得郭云天又赶紧把米箩放下。

接着孙笃妈看郭云天起油锅、炒菜都觉得不满意，索性把郭云天撵出厨房，自己包了所有的活。

郭云天被气得站在厨房门口发怔，之后却发现这样也不错：这不就代表她可以不干活了吗？好事啊！她怎么这么死心眼啊？

然而事实证明她再度打错了算盘。孙笃妈虽然不让她干活，也没让她好过。跟在郭云天后面横挑鼻子竖挑眼，总而言之就是郭云天身上哪一块她都看不顺眼。对此郭云天全是听而不闻，视而不见。她对这种人有经验，你要跟她认真你就输了。反正她也只能说说，你装听不见她也就没辙了，总不能打你。

偷窥狂婆婆

时间过得很快，一晃眼三天就过去了。孙畅的身体也好得差不多了，但孙笃妈依然没有走的意思。郭云天害怕她会就此赖着住下来，心里不禁惴惴。她想问孙笃他妈到底要住多久，但想到那样等于变相撵人（她实际上也是那个意思），便不好意思开口。这天晚上她因为纠结于此，在床上翻来覆去睡不着。再这样下去明天就要成乌眼鸡了，她只好起来吃安眠药。为了不惹是生非，她蹑手蹑脚地下床，轻轻把门打开。

"啊！"郭云天差点吓晕过去：孙笃妈竟蹲在门口，双眼像鬣狗一样闪闪发光！

郭云天第一个反应就是不能让她看见屋里的情况——孙笃可是睡在沙发上的，立即把门关上了。之后省悟这有点不妥，但也不好再开门。

郭云天盯着门看了一会儿，忽然一股怒火直冲脑门，走到沙发边，死命地把孙笃推醒。孙笃一头雾水，看到郭云天满脸怒容，更是吓了一大跳："怎……怎么了？我哪里得罪你了？"

"是你妈得罪……啊，不是！"郭云天气急败坏地说，"你妈有什么毛病啊？"忽然想到孙笃妈可能还在门口，赶紧压低嗓门，"我刚才竟然看到……你妈蹲在门口偷听！"

孙笃也是愕然，本能地朝门口扑去，却不知想到了什么，在手碰到门把手的前一刻停了下来。

“算了吧……当不知道吧。”他低头含混地说。

“什么！？”郭云天几乎要喷出火来，“怎么可以装不知道……难道你家以前……你家到底是个什么样的人家啊！？”

“相信我，”孙笃转过脸来，脸上的神情极为怪异，“如果认真问……你会更不爽的。”

“什么？”郭云天倒被他这副怪异的神情镇住了，便没有再追究，气恨恨地回床上睡了。一夜之间似睡似醒，做了无数的噩梦：总是梦见自己在洗澡、刮腿毛、上厕所——在干各种私密的事情的时候，发现孙笃妈蹲在暗处偷看！

因为这一串噩梦的关系，第二天早上起来的时候郭云天还很恼怒。绷紧了一张脸，到底要看看孙笃妈第二天怎么面对她。

孙笃妈的态度竟然非常平常，就像昨天什么事都没发生一样。郭云天暗暗纳罕，也更加恼怒。索性不理她不看她。要是平时，她这种态度肯定会招来孙笃妈的抱怨，今天却什么事也没发生。郭云天心里暗暗思忖：原来还是知道羞耻的啊。

事实证明她再度打错了算盘。这天晚饭后，孙笃妈趁孙笃和孙畅看电视的时候，悄悄把郭云天叫到小屋，和颜悦色但非常郑重地说：“小郭，我有事跟你谈。”

“请问……是什么事？”郭云天的心里“咯噔”一下。

“你和孙笃……之间是不是出了什么问题啊？”孙笃妈注视着她。

“哦？”郭云天一惊：难道她看出什么问题了？表面上却佯装纳罕，“没啊。您怎么会这么认为呢？”

“唉……”孙笃妈笑着叹了口气，伸手拉住郭云天的手，“你对我来说，就像我的女儿一样，不用太害羞……”

“什么？”郭云天心里越来越骇异，忽然想起孙笃说的“认真的话你会更不爽”，脸不由自主地红了：到底想干什么啊？

“我啊……到这里有五六天了吧。”孙笃妈凝视着她的眼睛，“在这五六天里……你和孙笃都没有行房吧？”

什么？行房？郭云天脑子一麻，回过神后赫然发现自己已经站了起来，手也从孙笃妈手中抽走了。她定了定神，接着便感到身上脸上都烧得火滚：天，照她的话说……难不成她每天晚上都在门外听墙根？

一想到这里郭云天简直全身发毛，觉得自己简直不能再在这个家里待下去了。

“我说过你不用太害羞的……”孙笃妈哈哈大笑。

郭云天呆呆地看着她，一时不知道是该若无其事坐下来，还是该愤怒地摔门而去。

“坐下坐下。”孙笃妈把她按到座位上坐着，笑吟吟地盯着她，“不用害羞，我是过来人，你们那点事儿啊，我都清楚……”

郭云天顿时觉得全身的骨头里都有蚂蚁在爬，满脑子只想着赶紧找个理由混过这件事：“这个啊……其实之前……我们都正常的，只是这几天……累了……”

“我看你不像很累的啊。孙笃他看起来更是悠闲，”孙笃妈可没这么容易被骗，继续笑吟吟地盯着她的眼睛，“我说过，不用太害羞的。我是过来人……小夫妻要是有了什么矛盾，就要尽快解决……俗话不是说夫妻是‘床头打架床尾和’……”

郭云天觉得她的眼睛简直像X光，那感觉活像没穿衣服站在她面前一样，一时间脑中一片空白，只知道重复："不是的……真是累了……"

孙笃妈盯着她看了一会儿，目光稍许收敛，之后重重地叹了口气："好吧……就算你们是累了……不过小郭啊，听我一句话，你已经二十八了，很快就要过最佳的生育年龄了……你还是加把劲，尽快给孙笃生个儿子比较好……"

郭云天胡乱应和着。孙笃妈不知道被什么东西吸引了注意力，朝门外瞟了一眼。她立即找了个借口溜了出来。回到房里，喘息稍定，忽然羞愤就像喝酒后上头一样涌了上来，一时气得恨不得把房顶打漏：要不是为了孙畅，要不是为了这房子……她简直想拿刀去把孙笃妈斩成粉末！

晚上孙笃回房，见郭云天脸色异常，心里便有数了。低调地溜到沙发上睡着，朝郭云天瞥了一眼，低低地说："我说过你认真会更不爽的。"

郭云天烦躁地一挥手，意思是叫他别多话：他妈很可能还在屋外偷听呢。

孙笃苦笑了一下，钻进被窝，顺手关了灯——灯的开关就在他的头上面。

黑暗降临后郭云天才意识到自己应该睡了，却转磨着身子怎么也睡不下。她奇怪自己怎么了，后来才发现自己是因为房里还有个"男人"。

想到这里她才恍然发现自己竟然一直都没把孙笃当"男人"看待。她不懂自己怎么会如此粗心……可是她现在怎么意识到这一点了呢?

郭云天的脸忽然红了，心里也热得滚烫：是因为孙笃妈说的那番话吗？

发现了前因后果后郭云天更感局促，几乎要出去搭床——这显然是不可以的。勉强睡下吧，却再也没法放心。没办法，她布下了一道不像防御的“防御”——悄悄地打开床头梳妆盒的小抽屉，从里面拿出几个弹子，悄悄地放在地毯上——那里是上床的必经之路，如果孙笃想要做些什么不妥的事情的话，一定会踩到上面滑一跤。那样她就能听到声音起来了。

虽然觉得这未必会有什么用——孙笃应该是个安分守己的人，但郭云天还是睡得香得多了。她迷迷糊糊地睡到半夜，忽然听到床头“扑通”一响。她惊起一看，赫然发现孙笃坐在床头的地上。

“你干什么？”郭云天惊得三魂出窍：怎么，难道他真要……

孙笃没有回答，只是苦笑着指了指她头边。郭云天往那边一看，顿时感到手脚都凉了。

在她头边的床栏杆上，赫然蹲着一只胖嘟嘟的小老鼠。

“啊——”郭云天张嘴要叫，却被孙笃捂住嘴巴。

“不能叫！一叫我妈就来了……我哪来得及搬铺盖上床啊？”

郭云天一凛，赶紧收声，喉间还是下意识地呜咽着。在这一瞬间她简直恼火郁闷到了极点。她以前看过一些宫斗小说，看到里面的女人风声鹤唳，步步惊心，不敢大声说话，不敢多行一步，对她们是又可怜又鄙夷——觉得她们即使处境危险，也没必要做到那个地步。没想到自己今天也混到了这份上，而且行为上比起她们还是有过之而无不及，真是又羞耻又恼恨。不禁又开始细考自己的付出是否值得——不就是为了套房子吗？犯得着这样吗？

但不管犯得着犯不着，她已经开始做了。既然开始做了，就得走到终点。所以即使满心恼恨，第二天起来看到孙笃妈的时候，郭云天表现得还是很平静。但即使表面平静，心里还是汹涌澎湃。迫切想找点其他事做，分散分散精力。然而屋漏偏逢连夜雨，戚玉成那个“选妃秀”，在运作上出了点问题——好像是被文化部门警告，敲山震虎了，戚玉成正在积极打通关节，她也不去管他——自从戚玉成“过度”过问她私人的事之后，她就慢慢地淡出“选妃秀”的决策圈了。但是这并不代表她就对“选妃秀”的事情毫不挂怀——如果它不能顺利完成，她的那份钱可能就没了着落了。因此她心里也是七上八下、郁郁不乐，每天只是顺便找点乐子闷混时间。

这天她遇到的乐子就是去参加老同学的婚礼。这位老同学也是女的，因为早年复读，所以和她同届但大三岁，今年三十一。在大学教书，为人很是清高和理想化，被称为“神仙姐姐”——并不是说她有多优秀，而是说她的矫情做派。一直被认为会终生独身，没想到忽然要结婚，真是把人吓了一跳。郭云天和曲兰兰都想知道到底是怎样的人俘获了这位神仙姐姐，仔细一问后下巴差点飞出去：原来只是个普通的出租车司机！家里还没什么钱，就是个下等阶层的男人！

得知此事后郭云天和曲兰兰又是惊诧又是疑惑，一定要弄清他们是怎么对上眼的，去喝喜酒的时候也是目不转睛地盯着出租车司机看。

老实说，就“男人”这个概念来说，这个出租车司机并不差。

有模有样，体格健壮，神情清新阳光。对“神仙姐姐”很是呵护备至，怕她喝汤烫着，连盛汤都要代劳。而他们的爱情故事，酒客们也在席间悄悄地传播。

原来“神仙姐姐”有段时间心情不好，多一步路都不想走，频繁打出租车去健身俱乐部。而她老公那阵子又凑巧频繁在那段路拉活，经常能载到她——即便如此也算很凑巧，因此也能说是缘分使然。

既然经常见面，就能多聊几句。两人很快便熟络了，渐渐发展到在一起吃饭玩乐，接下来便糊里糊涂地睡到了一起。冲动过后神仙姐姐觉得完蛋了——这下肯定是被玩弄了。然而出租车司机却愿意负起责任，愿意跟她结婚——其实这点事在现代社会算不了什么，出租车司机要和她结婚，其实还是占了巧，简直可以说是得寸进尺，但神仙姐姐却很高兴，高高兴兴地和他结婚了。

听到这个后曲兰兰大笑不止，表示无法理解。郭云天一开始也是这样，后来却如醍醐灌顶般明白了。也许神仙姐姐并不是真的清高自傲、挑剔偏执。她只是对自己不够自信，对外界怀有戒心，被动过度，并没有遇到敢于闯进她生活的男人，所以才剩到了现在。现在她遇上了这个男人，生活中就开了另外一扇窗户，看到了完全不同的风景，也有了完全不一样的生活。郭云天感叹之余，忽然感到一阵迷惑。她自己的生活，是不是也是缺少了一扇窗户呢？她现在的坚持，到底有没有必要呢？那一定要做富婆、至少有套房子才能生活好的执念，是不是只是她的偏见呢？是不是她只要找到生活中的另外一扇窗子，再打开，就能找到一种全新的活法，进而幸福生活呢？

郭云天不知不觉地喝了个大醉。曲兰兰对此很是不解：按理说在别人的婚礼上触景生情，喝个大醉的人应该是她才对，郭云天这是怎么了?

回到家的时候郭云天站都站不稳了，倚着门红着脸傻笑，一呼气都满嘴的酒气。孙笃妈自然无法容忍，对着她指手画脚地斥骂。郭云天全都听而不闻,只是傻笑。孙畅和孙笃见状赶紧打圆场。孙畅凑过去劝说孙笃妈不要生气，孙笃则赶紧扶郭云天回房休息。然而就在这时令人大跌眼镜的一幕出现了。

“这不是我屋。我不睡这屋！”郭云天先是醉眼惺忪地看了看门头，然后用力一把推开了孙笃。

“这才是我屋！我要睡这屋！”郭云天竟飞也似的朝孙畅的小屋冲去。

“你干什么？”孙笃吓得魂飞魄散，伸手去拉郭云天，不料却拉了个空。

郭云天一把推开孙畅小屋的门，大大咧咧地往孙畅的床上一躺:“这才是我的床！我应该睡这里！”

孙畅的脸“唰”一下红到了耳朵根，赶紧去拉郭云天。就在这时，孙笃闷声不响地冲了过来，一把推开他的手。

孙畅愣了，接着便从他火灼而又复杂的目光中意识到了什么，惊慌而又心虚地低下头去。孙笃妈惊讶地看着两个儿子和烂醉的郭云天——郭云天把脸埋在被子里，紧紧地抱着枕头，还用脚勾住床头栏杆，已是一副死也不愿离开床的样子，很快就意识到了什么，目光也变得阴森复杂起来。

潘金莲

第二天郭云天醒来的时候，已经睡在大屋的床上了。因为醉得厉害，她竟然一点都不记得昨天自己干的那些事，只是觉得头痛得厉害。她起床喝了杯水，便坐在床边按太阳穴。

孙笃轻轻地进来了。郭云天瞥见他，并没有在意。孙笃却在她身边晃，似乎在等她说些什么。

郭云天心里暗暗纳罕，用眼角瞥着他看看他到底想干什么。

而这边孙笃见她“一直装蒜”，终于忍不住爆发了：“你别告诉我你忘了昨天晚上的事了！”

“昨天晚上？怎么了？”郭云天又是惊讶又是迷惑，一脸无辜地盯着他看。

孙笃见状简直想扇她一巴掌，好不容易忍住了，脸色铁青地说：“昨天你喝得烂醉地回来，不由分说地霸占了我哥的床……”

“啊哟！”郭云天并不傻，当然知道这意味着什么，惊得捂住了嘴巴。然而她毕竟脑子依然木着，一时间不及考虑其他，劈头就问了自己最关心的、却不适宜立即提出的问题：“那你哥……在不在床上？我和他有没有……”

孙笃呆住了，脸色猛地黑得可怕。

郭云天也吓得噤住了。

“你这人渣！”孙笃猛地爆发了，“你到现在……竟然只注意自己有没有占到我哥的便宜啊！”

郭云天的脸“唰”一下红到了耳朵根，讪讪地低下头去——她的确是这么想的。

孙笃见她如此更受刺激，几乎要破口大骂，但最终还是忍了下去。

“好吧，事到如今我也不再藏着掖着了，”他盯着郭云天的眼睛，恨恨地说，“我一直知道你对我哥有企图……我一直以为你是个明白人，就没有提醒你，没想到你竟然越做越离谱……好吧，现在我正式敬告你，不管你想干什么，都请你等我们顺利弄到房子之后再做！我们好不容易熬到现在……”说到这里他的喉咙噎住了，用力地梗了梗脖子，转头恨恨地去了。

郭云天像个做错了事的孩子一样紧紧地抿着嘴，偷眼看着他离去。他一定有还有很多话要说却选择了不说，不过他其实也没必要说。那些道理郭云天都明白，也知道自己昨天做了多么出位的事情。她知道自己之后一定要格外谨慎小心，并着力消除她昨天晚上造成的各种“误解”……

郭云天小心翼翼地梳洗打扮，一步一顾盼地出了卧室。她今天只用黑皮筋扎了一个简单的马尾，穿了件深蓝色的T恤和一条不带任何饰物的牛仔裤。以往她可是最不喜欢这种素气的打扮的——觉得看起来像家遭横事或是取保候审。但现在看来她恐怕得一直是这种打扮了——孙笃妈说不定已经看出个一二了，任何带点艳色的打扮可能都会让她产生联想，也可能让孙畅心里紧张疑惑……一想到这里她就口发干心发颤：孙畅前几天不还有离家另住的意思吗？现在她闹了这一出，说不定再也不敢待下去了。她得格外小心留意，不让他抽空溜了。

孙笃妈忽然像从地下冒出来一样站到了她的面前。

郭云天差点蹿到房顶上去。

“小郭啊。吃早饭了吗？”孙笃妈笑吟吟地问，除了嘴之外的部位却全都绷得紧紧的。

“没……没有。”郭云天惊魂未定，挤出的笑容比哭还难看。

“那就吃一点。”孙笃妈变把戏般拿出几个包子。上面带着青青的菜迹，还有呛人的韭菜味儿，看来是韭菜素包子。

我讨厌吃这种……郭云天在心里嘀咕，但还是乖乖地拿了一个，放到嘴里咀嚼起来——但也只是咀嚼，嚼了许久都咽不下去。

“小郭啊……你觉得……孙畅和孙笃这对兄弟怎么样？”孙笃妈吃着包子双眼微眯，不动声色地用目光瞄着郭云天。

“还不错吧……”郭云天不知道她到底想问什么，更不知道该怎么回答，只好含混地应了一句。

“还不错……”孙笃妈低低地重复，目光针一样地戳到了郭云天脸上。郭云天不敢再看她，只是低着头嚼着包子。

两人就这样相对无言，各自嚼着包子。郭云天感到时间蜗牛一样在她背上爬动，慢得要死，一走神间却又觉得已经过了许久。

孙笃妈终于不再盯着她看了，站起来走了。郭云天吃着包子，偷眼看着她走远，背后“嗖”地一下爬出了一层冷汗，在心里叫苦不迭：老大，你到底想干吗啊……不管你想干吗，明白说出来好不好？你这样我心里更害怕啊！

这天孙笃又是早早地下班，带了一大篮子菜回来。一进门就煎鱼、炒肉、烧豆腐，一个人忙得热火朝天。

“心情不好？”孙笃妈又像从地里冒出来一样出现在了他的

身后。

“没有。”孙笃淡淡地说，颈上却有根血管微微一抽。

“你不用骗我。”孙笃妈凄然地一笑，“你从小时候开始，一不开心就会大吃大喝……我可是一直都知道的。”

孙笃没有答话，脖子上的血管却抽得更厉害。

孙笃妈见他如此，又是心痛又是着急，一时间竟不知道该说什么好。苦恼良久，深深地叹了口气：“我今天早上……找小郭谈了谈。”

孙笃佯装不以为然，脖子上却有三根血管开始抽。

孙笃妈见状更是心痛，也更是紧张，声音也有些浑涩：“她……是个精明人儿，我在她旁边坐了许久愣是没想到该怎么问她。”

孙笃脖子上的血管不再抽动，腮边却有一根肌肉扯起，可见他在偷偷咬牙。

孙笃妈把这一切都看在眼里，更加心痛和为难，但也清楚有些话必须要问。她犹豫再三之后，凑近孙笃轻轻地问：“你这次，是不是又被你哥……”

孙笃没有答话，炒勺却撞到锅边“呛”的一响。

炒勺撞到锅边的响声并不大，孙笃妈却似乎被这一声吓到了。呆滞良久，才眼圈一红，痛心而又羞惭地说：“其实……我早该有预料的……你一直找不到好对象，就是因为你哥……我真是老糊涂了……竟然……”

孙笃忽然用炒勺把锅里的鱼高高挑起，再重重地摔进锅里。

“不是哥的错，是我自己没有用！”他盯着那条死不瞑目的鱼，肩膀剧烈地颤抖着，像只受伤的小兽一样低吼起来。

此时的郭云天浑不知家里正有场风暴在悄悄酝酿，甚至根本没有挂怀家里。她此时正躲在孙畅单位门口，心情混乱地等孙畅出来。老实说，她知道自己非常不应该在现在这个时刻盯梢孙畅，但就是忍不住这样做——今天一开始的时候还好，快到下班的时候却忽然觉得心里像被油煎的一样，怕东怕西，以至于不由自主地提前下班跑到了孙畅单位门口。

她第一怕是怕孙畅忽然无影无踪——这似乎有些非理性，但第二怕就是理性的了——她怕孙畅会再被朱颜纠缠——这完全可能发生。因为选妃秀暂时停滞，朱颜觉得自己未来没了着落，肯定会打旧爱的主意。孙畅现在可是公务员，对某些女人来说绝对是抢手货，像朱颜这样的女人肯定不愿放手。

说来也蹊跷，孙畅一般不会在下班后在单位多逗留，今天却出来得异常晚。惹得郭云天浮想联翩：难道他已经跑了？是离家出走，还是跑去和朱颜相会去了？

手机冷不丁响起。郭云天赶紧接起手机，同时紧张地朝四周看了看——她可不能因为手机铃声被其他人注意。

原来是戚玉成的电话。郭云天本以为戚玉成是来和她商讨选妃秀的事情的，没想到竟是来跟她谈论世态多艰的。

看来说男人理性，不大容易被环境影响的说法都是废话。戚玉成这次又是因为看了身边朋友的悲惨遭遇，被惹出了诸多嗟叹。原来他有个做生意的朋友，一直笃信要找年轻漂亮的女孩，说这样才能补偿他前半生的辛苦，并认定年轻的女孩更纯洁，找她们就不会误食“别人的剩饭”。几经寻觅之后，终于找到一个，这女孩才二十一岁，颇为清纯漂亮，对他也颇温柔体贴。他对此很是骄傲，带着到处炫耀，却因为炫耀得知了这女孩的不堪内幕——他的一个朋友知道女孩之前的生活轨迹，隐秘地向他透露一点：这女孩之前可能不正经。他听了之后很是惊诧愤怒，同时也不愿相信，赌气地自己去调查，想找到相反的真相，却找到一个险些把他气成瘫痪的答案。

原来这女孩十几岁开始就跟男生上床，换了五六个小男友，其间打胎三次。处女膜是后来装上的。知道真相后他差点昏厥倒地，口口声声说不可能。

其实没什么不可能的，甚至可以说是大概率事件。因为依中国的国情——一是中国的传统观念使然，二是中国的成功男士，经过半生磨砺后除了有钱外实在没什么优点，所以愿找老男人的年轻女孩，一般都不是什么好鸟。如果自身没有什么缺陷，年轻女孩是不会考虑老男人的。说年轻女孩纯洁更是伪命题——现今的女孩子，要学坏都是从初中开始，十三四岁就可能跟男同学上床、怀孕、打胎，你还能有本事找十四岁以下的吗？

戚玉成讲的这些郭云天都知道，也曾经为此感叹过，但因为事不关己，根本没有兴趣管这些事情，现在更是如此。无奈戚玉成就是揪着她不放，非要跟她讨论这件事情。郭云天一开始还敷衍着听他啰嗦，最后终于忍不住了，借口手机要没电了挂断了他的电话——而她挂断的时机还真是巧，就在这一刻孙畅出来了。

孙畅是一边打着手机一边出来的，看起来像是跟人约好了见面之类。郭云天赶紧踮着脚尖在后面跟踪，果然看到他在街角和匆忙赶来的朱颜会合——一见到朱颜，郭云天的大脑都要爆炸了，几乎要冲出去像泼妇一样撕她的头发和衣服，好不容易才压下怒气继续跟踪。

郭云天本以为孙畅和朱颜一见面就会找个包厢坐着，然后互相大诉其苦，没想到他们见面后只是慢慢地逛街，再浅浅地说一些可有可无的话，听得她都要丧失警惕了。

“今天就到这里吧。”孙畅忽然停住了脚步。

朱颜讶异地看了看他，忽然露出愤怒和屈辱的神情，转头就走。

孙畅静静地看着她走远，然后侧头淡淡地说：“你出来吧。”

郭云天在这一瞬间心简直都要停跳了。她不愿相信自己是被发现了，但仔细看后确认孙畅的目光是正对着她的位置，只好乖乖地走了出来。

孙畅微笑着看着她，淡然的脸上似乎包含了无尽的责备。

郭云天不敢看他的眼睛，脑中冒出了无数个借口，仔细想想却都说不得——现在就算她真的另有别情，孙畅也一定认定她是为了争风吃醋才跟着他，更何况实情就是如此。

孙畅静静地看着她，目光渐渐凝固，而后浅浅地叹了一口气：“我们找个地方谈谈吧。”

郭云天没有提出异议——她现在脑中一片空白，就算想提出异议也不知道该提什么。

两人就近找了个小面馆，低矮的店面，旧得有些模糊的玻璃门，一排六个小桌儿，面色呆滞围裙油腻的店主和伙计。他们选了个靠里的桌子，点了两碗面条，一直到面条上桌时都没人说话。

“吃一点吧？”孙畅终于先开了口。他一直垂着眼帘，却在不动声色地关注着郭云天的行动。因为他现在只有注意着别人，才能忘掉自己的难堪、惊慌和为难。

“嗯。”郭云天拿起筷子夹了一根面条。

孙畅在心里叹了口气，也拿起筷子吃了起来。

两人就这样吃着面条，气氛又陷入死寂。他们本来是来谈事情的，没想到事到临头后谁也不开口。不过这也是没办法的事情。他们的问题就在那里摆着——不，简直是根深蒂固地长着，不是几句话就可以拔除的。因此无用的话，多说还不如不说。

郭云天一口一口地啜着面条，心里越来越惊慌。她也不知道自己在怕什么，只是莫名其妙什么都怕。

“我们……这样没关系吧？”她忽然怯怯地问。

“有什么关系？”孙畅苦笑着说，拿起辣椒瓶，狠狠地往面碗边上磕了磕，“我们光明正大地坐在这里吃饭，又没有喝酒，更没有乱性，怕什么呢？”话出口后忽然发现自己说得很不靠谱，立即惊悸地自省：我到底在说什么？

郭云天倒没有发现这句话中的怪异，继续低头吃着面条。

然而孙畅却因为说错了话，心里异常烦躁，讲话之前就懒得再斟酌：“干脆打开天窗说亮话吧……你……能放弃我吗？我和你是不可能的，即使你离婚了也不可能！这下你听明白了，可以做决定了吗？”

郭云天吃了一惊——正因为吃了一惊，说话之前也顾不得再斟酌：“为什么不行，我要是离了婚……不是一切都能重新开始了吗？”

“怎么能重新开始？”孙畅似乎憋得难受，用力地揪松领子，“你和孙笃离婚能和孙家脱离关系？我还是孙笃的哥哥！这是无论何时都变不了的！”

郭云天哑然：孙畅说的是实情。如果她和孙笃是真结婚，她和孙畅真的可能永远不可能……但问题是她和孙笃不是真结婚……郭云天忽然觉得一股沸血涌上头顶，几乎要冲口说出："我和孙笃其实是假结婚……"

不管正确与否，这一瞬间郭云天已经下定决心吐露一切，话也涌到了嘴边。然而就在她准备开口的那一刻，忽然觉得眼前一黑，接着什么都不知道了。

乱局升级

不知过了多久，郭云天觉得脸上有点痒，幽幽地醒了过来。醒来后没睁眼她就感到自己是躺着枕在什么上面，一睁眼简直心都要停跳了：她竟然躺在孙畅的怀里，枕在他的臂弯里。

在这一瞬间郭云天几乎要跳起来大叫，身体却动不了，喉咙也发不出声。她仔细端详着孙畅的脸，发现他睡着了——他的神情宁静得像婴儿一样，更衬得他的睡脸俊朗清爽、难描难画。

郭云天目不转睛地看着他，心里惊喜疑惑交迸，脑子里也渐渐不清楚起来：她怎么会和孙畅躺在一起？她之前明明和孙畅坐在一起吃饭啊，又没有喝酒或是什么……难道现在是梦？可是吃面条怎么会吃出梦来呢？到底哪个才是梦？还是……郭云天忽然有了个近乎匪夷所思的想法：难道她其实已经历尽艰险，得偿所愿了？可是为什么之前的事情她一点想不起来？

孙畅的睫毛抖动了几下，一脸痛苦地醒了过来——他醒来后也不像郭云天这么淡定，几乎是从床上弹了起来："我怎么在这里？你怎么在我身边？我们怎么睡在一起？你给我下药了？"

郭云天如梦方醒，接着恼羞交迸："什么下药啊，我哪有这么卑鄙……我也不知道是怎么回事……"

孙畅却像没听见一样，还在哇哇大叫："这是哪里？这到底是哪里啊？"

这话提醒了郭云天。她举目四顾，发现这床白枕白被，周围也围着白帘。她伸手去掀帘子，却被一个护士小姐从外面抢先掀开，一张粉脸绷得冷冰冰的：“请不要大声叫，其他病人还在休息。”

“呃？”孙畅和郭云天对视了一眼，朝四周看看，的确放的都是病床，每张床上睡的都有人。

“医院？为什么？”孙畅疑惑地问。

护士小姐嘴一撇，似乎很不屑很不耐烦，之后却微笑着给他们解惑。原来孙畅和郭云天一不是做梦，二不是乱性，而是被人麻醉抢劫了。下药的人就是那家面馆的伙计。原来那家面馆的伙计因为需要钱回老家结婚，找老板又要不到钱，便从街边混混那里买了些强力麻醉药。本来想趁晚上给老板全家下点药，偷点钱财再走，没想到白天却看到几个食客戴着很粗的金项链和很大的金戒指。他心一横，索性在老板的杯子里和面锅里都下了麻醉药，把除了他之外的人全药倒了。再把店门一关，把食客身上和店里现有的财物全掏光，从后门跑了。后来有人从门口经过，朝店里多看了一眼，透过模糊的玻璃门，发现里面人全晕着，便报了警。之后店里所有的人都被送到了医院。因为床位暂时不够，护士小姐便把孙畅和郭云天安排在了一张床上……

“等一下！”孙畅打断了她，“为什么要把我和她放在一张床上？”

护士小姐鼻孔一张，似乎很怒，但还是微笑着说：“刚才不是已经说过了吗？床位不够了。”

“可是床位不够也不能把我和她放在一张床上啊？”孙畅哭笑不得，觉得护士小姐简直有些不可理喻。

“为什么不行？”护士小姐似乎已经到了发怒的边缘，但还是微笑着，“你们不是情侣吗？”

“什么？”孙畅差点咬到舌头，几乎要气急败坏了，“谁说我们是情侣？我和她是……是大伯和弟妇的关系！”

“什么？”护士小姐很是惊诧，也终于怒了——因为在她看来她是受到他们的误导才犯了错误，“可是你们被发现的时候……你紧紧握着她的手啊！就像是晕倒之前还想保护她，挣扎着把手伸向她，最终却只能在晕倒前紧紧地抓住她的手……这样还不是情侣吗？”

她这番煽情的描述一出来，孙畅和郭云天全都怔住了。孙畅的脸“唰”一下紫了，难堪地挠着头发，低下头不敢再看郭云天。郭云天脸也红了，之后却是喜不自胜：从孙畅的反应来看，护士小姐说得是真的……他会在晕倒前这样做，是不是证明她在他心目中其实很重要？

孙畅忽然紧张地站了起来。郭云天朝门口一看，也不由自主地站了起来。孙笃和孙笃妈来了。

“我们是被麻醉抢劫了……”孙畅赶紧解释。

“我们知道你们是被麻醉抢劫了。”孙笃脸色铁青，缓缓地说，“但是，你们之前却在一起……还有你们‘患难见真情’的举动，现在已经在护士之间广为传诵了……我们已经听人说过了。”

孙畅说不出话来了。

孙笃妈脸色灰黑，眼含泪滴地上前，忽然抬手重重打了孙畅一个耳光。

“啊！”郭云天失声惊叫。

这一声却提醒了孙笃妈，恨恨地看着她，抬手又朝她打去。

郭云天直愣愣地盯着孙笃妈的手。因为聚精会神的关系，在她的眼里孙笃妈的手只是缓缓地移动。

说真的，虽然她为了房子愿意暂时忍受孙笃妈，但挨打绝对超出了她的底线，如果她真的一巴掌打到了她的脸上，她难道还能忍下去吗……

孙笃忽然闪到了她的面前，一把抓住了孙笃妈的手。

"你……"孙笃妈又是惊讶又是愤怒。

孙笃没有答话，只是低下了头，腮边的肌肉不断地颤抖着。

孙笃妈身体剧震，眼泪几乎要夺眶而出，慢慢地把手抽出来，忽然转身又给了孙畅一个耳光。她这一耳光打得颇重，声音震得郭云天汗毛都立了起来，孙畅却不闪不避，被打后也没有说什么，只是深深地低下了头。

"你……你怎么能这样啊！"孙笃妈恨恨地盯着他，声音沙哑破碎，"你……你弟弟一直找不到好对象都是因为你啊！你竟然还……"

"呃？"郭云天猛地瞪大了眼睛：孙笃一直找不到好对象竟然是因为孙畅？这是怎么回事？

"别说了！"孙笃忽然爆发，转头冲了出去。孙畅和孙笃妈赶紧去追，就留下郭云天一个人呆怔怔地坐在那里。周围的护士和病人大体猜到了发生了什么事，开始对她指指点点。她正有一肚子闷气没处出，狠狠地朝他们瞪了一眼。之后却省悟到这样有些不妥，又僵硬地朝他们笑笑，低头走了出去。

一回家她就发现孙畅不见了。但也只有自认倒霉。她知道肯定是孙笃妈为了保护小儿子的家庭，勒令孙畅立即转移了。孙笃妈遇见她的时候总是恨恨的，目光里似乎都长着牙齿，要来撕咬她，却始终都对她客客气气的。大概是因为她发现孙笃不愿她伤害郭云天吧。没想到这婆娘看起来很难搞，其实却很识大体。孙笃遇到她的时候脸也阴着，几乎可以滴出水。郭云天把这个解释为在为“她不小心执行计划”而生气，并没有如何在意——在她看来的确没什么可在意的。反正孙笃为了那十万,一定会坚持到拆迁的时候的。她只要不让外人看出破绽，就一切大吉。现在孙笃妈和孙笃自动选择不吵不闹，就可以说是危机已经结束。至于他们是否继续生气，那也只是小问题。她现在唯一关心的，是孙畅现在如何。当然了，孙畅即使搬出去了，也是跑得了和尚跑不了庙，她完全可以去孙畅单位门口堵他，但那样肯定会导致不可测的结果——如果不慎闹出了什么乱子，让孙畅“勾引弟妇”的谣言传到单位，肯定会影响他的前途。她可不能做这种事。还是悄悄地找出他现在的住址，悄悄到他门上蹲守为妙。她想出了几条计谋，准备以此从孙笃那里钓出孙畅的卜落，但实施之前却犹豫了。

因为她想起了孙笃妈的话。孙笃妈当时可是说孙笃找不到好的对象都是因为孙畅。为什么会因为孙畅呢？到底是怎样的家庭隐秘？

郭云天忽然有了一个有些可怕的猜测，接着便感到自己被·团黑雾包围了：该不会是像小说电影里说的那样，孙畅有专抢弟弟女朋友的怪癖吧？要是那样……他该是个什么样的人呢？

这个猜测显然无稽。郭云天立即把它扔到了一边，却仍有些阴影留在心坎上。但不管她对孙畅如何猜疑，她还是想见他。而很快就让她找到了见他的路子。这天早上她看到孙笃妈躲躲闪闪地拎了一罐子汤出去了，之后到厨房一看，发现角落里塞着一个新鲜的鳖壳。

甲鱼汤啊！应该是特意送给某人进补的。给谁？显然是孙畅啊。

发现这一点后郭云天的心里乐开了花。看来她只要找个好机会，跟在孙笃妈后面，就可以找到孙畅了。机会很快就来了。这天孙笃妈早早地起来，又偷偷摸摸地烧了一锅甲鱼汤，再对着镜子捯饬了一下，蹑手蹑脚地拎着甲鱼汤走了。郭云天早已准备完全，也蹑手蹑脚地跟了出去。

孙笃妈一出门就溜街边，钻小巷，最后竟走进一家小医院。郭云天的心里“突”地一跳：怎么了？难道孙畅生病了？

生病的不是孙畅。郭云天看到孙笃妈探望的人的时候，几乎要惊叫出声：竟然是一个陌生的老头子！？而看孙笃妈看着他的神情……

哦卖糕的！郭云天本能地朝门后缩了一大截，却又忍不住伸头出去偷看：看他们的神情，宛然是一对暮年情侣啊……啊！那老头子还伸手握住了孙笃妈的手，孙笃妈则伸手去抚摸他的脸颊……肯定是！孙笃妈做甲鱼汤原来是给他进补啊……孙笃妈还真是人老心不老，自己都年过六旬了，还家里红旗不倒，家外彩旗飘飘……

郭云天既错愕又愤怒，忽然感到一阵狂喜，一时间只想踮着脚尖跳圆圈舞。她怎么这么迟钝啊……这分明是上天给她送的大礼啊！

和坏人相处，最怕的就是没有反制他的方法。孙笃妈让她窥破了这个秘密，等于是给了她一根套索。她只要在这个问题上善加经营，一定可以将孙笃妈收为己用——她以为肯定要跟孙畅结婚的，孙笃妈依然是她的婆婆。如果她天天还以那种恶心人的态度对她，她肯定受不了……哈哈，虽然大家都说人与人的相处需要真诚互助，但这往往只是理想。对待坏人，还是带点策略比较有效。

人老了就啰唆，年老的情侣在一块儿时更是啰唆。孙笃妈和这老头子就腻歪个没完了。郭云天一边偷偷地监视他们，一边不动声色地打听这老头子的底细。

原来那老头子叫顾哲，报社退休干部，今年六十三岁。虽然六十三了，看起来仍算年轻，头发还是一色乌黑，脸色也没多少皱纹，算是个资深帅男，怪不得孙笃妈春心萌动、意乱情迷……

郭云天在心里不由自主地用上了揶揄和贬斥性的词语，朝孙笃妈无声地冷笑了一声，便溜出去了。出去之后却觉得自己似乎就这么走了。也许她现在就该给孙笃妈点提示，告诉她自己已经知道了，便在路边摊上买了个辣椒煎饼，在路边一边吃一边等孙笃妈出来。然而孙笃妈偏偏迟迟不露面，郭云天都吃了三张煎饼，辣得要喝水了，孙笃妈却还没从医院里出来。郭云天登时恼了，娘的，在病房里有什么可腻歪的？要是单人病房，能关门的那种，你们、你们不还在医院同床啊？

偏偏在这时孙笃妈出来了。

郭云天赶紧佯装朝街尾走，一边格外有滋味地咀嚼自己手里剩下的煎饼尾巴，一边从眼角偷看孙笃妈。孙笃妈看到她之后果然吃了一惊，接着便慌乱得难以形容，几乎是踮着脚尖逃走了。郭云天看了之后心里很是快慰，哼着歌儿去上班，然后大摇大摆地回到了家里。

家庭隐秘

孙笃妈已经回来了，正在厨房里忙得锅瓢乱响。郭云天把下巴抬得高高的，一脸坏笑着走了进去。然而孙笃妈只是淡淡地看了她一眼，并没有如何表示。郭云天微微有些失望，也微微有些恼火：怎么？以为我没发现你？就觉得万事大吉，依旧以那种恶心态度对我？

既然如此，郭云天就准备敲打她一下。

“妈。今天早上我起来晨跑，路过一家煎饼摊，里面的辣椒煎饼非常好吃。”郭云天故意不把重点放在煎饼上，以示她是“偶然”发现她的隐事。

“哦。”孙笃妈轻轻地应了一声，似乎并不在意。

郭云天从眼角瞄着她，不动声色地抛出一个炸弹：“妈也经常去吃那个煎饼摊的煎饼吧……我今天看到妈也从那里走过，最后还进了一个医院……是哪个朋友生病了？”

孙笃妈猛地朝郭云天扭过头来。在这一瞬间，郭云天忽然有些矛盾。老实说，她并不仅仅想以威胁来压服孙笃妈。毕竟是要住一起的。她其实更倾向于不动声色地参与到孙笃妈的事里面，并制造事故，让她能帮到孙笃妈，让孙笃妈对她既感激又畏惧，这才是理想的状态。因此她在孙笃妈看向她的时候，及时地装出了一副懵懂的样子，就像什么都没有发现一样。

孙笃妈半信半疑，转过头继续做菜。

郭云天悄悄地退了出来，出门却正好碰上孙笃。孙笃的脸色黑黑的，给她使了个眼色。郭云天知道他这是有话跟她说，便跟着他走到了一个角落。

“你……今天有没有去找我哥？”孙笃盯着她的眼睛，小心翼翼地问。

一听这话郭云天就撇起了嘴：“放心，我没去……我又不是不知轻重……你到底把我当成哪种傻瓜啊？”

“就是你这种傻瓜。”孙笃的脸绷得紧紧的。

“切……”郭云天微微有些不快。说真的，她虽然也觉得孙笃应该生气——她毕竟让他们的计划的实施出现了点偏差，但他也不应该总是一副得理不饶人的样子啊。

即便有些不爽，郭云天还是没有说硬话。然而即便她想说软话，却也因为心情的问题而说得不妥：“好吧，就算我是傻瓜……我保证我以后不再轻举妄动了，不行吗？”

“但愿如此。”孙笃的脸依旧绷得像蛋皮。

郭云天热脸贴了冷屁股，心里更加不快。然而令她不快的事情并不止于此。孙笃盯着她的眼睛，竟又抛出一句：“我知道你心里在想什么……你是不是想着拆迁之后就可以为所欲为了？我告诉你，还是打消这个念头吧……不要再想着我哥了……很多事情你不知道。”

郭云天气往上冲：怎么？我的情事还要你来管啊？不知不觉就到了要吵架的状态。然而要吵架的状态也是开门见山的状态。她一时也不耐烦再斟酌，冷笑着问：“既然如此，那就让我知道吧。”

“什么？”孙笃一激灵，脸也“唰”青了。

“就算只是为了我们的生意，我也该知道多一些吧？否则如果有什么事，肯定会措手不及。”

“你要知道什么事？”孙笃的目光纷乱地闪动，脸色也变得更青。

“为什么说你找不到对象都是因为你哥？你们兄弟间到底是怎么回事？”郭云天盯着他的眼睛，一字一顿地说。

孙笃的脸陡然变得煞白，接着又陡然涨得血红。

“这不关我哥的事情！”孙笃竟然咆哮起来，“全怪我自己……怪我自己没用！明白了吗？”

郭云天从没见过孙笃这个样子，竟然被吓怔住了。孙笃也觉得自己有些失态，用力地抹了一下脸悻悻地走了。郭云天呆呆地看着他离去，心里阴得快要滴出水来，层层的乌云中更似乎有妖物在游走：都因为他没用？这是什么意思？这不可能和孙畅无关，孙笃妈都说了……啊！？难不成孙笃的女朋友都是被孙畅抢走的？天啊！如果孙畅有抢孙笃女友的习惯，那他会是个什么人啊！？

一想到这里，郭云天的心里顿时失去了根基，慌乱害怕又迷惑，就像被吊在云端里似的。她知道自己这样下去肯定要糟糕，想不想这些，却似乎有种力量，强迫她一直想着它。

这天她又想着这事儿想了一天，下班后竟发现孙畅站在她单位门口。她万万没想到孙畅会在此时出现，心头一阵滚热，接着却是一片冰凉，感到手心里冰凉凉湿腻腻的全是汗。

“有时间吗？”孙畅问她。他的神情很奇怪，像在努力压抑着激动，又像刚受过什么刺激。“有……吧……”在这一瞬间，郭云天竟有了退后一步的冲动。因为她现在才发现，她对孙畅其实是一无所知。

“那跟我走！”孙畅竟毫不客气地拉着她的手就走。郭云天吓了一跳，本能地想要挣开，理智却告诉她不可以——但是这个判断真的是对的吗？她的心里为什么这么惊慌害怕呢？

孙畅拉她进了一家小酒馆，找了个包厢。包厢里有些阴暗，装饰得有些意味不良。虽然孙畅可能只是随意找了个地方，但郭云天心里更慌乱和害怕——他不会想要做什么吧？

可能是因为光线昏暗的关系，孙畅的脸色有些阴沉，眼中却似乎有火光在闪。他凝视着郭云天的眼睛，忽然没头没脑地来了一句：“有什么话就说吧！”

“呃？”郭云天愣了。

“别装了，我知道你有话对我说！”孙畅的语气竟是罕见的冲动。

郭云天骇然失笑，心里也更加慌乱迷惑，小心翼翼地说：“可是……现在更像是你有话要跟我说……”

孙畅怔住了，接着便自嘲而又懊恼地笑了：“哈哈，是啊……是我有话对你说……我先失去冷静了，算我输了。”接着“唰”一下盯着郭云天的眼睛，眼中火光闪动，“是啊，我是输了，输得彻底……我就是一个大笨蛋，明明知道你跟我没有实话，我还是被你吸引，不由自主地……好了，现在一切都乱了，我还不知道你对我到底是什么想法……到底对我是真情还是假意……我还不是彻底输了吗？”

他这席话说得不清不楚，郭云天也听得不太明白，但是有一点她听明白了：他喜欢她……他也喜欢她！

郭云天顿时感到一股暖流在心头喷涌而出，接着全身都似乎开满了鲜花。孙畅的告白算得是世界上最糟最诡异的告白了，对她来说却比任何的甜言蜜语都让她兴奋……呃？先别忙开心。孙畅那句“你对我根本没实话是什么意思？”自己有这样对他吗？

“谁说我对你没实话了？”郭云天不满地大声抗辩。

“还狡辩呢你？”孙畅满脸的嘲笑之色，“你一开始不是说你对我没有非分之想？怎么到最后……成这样了？”

一股热血涌上郭云天的喉头，她几乎冲口要说她一开始是对他没有非分之想，后来才情不自禁的——这是她早已准备好、以防类似情况的说词，可等她话快出口时，却觉得自己不能这样说。

因为这是谎话啊。如果她这样说了，不就等于像孙畅说的那样，她对他根本没有实话吗？

郭云天迟疑了。

孙畅盯着她的眼睛，目光陡然变得烫人，又慢慢变得冰寒，冷冷地一笑：“好了，我明白了……我不知道你对我到底是怎样的态度……但现在看来我已经不用问了。”说着站起来就走。

郭云天本能地想站起来追他，却像被粘在椅子上一般动不了。因为她心里清楚，即使她站起来追他，也无法解决问题，甚至会让问题变得更糟。

因为粘住她的嘴的不是别的，是她对孙畅的猜疑。她必须得赶紧知道到底是不是一直是孙畅在夺孙笃的女朋友。如果不能知道真相，她恐怕还会这样持续地猜疑孙畅，把事情搞得越来越坏。

要想搞清楚事实，就得找到当时的当事人。换言之，就是曾经甩掉孙笃的女人。郭云天仔细打听，还真打听到了这么一个人。

这个人叫苏青,在本城开文具店。好像和孙笃处得挺久,找她套话,也许能知道得多一点点。

郭云天准备先伪装成其他人，等和苏青熟络了，再一点点地从她口中套真相。这天她偷偷地晃到了苏青的文具店外，准备装成买文具的人走进去。然而就在这时，她看到苏青店门口贴着一张纸，说本店欲转让，价格面议。如果店主不在，可联系手机号码……

看来我来得还真是及时。郭云天暗暗思忖着:要是晚来一步，说不定还不好找苏青呢。她悄悄地把苏青的手机号输进手机，然后走进店里，东看看，西摸摸，佯装无意地跟苏青答话，“请问你这里有荧光笔吗？”

苏青应声而来——她是个长相清秀的姑娘，五短身材，说差不差，说好……倒也说不出哪里出色。

“有荧光笔吗？”郭云天笑得很是可亲。然而苏青见到她后脸色却忽然转寒，上上下下地打量了她一下，喷冰碴般吐出一句话:“你是不是来问孙笃的事情的？”

“呃？”郭云天大惊，一时间不知道该是承认还是否认，只好讪笑着说了句像是抵赖却也像是坦白的话。“对不起……我之前好像不认识你吧？”

“你当然不认识我。”苏青一撇嘴，“我只是去偷偷地看过你……知道你是孙笃的老婆。”

“哦？”郭云天心头一动:她会对孙笃娶什么人这么在意，是不是对孙笃旧情未了？或者是心存愧疚？想到这里忽然心头一黑，从心的拐角里冒出一个不可为外人道的猜测:还是看看孙笃的老婆有没有再次被孙畅抢走？

“你想问什么，说吧。”苏青双手一摊，露出准备坦承一切的神情，外加三分高傲、三分大义凛然。

“这个……好吧，”见她如此，郭云天也不好再兜圈子，“我只是听说了一些传言，说你和孙笃分手，是因为……”

“是！你听到的没有错！”苏青忽然激动起来，“我是荡妇！我是水性杨花！见到更好的就想靠过去，不看看自己配不配，结果自找倒霉……这件事就是你听说的那样！你不用问了！”

郭云天没想到苏青会这么激动，僵笑着说：“我想你误会了……”

“没有误会！”苏青忽然把郭云天往外推，“这件事已经过去好久了，你们就不能放过我吗？我不想再提那件事，也不想再让那件事影响我的生活！请你不要再来了！”说着便把郭云天推到了门外，接着竟把店门关上了。

郭云天又是惊讶又是恼怒又是好笑，看着店门发了好一会儿怔。今天真是倒霉透顶，不仅被苏青认出来了，苏青还激动得过早，硬是让她没得到一点信息——不过仔细想来，她也能说是得到了些许信息，而且是不好的信息。苏青如此激动，证明她因孙家应该受伤很深。这伤痕是谁给她的呢？想来不会是孙笃。女人是不会为自己不爱的人受伤的。因此唯一的嫌疑人就是孙畅……孙畅到底是怎样的人，做过怎样的事，能让苏青如此受伤呢？

郭云天顿时感到一片黑云兜头压来，越想越是心乱如麻。她在街上怔怔地乱转，到公园里坐了一会儿，等到天黑后才往家里走。

过去的过去

她的手机忽然响了，而且是孙笃妈打来的——郭云天特意把孙笃妈的来电铃声设成尖叫的声音。她皱了皱眉头，几乎不想接，但想到孙笃妈现在找她一定有急事——依现在的情况，孙笃妈肯定特别恨她烦她，能不找她就不找她。

“你在什么地方？和孙笃在一起吗？”孙笃妈声音沙哑，看来真是遇到了急事。

“没有啊，怎么了？”郭云天的心里“突”地一跳。

“哎呀，”孙笃妈竟然尖叫起来，“这可坏了！”

郭云天的心狂跳起来，赶紧劝说安抚她：“妈，你别急，慢慢说！”

原来孙笃妈联系不到孙笃了。今天孙笃妈锻炼回来（郭云天非常怀疑她是做别的事情去了），发现孙笃不见了。孙笃妈一开始没怎么在意，便去厨房做菜，忽然发现自己有瓶珍贵的调味料不知道放哪里去了，便打孙笃的手机问。没想到孙笃的手机竟关机。没电了？应该不会。她早上还看到孙笃的手机放在茶几上充电了。那他大白天没事关什么机？难不成是出事了？孙笃妈想到这里后非常恐慌，便一遍遍地打孙笃手机，结果一直没有回应。往亲戚朋友那里打了一圈，也没人看到孙笃。因此便慌神了，才打电话给郭云天，问孙笃有没有和她在一起——果然是不到万不得已就不找她问啊。

刚开始的时候，郭云天对孙笃妈的慌张是嗤之以鼻的——怎么搞得孙笃像小宝宝似的，等听到他手机一直不通，亲戚朋友都没人见过他时才慌了，赶紧赶回家去。

“妈，孙笃什么时候走的！？你能知道个大概吗！？”一进家门郭云天就着急地问。

“不知道啊，”孙笃妈几乎要哭出来——她现在已经顾不得和郭云天划清界限了，“我一来家他就不在了……”

“那怎么办？”郭云天下意识地用力抹了一下额头，这才发现孙畅也在——弟弟失踪了，当哥哥的显然不能置身事外。

孙畅的脸黑着，一见到她就表情复杂地转过头去。郭云天心头一凉，佯装没有看见他的神情，扑向电话机：“那之前有没有什么可疑的电话呢？”

她本来只是为掩饰自己心中的慌乱和悲苦而找个话头，说了之后才发现这的确是个好线索。她不等孙笃妈答话就按下了来电查询键，果然看到了一个陌生的号码，而这个号码又似曾相识……呃？好像是苏青的号码！？

郭云天背后的汗毛顿时竖了起来：糟了，看来这事还是她惹的。一定是苏青之后觉得气不过，打电话质问孙笃为什么要纵容她来羞辱她——虽然是质问，但苏青肯定会觉得郭云天是要羞辱她。历来被人抢了女友对男人来说都是最屈辱的事情，被自己的哥哥的抢了女友更屈辱——不能说也不能骂更怕人知道。所以重提此事孙笃的痛苦绝对要比苏青深，又被苏青责骂……不会是一时冲动作出了什么傻事吧？

一想到这里郭云天的感觉就像掉进了冰窟里，在心里连连责怪自己干吗这么顾前不顾后——怎么就没想到苏青会来找孙笃质问呢？唉，没办法……俗话说当局者迷，旁观者清，任何人陷入了情乱中都必将阵脚大乱。这件事关系到她自己的情事，又是非常重要的情事，难免不会犯一些错误……不过这也怪不得她，谁知道这女人这么无耻这么大胆，还敢来质问孙笃啊！？

郭云天的心里剧烈动荡，丝毫没有注意到孙笃妈已经来到她身后。孙笃妈见她看着一串手机号码出神，疑心大起，大声问："这个号码有什么问题吗？"

"呃？"郭云天猝不及防，一时间不知道该如何回答。

孙笃妈立即按下了回拨键，听着听筒里的忙音一脸凝重。

郭云天注视着她，背上忽然爬出一层冷汗：如果让孙笃妈找到苏青，问清事情的原委，势必会认为是她惹出了这个乱子。如果孙笃真的出了什么事，她和孙畅肯定要变本加厉找她算账的啊！

郭云天本能地想要扑过去夺下手机，却知道那样就糟了，只有极力忍住。还好孙笃妈没有打通。她刚松了一口气，却又见孙笃妈掏出手机，把手机号往自己的手机上记，顿时心又悬了起来：怎么着？她还要盯住这个号码，一直问出实情不可吗？

然而她一个号码没输完，手机就响了。郭云天眼尖，看到那是孙笃的手机号码。孙笃妈如获至宝，赶紧接听——她激动过度，竟按下免提键。不过这样也好，这样大家都能在第一时间知道孙笃到底有什么事了。

"妈，你到底想干吗！？"孙笃的第一句话竟然是这个，还充满了责怪的意思。

孙笃妈足足愣了五秒："什么叫我想干吗！？你手机不通，我担心你啊……你到底干什么去了？怎么不保持手机畅通啊！？"

"我怎么保持手机畅通啊？"孙笃的语气满含委屈和不满，"我到这里来散步，不小心滑坡下去了，手机却掉在坡顶上……我脚脖扭伤了，不能立即爬上来吧？结果我在坡底下躺着，就听着您打我手机，一遍又一遍，一共十几遍，搞得我心烦意乱的……哎哟，我又不是小孩子了，您这么着急干吗？"

孙笃如此责备孙笃妈不尽公平，但孙笃妈欣喜之下，也顾不得什么原则了："好好好，是妈不好……你现在在那里？妈去接你！"

"不用了，我自己叫出租了……很快就能回来！"

十几分钟后孙笃回来了。身上粘着泥尘，脚踝上是肿了一块，表情倒颇平静。大家问他去哪里散步了，怎么会滚到坡下面，他闭口不答，只是说饿和困，想快点休息。郭云天猜测其中必然有隐情。说不定还和苏青有关。寻思着怎么盘问他。而孙畅一看孙笃回来就准备偷偷溜走，走的时候却有些犹豫——他发现郭云天自从孙笃回来就不怎么注意他了，心里的感觉颇有些复杂。溜出门的时候还悄悄地朝郭云天瞥了一眼。她背对着他，眼睛只是看着孙笃。他的脸色唰一下变得很黑很寒，悻悻而又恨恨地走了。

郭云天稍后便发现孙畅走了，但也没有如何在意，注意力依旧放在孙笃身上。因为她必须从他身上挖出一切内幕，这关系到她的恋爱到底是不是"瞎了眼走向陷阱"。

孙笃吃了些饭就回屋睡了，躺在沙发上出神。郭云天先走到门缝边朝外看了看，确认孙笃妈没来偷听，再走到沙发旁边的椅子上坐着，斟酌了之后说：“今天……根本不像你说得这么简单吧？”

孙笃的身体微微一颤，没有答话。

“是和苏青有关吗？”郭云天控制着气息，吹热汤般把自己的话吹过去。

“算了吧，”孙笃晦涩地笑了，“已经结束了。”

“哦……”郭云天正想着该怎么不露痕迹地套话，却见孙笃坐了起来。

“看来继续瞒着你不行了……”孙笃苦笑着说，表情懊恼羞惭，还带点自怨自艾，但也有几分释然，“算了，就坦白说吧。我知道不说你肯定会越猜越坏，比说了还糟……”

郭云天听他把自己说得这么糟，本想反唇相讥，仔细想想后却觉得好像真是这么回事。

然而即便说了要坦白一切，孙笃却似乎没做好真正坦白地准备：“不过在这之前，我想先说明……有时候，人世间的事情，不像小说里和人们想象里的那样极端……那种因为感情痛苦进行生死抉择的事情很少……即使造成很严重的后果的事情看起来也很儿戏……”

“行了行了，我都知道……”郭云天不耐烦地说。老实说，她一听孙笃要坦白一切，心就已经吊到嗓子眼儿了，现在更是吊得生疼。她不明白孙笃要说就说吧，干吗还要吊她的胃口。

孙笃的眉头微微一蹙，似乎被伤到了，却佯装没有感觉：“好吧……其实，我哥并没有主动抢过我的女友……你也知道，现在的感情，真正一见钟情，或者是一方慧眼独具认定一方的很少。都是先试着接触，慢慢考虑再最终决定……如果在这期间一方遇到一个更好的，劳燕分飞几乎就是肯定的事情了……”

说到这里孙笃的表情飞快转阴，声音也沉了下来：“我……之前也交过几个女朋友。按照惯例，关系熟络一点之后，都会带她们回家坐坐。结果总是让她们遇见我哥……如果是别的男人还好，问题是他是我哥……”说到他这里自嘲而又苦恼地笑了笑，“也许我乍一说你不太懂……哈哈，也许这种类比不大恰当，你知道为什么在中国的传统文化里，对姐夫和小姨、小叔和嫂子之间的关系都是严加监管的吗？那是因为兄弟和姐妹的基因相似，喜欢他们其中一个的异性很可能也会喜欢上另一个，因为都是那一型……我和我哥就是这样……我哥和我很相似，却在各方面都比我强……而那些女生，只是想和我谈谈而已，根本没认为自己该对我有什么承诺，见到我哥，怎么会不想要更好的呢？那感觉就好像在一个盘子里选橘子，一个虽然不错，但另一个更大更好，谁会不选那更大更好的呢？”

说到这里孙笃的表情变得非常复杂：“然而我哥……其实我哥是对我很有兄弟情的。不管是什么样的女生，只要是我喜欢过的，我哥都一律拒绝……然而这些女生被我哥拒绝后，自然不会再回到我身边……所以即便他拒绝她们，我也照样失恋，于是这样的剧目，在我的青春期里一幕幕地上演……后来年龄大了，到了谈婚论嫁的年龄。我以为到了这个年龄的女孩不会再那么轻率，没想到经介绍而来的对象对我在感情上更是淡漠，更是像买水果一样地挑人……结果，那样的剧目，又一出接一出地演了下去……”

“哦……呃？”郭云天本来在为孙笃的不幸遭遇唏嘘感叹，

忽然发现了一个奇怪的地方，感到很是惊诧不解，“那既然如此，你干吗还要把女人带回家见你哥呢？应该尽量避开他才对啊？”

孙笃没有答话，只是朝她看了一眼。

郭云天并没有看出他是什么意思，稍后却自己猜出了答案，觉得自己真是蠢：“哦……这也是种考验对吧？看看她们是不是真心喜欢你……再说就算能在婚前避开你哥，之后毕竟是一家人，肯定还是要见面的……如果这女的意志不坚，以后肯定一样会出轨……”

孙笃的目光一颤，脸上露出被火星烫到一般的神情，深深地低下头去。

郭云天知道自己肯定戳到了他的痛处，赶紧岔开话题，岔开话题之后却发现这个问题也是应该问清楚的：“那苏青……为什么提到这事反应这么激烈呢？按你的话说，她根本就不是受害者，而是自己咎由自取……为什么搞得像受害者一样呢？”

“她是哪门子受害者啊。”孙笃对苏青嗤之以鼻，“她是自己干了坏事，怕人说，心虚……我哥拒绝了很多她那样的人，而她是其中反应最激烈的一个。跑到我家来大哭大闹，搞得就好像我哥怎么着她了一样，弄得很糟糕……她是自己干了坏事，怕别人说而已！”

原来是这样啊！郭云天感到心里的结一下子全打开了，空气也似乎变得清新了好多。她深深地吸了一口气，感觉自己就好像几百年没有大口喘气了一样。

原来都只是误会啊。孙畅可以说是完全无辜，甚至可以说是值得尊敬的。郭云天的感觉就像重新得到了世界上最珍贵的珍宝，开心得难以言喻，却也疲软得难以言喻。她出神地看着窗外，似乎已经看到孙畅的身影，恨不得立即飞到他身边去——品味这种冲动也是一种难言的幸福。

郭云天光顾着品味自己的幸福，丝毫没有发现孙笃正在偷偷地注视她。那目光很是奇怪，就像一团炽烈的火焰被压在冰冷的水底。

好友的婚事

郭云天早早地上床睡了，准备明天就去找孙畅。然而就在她美滋滋地做规划的时候，忽然想起了一连串的问题。

虽然这个问题解决了，但也只是她自己的问题解决了而已。她和孙畅之间还是有很严重的问题。孙畅也在猜疑她啊。她必须消除他对她的猜疑才有可能跟他在一起……对了，他来跟她见面的时候非常激动，也是一反常态……应该不仅仅是因为告白前的紧张……他是不是之前受了其他人的什么刺激？

一想到这里郭云天全身的毛孔都缩紧了。虽然不知道刺激孙畅的人是谁，但本能地感觉到这个人，一定会对她和他的感情产生致命的影响！

思虑再三之后，郭云天还是给孙畅打了电话，他却没有接。郭云天有了种不祥的预感，却自欺欺人的安慰自己：应该没事吧……情况不是刚转好嘛（其实是她自己的情况转好了），不会这么快就崩盘的吧？谁知道呢？因为惊慌和猜疑，郭云天做了自己曾经信誓旦旦地保证不去做的事情，跑到孙畅单位门口等孙畅。担心造成不可测的影响，她躲到了树后。多亏了她躲到了树后，才让她及时发现了一件事情。

孙畅竟然是和竹君一起出来的！天啊！什么时候让她乘虚而入了！

在这一瞬间郭云天简直要晕倒。而她之所以没有晕倒，是因为她发现了一个细节，那就是孙畅并没有和竹君十指相扣，而竹君却一直可怜巴巴地看着他的手……他们两人之间也有问题！

郭云天蹑手蹑脚地跟在他们身后，发现他们之间的感觉越来越怪：两人虽然并肩走，但眼神不接触，肢体不接触，就像隔了一堵无形的墙——不过即便之间像隔了层无形的墙，却能看出他们的心在纠缠不已。郭云天又是迷惑又是不安，更迫切想知道他们之间到底发生了什么。

孙畅和竹君并肩走了一会儿便分开了。郭云天本想立即过去制造一个偶遇，但那样可能作假的行迹太重。便推到了第二天。竹君被郭云天盯上的时候正在一个饰品店里闲逛。郭云天跟进去佯装无意地走到竹君的身边，想让她无意间发现她。却发现她是在盯着一个水晶玫瑰发怔，只好伸手拍了她一下。

竹君抬头发现是她，张嘴想笑，却露出了哭相。郭云天目不转睛地看着她，发现她只是一副受了委屈的孩童见到亲人一般的表情，心里这才稍稍放心——看来她还不知道真正撬她墙角的人是谁啊。

“最近过得还好吗……咦？你的气色好像不太好啊。”郭云天装作什么都不知道般问。

“一点都不好，糟透了。”竹君嘴角下垂，哭相更加明显，还没等郭云天搭腔就开始宣泄，“郭姐，我到底哪里不好啊？”

郭云天一惊，赶紧拉住她往外走：“别慌……我们找个地方慢慢说……”

郭云天把竹君拉到了公园的一角。刚坐下竹君就迫不及待地倾诉自己的情伤。果真是被孙畅拒绝了。而且孙畅用的还是一些模模糊糊、似是而非的理由。郭云天心里暗暗庆幸，看到竹君这么伤心，却也有些内疚，忽然想起一件重要的事情，心里猛地一颤：那天孙畅来见她的时候可是很激动的。如此推算，孙畅当初拒绝竹君的时候并不淡定……啊！这么说孙畅心里也有选择竹君的倾向，完全可能转而倒向她？

一想到这里郭云天心里顿时慌了。竹君却只是自顾自地倾诉自己的委屈和迷惑："他说我不成熟……我真的很不成熟吗？是不是因为我当义工？"

唉哟，姑娘……郭云天悄悄地翻了翻白眼：你果真是不成熟……竟然为了感情怀疑起自己的是非观和世界观来了。如果让你知道这根本只是借口，我还真猜不出你会干出什么事来……

然而竹君并不是她想象中的那么傻，紧接着就提出了疑问："郭姐，你说他会不会是什么借口啊？他是不是喜欢上别的什么人了？你知道吗？"

"呃？"郭云天的心猛然一跳，"这个……我不大清楚……他最近搬出去了。"

"搬出去了？"竹君微微有些失望，看来她竟还存了让郭云天帮她看着孙畅的念头——真是让猫给老鼠看宝宝。她呆思了一会儿，脸色越来越难看，忽然用力地挠起了头："真是太烦了……男人心里到底想的是些什么啊？教教我啊！"

这句话问到了郭云天的痛处。她本想讪笑着找句话遮掩过去。开口时却叹起了气："我也不知道……我虽然结婚了……其实根本没经历过。"话出口后这才省悟自己说了很危险的话，心顿时揪紧了。

竹君诧异地看了看她，但并没有诧异多久——大概她以为郭云天是指自己没经过“纠结”的恋爱吧，又扎进自己的苦恼中无法自拔。郭云天暗叫侥幸,却忽然觉得愁云压顶,压得她想要惨叫：是啊，孙畅到底在想什么呢？谁来教教她啊？

因为把握不了孙畅，在他面前还可能多做多错，郭云天决定目前先盯住竹君。竹君拉着她说了好久，全是些纠结的废话，又和她约定明天再谈。然而第二天郭云天刚上班就接到了竹君的电话，竹君的语气喜滋滋的，跟她说问题已经解决了，非常感谢她昨天陪她说了这么多。

啥玩意儿？一听这话郭云天都要耳鸣了：什么叫问题解决了？难道孙畅又选择她了？这变故也来得太快了吧！？

想到这一点后郭云天再也无法冷静，一溜烟蹿到了孙畅的单位。果然孙畅和竹君都不在——肯定是跑哪里腻歪去了。她心头更是狂躁混乱，硬是在孙畅单位大院的一棵大树后找到了孙畅和竹君。

和孙畅与竹君照面的那一瞬间，郭云天觉得自己整个脸部都不由自主地抽搐，鼻子眼睛都似乎要掉下来。即便如此，她还是强行镇定，得体地对他们微笑了一下：“你们好啊，我是来找竹君的。”

说找竹君的就省去了很多麻烦。

“找我？”竹君惊诧地睁大了眼睛，犹豫着朝孙畅看了看——显然不情愿在这个时候抛下孙畅和郭云天说悄悄话。

“没事,你们先聊,也不是什么大事。晚上我用QQ跟你说吧。”郭云天强笑着说——她得给自己留一个冷静的空间。她感觉自己的心像被毒盐腐蚀一样的剧痛，而且似乎马上就要垮。

竹君愉快地答应了。郭云天胡乱跟他们寒暄了几句，然后低头走出孙畅的单位，没走几步就觉得膝盖软了。

她知道自己现在心里不能乱，却偏偏乱得一塌糊涂，想整合都整合不起来。她不顾形象地坐倒在花坛边上，用力地揉了揉脑袋，忽然听到手机响。一看号码，精神顿时又集中到了一点，集中得“嘶啦”冒火。

是孙畅？他给她打电话？为什么？

郭云天几乎是颤抖着接起了电话。

“喂——”孙畅的声音又混又重，就像浸满了水的海绵。

“喂——”郭云天傻傻地接了一句，因为精神过于集中脑中竟是一片空白。

可能是她的声音听起来状况很不好，孙畅竟然沉默了，许久后才低低地说：“对不起，我已经决定了。”

虽然早已猜到可能如此，但是听到这话的时候郭云天还是差点晕过去，几乎是失声大叫：“为什么！？是因为觉得我对你没实话吗？我跟你说……”

“不是！”孙畅忽然加重语气打断了她的话，之后声音却又转低沉，“我……已经想清楚了。我……是孙笃的哥哥。就这样停止吧。”

他这话说得极为简短，也有些含混不清，却已经胜过了千言万语。

郭云天感到一股热血火炭般涌向脑门，几乎想要冲口把她和孙笃其实是假结婚的事情告诉他，却在开口的那一瞬犹豫了。

因为她本能地感觉到这个真相可能会引发不可测的后果。知晓真相后孙畅可能会如释重负，但也可能会狂怒、拂袖而去。并会因此引起家庭震荡，甚至可能扩散到家外，毁掉她和孙笃苦心经营的一切。这个风险实在太大了。她觉得自己担不起！

孙畅见她没有回应，便挂了电话。郭云天怔怔地把手机收回口袋，茫然地看着天际，觉得自己的五脏六腑都要倒转了。她买了一瓶冷饮——现在已经不是喝冷饮的季节了，但是她就是要那种透心凉的感觉。一口气灌了下去，却仍然没感到好转半分，没办法，她的心……已经彻底乱了！

一连几天郭云天都是这种状态。以往她在这里受挫就会在另一处找平衡，现在却发现自己根本什么都做不了了——也许这就是真正的“崩溃”吧。

就在这时，戚玉成又给她打电话。说真的，刚看到戚玉成的号码的时候，郭云天是很慌张的。不会是选妃秀又能重新启动了吧？她现在的状态可真不是能操作选妃秀的时候。

戚玉成还真是来说选妃秀的消息的。他开心地告诉郭云天，各方面他都已经打通了。近日就可以重新启动搁置的半决赛，但考虑到之前中断了一阵，他会雇佣网络水军再对选妃秀进行一次网络炒作。等到话题度恢复的时候再开赛。

他的意思就是暂不开赛了。郭云天大大地松了口气。之后戚玉成的话就有些奇怪。怎么听怎么鸡肋，最后竟然要约郭云天出来喝酒。

“对不起，我最近有些累。”郭云天自然一口回绝——她都要把自己宰了泡酒了，还喝什么酒？

“就一次，有什么关系。出来陪陪我吧。最近我很寂寞。”

要是平时，郭云天肯定会发现这句话中的异样。但她现在心里已经乱成一团糨糊，根本没空细品他的话，推辞后就挂了电话。虽然听到选妃秀可以重启的消息，但是她还是振奋不起来。为了强迫自己振作，她到街上去乱遛，竟然发现曲兰兰和一个男人十指紧扣地逛街。

郭云天呆住了。

曲兰兰发现了她，颊上涌起两朵红云，不好意思地笑笑，算是承认了——她谈恋爱了！

说真的，在这一瞬间，郭云天的感觉难以形容。之前她还空闺冷清，还和她一起仰望着孙畅呢。现在忽然有主了，看起来还很幸福……这也太快了吧？

郭云天顿时觉得自己滑进了最深的深渊，而其他人，却都站在高处俯视她。

晚饭后，曲兰兰约郭云天出来散步。曲兰兰一直半低着头，颊上顶着两朵红云。许久后才笑着说：“事情的变化……真是出人意料啊。”说着悄悄地瞥了郭云天一眼。

郭云天捕捉到了这个眼神，却佯作不知。看来曲兰兰对自己向她隐瞒找到男友的事情还是有点愧疚的，因为她等于在说她对郭云天有所猜疑。到底是怎样的猜疑呢？要是以前，郭云天肯定不懂得，现在却懂得了。她怕郭云天其实一直瞧不起她，因此得到了一段恋情，就格外要努力抓住。而且在修成正果之前，绝不可以让郭云天知道——如果失败了，她怕她会看笑话。

想到这一点后郭云天微微有些不快，之后却发现自己根本好不了多少。自己不是一直对曲兰兰隐瞒自己对孙畅的真实意图吗？而且如果她和曲兰兰易地而处，她也肯定会这样做的。唉，有时候女人的友情就是这样，随着年龄的增大，会越来越疏离，甚至会被掺进很多阴影。

她心中虽然想了这么多，脸上却佯装无事："他是做什么的？多大？"

"他是做汽车售后服务的。"曲兰兰脸上的红意越来越盛，扭捏地像个小姑娘，"跟我同年……"

"哦，有房子吗？父母是做什么工作的？"郭云天忽然想起了曲兰兰以前的择偶标准。

"他父母都是小店主，两人开了个小店卖杂货。家里也没有多余的房子……我准备结婚后暂时和他父母住一块儿。"要是以前，曲兰兰肯定会露出些许羞惭，此时的语气却很正常，接着便把话题转到了他的男友身上，"他虽然三十多了，还是个大男孩……看起来挺不成熟……孩子气。"虽然她没说他的优点，但表情极是自豪甜蜜。说着说着忽然笑开了，笑得异常甜蜜，"其实经济条件和其他条件差不多就好了，主要是人……现在我才发现，我以前没遇上，并不是没遇上够条件的人，而是没遇上对的人……只要遇上对的人了，其他都可以包容。"

初听这话郭云天并没有什么特别的感觉，仔细一品却觉得像有一块巨石投进了心里。只要人对，其他都可以包容……那她一定要房子和老公兼得的执念，是不是错的呢？她是不是应该抛掉房子的包袱，为了感情放手一搏呢？

郭云天如遭醍醐灌顶，觉得整个心灵都清洁明亮了，再深吸一口气，竟觉得自己像脱胎换骨了一样，整个人都不一样了。她本来打算立即去找孙畅，最后还是决定再观望看看。然而出乎她意料的是，她竟然在孙笃家附近跟孙畅不期而遇。

忽然的噩耗

孙畅手里拎着两大袋东西，闷头往前走，看到郭云天后，颇有些手足无措。但这只是一瞬间的事情，他很快便平静下来，朝郭云天笑了笑:“我帮我妈把东西送回来。她在后面。”

郭云天知道他这份平静意味着什么。他肯定是觉得自己已经坚定地表明了心意。大概觉得只要自己不乱，他们之间的关系就不会乱起来——他对男女关系看得很透。在一般的情况下，男人在男女关系中占主导地位。只要男人能坐怀不乱，女人再想乱也乱不起来。发现这一点后,郭云天觉得受到了挫伤,心里也很不服气:你真的能坐怀不乱吗？不要太自负！接着就想把真相告诉他。

“怎么了？”孙畅见郭云天目光有些奇怪，便微笑着问她。

令人惊诧的，在看到他的目光之后，郭云天吐露真相的冲动竟一下子烟消云散了。她傻乎乎地跟孙畅寒暄了几句，然后伸手接过他手中的东西。因为在孙笃妈看来，危险还没有完全消除，因此他还不能回家，便在这里和她道别。郭云天毫无异议，还傻傻地微笑了一下，转身把东西提回家。东西很重，她却几乎没有感觉——严格地说她连自己身体的重量都感觉不到了，甚至连地面是硬是软都搞不清楚——仿佛自己已经成了一团烂泥，在一摊稀烂的世界里爬行。

她不是已经决定对孙畅吐露真相了吗？怎么在最后一刻临阵退缩了呢？她到底在怕什么呢？

在走到家门口的时候，郭云天终于得到了答案。其实她是被孙畅的微笑打垮的。对他说出真相是要负风险的。如果她不说出真相，他也许还能把她看作亲人，至少是朋友。要是她说出真相，她可能和他连朋友、甚至连路人都做不了。一个人爱上一个人后就会怕东怕西。这种风险，现在的她根本担负不起。

郭云天感到自己彻底陷入了沼泽。人在无助的时候就想求助，郭云天忽然想把一切都向曲兰兰坦承，看看她会怎么说——她毕竟是已经趟过感情那条河的人，应该算前辈了。当然，这不仅仅是求助，还有救赎的意味。她之前一直都对曲兰兰抱着蔑视的态度，欺骗她，甚至想过利用她。她对她坦承一切，并向她求助，也是要向她表示承认、尊重和歉意。

因为这件事比较重大，也实在难以出口，她决定明天打好腹稿之后再跟曲兰兰说。却万万没有想到，她竟然再也没有机会跟曲兰兰说了。

第二天曲兰兰竟然死了。死因似乎很离奇，却也更外令人感到撕心裂肺。曲兰兰的男朋友准备向她求婚，竟学韩剧里那样，把戒指藏在了蛋糕里——果然是非常不成熟。而曲兰兰吃东西从来都比较豪迈，把戒指吃了进去。结果那戒指卡在了气管口，引发大块的血肿，导致曲兰兰窒息，在送医院的途中身亡。

这听起来简直像个黑色笑话，是几乎不可能发生的，也不应该发生，可是它偏偏发生了。有时候人生就是这么匪夷所思，一个生命可能来得非常仓促，也可能走得非常轻易。

郭云天听到噩耗后久久无法相信这是真的，直到连滚带爬跑到曲兰兰家——她家灵棚已经搭上了，看到曲兰兰那早已冰冷僵硬的尸体后才无可奈何地确认这是真的。她呆呆地坐在原地，忽然觉得心中怨气鼓胀，几乎要把身体炸裂。她瞥见曲兰兰的男朋友正畏畏缩缩地站在一边，顿时感到怨气直冲上脑，热泪夺眶而出，忍不住扑过去厮打他，质问他干吗要玩这无聊而又危险的把戏，什么难听话都骂出来了。周围人赶紧劝她拉她，她却似乎没听到没感觉到一样，继续抓着他厮打。然而不管她怎么厮打他，都无法让心中的怨气消解一分。她这才住了手，呆呆地站着朝天空歪了歪头。原来她不仅仅是对曲兰兰的男朋友有怨气啊，她对自己也有怨气。人总是在失去的时候才能真正体味到失去的是什么。曲兰兰是她最最珍贵的朋友，她现在才明白。正因为如此，她之前对她的蔑视、欺骗和利用才不可原谅。她觉得胸口涨得快要炸裂，更似乎有一团火在胸中燃烧，忍不住张口大喊，热泪也如决堤的洪水般涌了出来。她在号哭，却丝毫感觉不到自己在号哭，甚至连自己的嘶号声都听不见，只觉得心里有难以承受的郁积，要竭力释放。她看着围观的众人的表情越来越惊异，接着就觉得他们的脸开始变得模糊，最后眼前一黑。

再度睁开眼时，她发现自己已经躺在医院里了，旁边是父母的脸。她感到非常茫然，问父母自己怎么会躺在这里。父母告诉她，她因为情绪失控，在曲兰兰的灵堂里哭昏过去了。

听到这话后郭云天简直觉得恍如隔世，接着想起曲兰兰是真的死了，再也见不到了，忍不住又潸然泪下。她起身想要拿纸巾，妈妈赶紧递给她。就在这一起身间，他看到孙畅站在不远处，朝这边探头探脑。

郭云天心头一热，开口叫他。孙畅迟疑了一下，朝孙笃看了一眼——看来他站这么远，是怕孙笃多心。见孙笃没有反应，便走过来:“你还好吗？”

“还好。”郭云天朝他一笑，发现他竟然不敢跟她有目光接触，就像有愧于她似的。

郭云天明白了，嘴边勾起一丝苦笑。他大概是以为她是把被他“伤害”后的苦痛和失去朋友的苦痛搅在一起，才会哭成这个样子。把罪责往自己身上揽，真有点多心了。不过这也证明他很在意她。

郭云天凝视着他，毫不掩饰眼中的热度。曲兰兰的死让她明白了很多道理，也让她卸下了包袱。人生苦短，充满了意外。就像诗里说的，今日脱掉鞋和袜，不知明日穿不穿。因此要格外珍惜眼前人，认真面对眼前的事情。对要做的事，对要爱的人，一定不要犹豫。

郭云天晕倒的时候很可怕，因此大夫强烈要求她观察几天再出院。大家有的要上班，有的要做家务——至少得做吃的给她进补，因此不能全守着她。这样就有了郭云天和孙畅单独相处的机会。在没有别人时候，郭云天毫不掩饰地注视着孙畅，目光中几乎要开出鲜花来。孙畅被她盯得极是尴尬,别扭地把目光转向别处。

郭云天感到自己已经准备好了，但也知道不能在病房里吐露真情——旁边还有几床病人呢，便微笑着唤孙畅:“扶我出去走走吧。”

孙畅有些尴尬，但还是答应了。因为医生诊断郭云天晕厥的原因是暂时性脑缺氧。虽然在病房里有氧吸，但病房里空气的污浊程度大家都是知道的。

一出病房，郭云天就带孙畅走到了一个角落。那里有棵大树，走到树后就罕有人看见。孙畅走到地点后才发现自己可能进了“陷阱”，开始不自在起来。

“曲兰兰走了……让我明白了很多事情。”郭云天知道自己该说了，微笑着凝视着他，“我明白了……要珍惜眼前所有的机会。有可能你今天放过了这个机会，以后恐怕就再也挨不着它了。”

她这话一语双关。既像是在倾诉感悟，也像是在劝说孙畅。

孙畅的脸红了，脖子上的血管也开始鼓胀，却在竭力压制着情绪。“是的。在生死存亡的紧要关头，是应该放弃一些不必要的顾忌。但在可以存活的时候，还是遵守社会规范比较好。”

郭云天知道他还是在说他身为大哥，不能抢弟弟的妻子，一股热血涌到喉头，语气也变得热起来：“你不用担心……”说到这里喉头微微地卡了一下，“我和孙笃其实是假结婚！我们是为了各得一套房子！”

“什么？”孙畅如遭雷击般呆住了。

“因为孙笃的房子很快就要拆迁了……”郭云天盯着孙畅的眼睛，感觉自己的心跳得震天动地，“我和他协商好了，我给他十万元钱，他跟我假结婚，然后在拆迁时各分一套住房。也许有些不光彩，但我也没办法……房价现在太高了、太不公平……没有房子又难以成人……我……”说到最后她不知道该怎么说了，只是目不转睛地盯着他的眼睛，期待他的回应。

孙畅呆呆地盯着她的眼睛，眼里满是惊讶和疑惑，接着转变成一种难以言喻的矛盾神情，最后竟只剩下了呆滞。

郭云天盯着他的眼睛，脑中最后也变得一片空白。

孙畅深深地叹了口气，竟然转身离开了。

郭云天呆如木鸡，身体更似瘫软成了一团烂泥。

郭云天不知道自己是怎么回到病房的，孙畅仍然在那里候着，却始终躲避着她的目光。郭云天仍是目不转睛地看着他，却再也看不清他的神情。

这到底是怎么了？他到底是什么意思呢？

不久后孙笃来送饭了。一见到他，郭云天就产生一种难以言喻的迁怒于人的冲动。但是理智告诉她不可以。她好不容易压制住混乱的情绪，拿勺吃饭。然而她刚把一勺饭送进嘴里，就差点把它全喷出来。

戚玉成竟然来了！他来干什么？

孙畅和孙笃的惊讶一点都不下于她。

戚玉成拿着一束鲜花，脸上的笑容比阳光还要灿烂。

“请问你这是……”孙畅和孙笃脸上露出了敌意。

戚玉成却视而不见，微笑着把花放到郭云天的床头：“我是来看朋友的啊。”接着盯着郭云天的脸，意味深长地说，“她也算是我……一个难得的好朋友了。”

孙畅和孙笃都发现了戚玉成眼中的异样，顿时紧张起来，脸上的敌意也更加明显。

而郭云天却因为被和孙畅的情事搅得晕头转向，根本没发现这里面的异样。

戚玉成不动声色地盯着她的脸，说：“老实说，听到云天晕倒的事情，我是很感动的……现在为自己的家人、为自己的爱人哭到昏厥的人都很少，更别说是为自己的朋友哭晕的人了。云天真是个罕见的重情重义的人，我真是佩服。”

“一般般啦。”郭云天随意地回应，一点都没看见孙畅和孙笃已经是一副想打人的神情。因为刚才戚玉成眼中的热度简直灼人。

戚玉成知道孙畅和孙笃不想叫他留下，却偏偏不紧不慢地寒暄，逗留了好几分钟后才走。走时趁孙畅他们不注意，神秘地朝郭云天笑了笑，扬了扬手中的手机。郭云天知道他可能之后要联系她，便假说要打手机游戏，把手机要了过来。

不久后戚玉成果然发来了一条短信，说想和她谈谈选妃秀的事情。郭云天说现在她不大方便，能不能简短地把要点写在短信里发给他。戚玉成则回应说只要短暂地谈个几分钟就行。

郭云天没有办法。只好把孙畅和孙笃都支走，自己溜了出来。没办法，人活着就会被钱束缚。她跟孙畅说了真相，拆迁房十有八九会飞。她急需另一笔钱购房。再说君子爱财，取之有道。她觉得自己从戚玉成那里挣钱也算光明正大，没必要顾忌太多。

戚玉成就在附近的茶馆等，准备好了一个包间。现在所谓的高级消费场所都喜欢胡乱玩艺术情调，竟然在包间里装饰了石膏丘比特，而这些丘比特塑造得又不得其法，使小爱神们一个个看起来都心怀叵测。郭云天却根本没心情关注这些装饰。她满脑子想的都是戚玉成到底想和她谈什么，因此对戚玉成观察得格外仔细。

扫码分享电子版

意外的表白

戚玉成现在看来有点奇怪。他虽然还是笑着，眼中却充满了怒意和委屈。郭云天很是讶异，目不转睛地看着他。

“请坐。”戚玉成微笑着给她倒了一杯红茶，夹了几个小奶油蛋糕，看起来颇为热情，目光中却似乎如刀刃。

郭云天不知道他想做什么，犹疑地吃着蛋糕，一边吃一边偷眼看他。

戚玉成等郭云天吃完了一个蛋糕，盯着郭云天冷笑着开了口：“我听说，你和你的丈夫孙笃是假结婚。是为了欺骗开发商，两人各弄一套房子，对吗？”

“呃？”郭云天喉中的蛋糕尚未完全咽下，一听这话差点全喷出来，“你怎么知道？”

戚玉成没有回答，只是盯着她的眼睛，笑意中的怒意越来越盛，“其实我对你一直都是很佩服的，感觉你思维很开阔，能把身边的任何机会转变成钱财……但我没想到你的思维会这么开阔，竟然能通过假结婚套房子，真是太令人意外了。”

“你别跟我说这些！”郭云天气急败坏地吼：“你到底是怎么知道的？”吼到这里她想起一件事，吼了出来，“你在派人调查我……是不是？你派私人侦探调查我，所以你才能及时知道我晕倒的事情，所以你才能知道我对孙畅说的话！”

戚玉成没有否认，只是嘿嘿冷笑：“虽说行商之时也要施行计谋，但你身为一个女孩子，竟然把自己的婚姻都搭进去了，你不觉得你做得太越界了吗？难道为了房子，你就可以不设底线吗？”

郭云天正为戚玉成派私人侦探调查她而震怒不已，又听他用这么难听的话责难她，更是气得发晕——戚玉成顶多算是她的合作对象，几乎可以算是不相干的人，他有什么资格责骂她？简直是莫名其妙！

因为刚刚受过重创，猛一动怒之下，郭云天又觉得有些头晕。然而就是这种身体再度受创感觉使她迅速做了一个决定，也迅速镇定了下来。

“不好意思。我不觉得我做这件事有什么卑鄙无耻的。”郭云天冷笑着说，目光闪烁，就像两朵冰蓝色的火焰，“我和孙笃是平等交易，各不吃亏。不涉及感情欺骗，更不涉及肉体交易，一点都没玷污婚姻的神圣和纯洁——你以为婚姻只是婚姻登记部门出示的那张纸？对不起，我认为不是的。婚姻最主要的内容是爱情的承诺和人生的坚守，而结婚证只是个标签一样的东西。我所做的顶多是和合作伙伴合谋，从婚姻登记处那里弄来了一张内容不实的标签而已，我实在不觉得有什么大逆不道的！喏，当然了，要说欺骗，我们是欺骗了开发商。但是他们能算受害者吗？现在的房价完全超越了合理的界限，我们用计谋对付奸商，有什么不对的？”她越说越怒，眼中火光直闪，“老实说，我真没想到你会对我说出这种话，完全是站着说话不腰疼！不，简直是残酷无情！我本以为你是白手起家，应该可以理解小人物那种苦楚……那种为了生活竭尽全力，一个铜子一个铜子，艰难地往钱包里抠钱的苦楚……大概你一赚到钱，跻身于上流社会之后，就把自己的前半生全都忘了。当自己从没有过过苦日子，用鄙视和嘲弄的目光，高高在上地俯视着我们这些‘下层社会’的人，对不对？”

戚玉成刚开始听的时候还眼睛眉毛乱动，似乎很不服气的样子，到最后却彻底说不出话来了。

郭云天鄙夷地扫了他一眼，深吸了一口气，说出了自己的重要决定。“对不起，戚先生，俗话说道不同不相为谋，既然我们对事对人的看法有如此大的差异，我觉得我们不能再合作了。关于选妃秀的主秀，请另选贤能。不过就按各位选手目前的资质，我相信即使没有主秀，你的秀也会圆满结束的……就这样，再见。”说着站了起来。

戚玉成却笑了：“因为一时意气就扔掉赚钱的机会，这可不是一个成熟的商人的作为哦。”

“不好意思。”郭云天冷静下来，“我这恰恰是经过了仔细思考之后的结论。按照中国人的性格，几乎没人能把私人恩怨和工作完全分开来看待。就算你想要把私人恩怨和工作分开，恐怕也会因为下意识的关系很难和我合作愉快。我只是及时从一个极可能失败的合作中退出来，不让它浪费我的时间罢了。”说着转身就走。

戚玉成反问：“这么说你还真是个专业的商人呢……但是既然你头脑如此清晰，你为什么又被孙笃的哥哥迷惑，作出不利于你的计划的事情呢？”

郭云天的身体猛地一颤，猛地转过头来。

戚玉成得意地看着她，却发现她的神情很快便平静下来，高傲地笑了：“对不起，在我看来，钱和房子并不是人生最重要的东西。在我看来他远比房子和钱重要。此外，即使我看重爱情，也决不会做侮辱我自己的事情。不管是谁,如果不尊重我,不理解我,我也会毫不犹豫地抬腿走人。”

戚玉成彻底说不出话来了。

郭云天鄙夷地看了他一眼，昂然走了出去。

郭云天回到医院的时候，孙笃已经回来了。他犹疑地看了看郭云天，嘴唇动了动，最终却没有说话。郭云天没有在意他，继续忐忑不安地等孙畅。然而直到她出院，孙畅都没有再次出现。

郭云天万万没想到会是这种情况，顿时慌了神。以往她一慌神思维会更敏捷，这次却像陷入了鬼打墙，思维全部瘫痪。她几乎从没有遇见过这样的情况，因此格外的心浮气躁、心烦意乱。丝毫都没发现同办公室的人正像鸭子一样朝窗口聚集，伸着头往下看。

“喂，云天……”一个女同事走了过来——在通知郭云天之前，她已经悄悄地跟其他人说了，所以大家才会去看西洋景。“底下有人找你……”

“呃？”郭云天一怔，一步跨到窗边，顿时脑中一乍：戚玉成这鳖孙想干吗？

戚玉成正站在楼底下等他，笑得一脸灿烂，手中捧着一大捧据说很贵的蓝色妖姬玫瑰，把自己的宝马停在背后作为背景。这是无良富豪追求良家妇女的典型情景——这些富豪在示爱的时候，会特意炫富和张扬，目的就是要向女人的丈夫隔空施压，并制造社会舆论，以促成该女的家庭破裂。而郭云天认为戚玉成和她可不是这种关系。因此他的行为就显得格外匪夷所思，也格外令人生气。

郭云天正有一肚子闷火没处撒，顿时气得粉脸通红，一溜烟冲下楼去。

“云天！”一见到她戚玉成笑得无比谄媚，把手里的花递给她，“喜欢吗？我看你的资料上写着喜欢蓝色，便买了蓝玫瑰给你……我今天只找到这么多，你先收着，下次我会买更多给你！”

郭云天知道他所说的资料是指她化名张妮时登记的资料，冷冷地一笑：“那是假的！蓝色我最讨厌了！”

“哦，是吗？”戚玉成微微有些尴尬，竟把这捧价值不菲的蓝玫瑰往路边一抛，“对不起，是我的错……我再去买一捧红玫瑰给你！”

“你还是开门见山吧！”郭云天鄙夷地看着他，语气活像一把冰椎，“你到底有什么目的？”

“哎哟，别这么说……我能有什么‘目的’啊？”戚玉成小心地赔着笑脸，但见郭云天一脸严峻，也只好端正脸色——之后又觉得端正脸色似乎不对，只好又笑开了，笑容中满是忐忑，“云天，其实我喜欢你……”

“切！”郭云天对他的话嗤之以鼻，“你应该听说过现在社会上流传一段话吧？一个老板怎么样才能叫一个美女像母狗一样跟他睡，像驴子一样给他干活，还不找他要求加薪呢？就是告诉她他爱她！不就是想叫我为你工作吗？开门见山不就得了吗？搞这花名堂作甚啊？”

戚玉成被她说得满脸通红，几乎要笑不出来了：“哎哟，你怎么说得这么难听……我真的不是叫你回去干活，你不想干活就不干呗…… 我是真的喜欢你！”

“扯吧！”郭云天才不相信他的话呢，“你喜欢我还那样对我？有你这样谈恋爱的吗？”

“对对对，是我不对……”戚玉成唯唯诺诺，“我是不该雇私人侦探调查你，但是我那样做是有原因的……”说到这里他更加惊慌，眼中却也充满了期待，“其实，我早就被你吸引了……你是我见过的最能干、最务实，也最懂得自量的女人……还这么漂亮……但是一开始以为你是有夫之妇……”

郭云天见他快要说到那个秘密，目光顿时如刀锋般锋利。

戚玉成倒也乖觉，赶紧绕开了那个话题：“我比较傻，便极力地压抑自己的情绪……但是后来听说你对……你知道我那时是什么感觉吗？那感觉简直像最宝贵的东西被人偷走了，我才知道你对我来说有多么重要……但是我又不敢仓促对你发动攻势……你也懂的，如果一个女人会抛弃自己的丈夫和另一个男人结婚，以后可能也会轻易抛弃自己的下一任丈夫……我有这种顾虑，所以就想彻底了解你的性情和品德，所以才会雇私人侦探调查你，结果知道你为了朋友哭晕，我当时就很感动……后来又听说你和孙笃是……啊，是那个，我先是非常惊喜，但是也非常迷惑……仓促间我处理不好这件事情，所以才会找你谈话……”

虽然戚玉成像是在夸她，但郭云天还是越听越怒，因为他这样说赫然是在他论证他如何喜欢上她，该不该喜欢上她，就好像她是多糟糕一人儿一样。再看周围已经渐渐有人聚集起来看热闹，便快刀斩乱麻地结束谈话。“我没空听你胡扯！我不会再为你工作！就这样！”说完转身就走，走出一步后又回头冷笑，“另外，我提醒你，别以为在这里站着不走我就会为难！你可以想站多久就站多久，只要你不怕别人围观你，把你的事情发到网上影响你的宝贝秀！”说完头也不回地上楼去了。

扫码分享电子版

世界真小

戚玉成被郭云天说得张口结舌，见她离开后沮丧地笑笑，眼中颇有恼意，不过仍是爱意横溢。

郭云天若无其事地上楼坐下。同事们见她上来后颇有些骚动和手足无措，但见她如此镇定和淡然，反倒觉得自己的行为不对劲儿，都乖乖地坐下了。郭云天等周围完全静下来，佯装无意地朝窗下一瞥,果然发现戚玉成不见了。她轻蔑地一撇嘴,坐下喝茶，却忽然收到一条短信。

是戚玉成发来的。他也够聪明的，知道打电话郭云天肯定不接。但依照正常人的习惯，看到短信后都会忍不住看一看。郭云天肯定也不例外。

郭云天在心里暗呸了一声，恨恨地打开短信。只见戚玉成写着:“云天，对不起，我知道我表现得很差，也很难让人取信，对此我道歉，但是我希望你能给我一个机会，至少给我个说话的机会。”

郭云天轻蔑而又恼怒地一笑——现在她越见戚玉成纠缠她就越觉得心烦气恼。“得了吧，小同志。原谅我叫你小同志，因为我觉得你实在是不成熟,竟然还把一时冲动当作真爱……小同志，我可以负责任地告诉你，你不会真正喜欢我的。我知道你们有钱人的心思，喜欢用钱吸引女孩子，却又最怕女孩子是为了钱来的。最讨厌的就是拜金女。我这么喜欢钱，甚至要用假结婚来弄套房子，应该是你们最讨厌的一类，你不会真正喜欢我的！”

郭云天把短信发了过去，本以为戚玉成会就此沉默，没想到戚玉成竟很快又发来了一条短信：“我没那么想不开！云天，其实这世上人都爱钱。爱钱的人并不可怕，可怕的是爱钱却硬要装作不爱钱，之后用阴谋暗图的人。你虽然爱钱，但是爱得坦坦荡荡。你被我揭穿之后，目光郎朗，表情朗朗，看起来非常坦荡……一看我就知道你虽然会用计谋，但是心无渣滓，是绝对不会用伤害别人的方法骗钱的。而且我能看出你非常看重爱情和婚姻，而且非常尊重自己，其实比社会上那些自称冰清玉洁的女人都要纯洁高贵！你现在竭力拒绝我也证明了这一点！我没有爱错，我心里很清楚！”

这条短信相当长，系统把它分成了好几条。短信铃声一迭声地响，让郭云天格外心烦意乱。而且戚玉成的那句“而且你现在竭力拒绝我也证明了这一点”优越感十足，更激起她的怒火。她冷笑着又写了一条短信，狠狠地按下发送键：“唉哟，难为你写了这么多字……虽然你诚意可嘉，但是我还要告诉你，你爱不爱我跟我没有关系。因为我根本不喜欢你，也不可能喜欢你。请你发乎情止乎礼，不要再骚扰我了，ok?”

也许她拒绝得太过坚决，戚玉成终于扛不住了，发来了一条有点混账的短信：“你这也有点太不给面子了吧？竟然半点机会都不给我，怎么这么瞧不起我呢？我告诉你……别以为这样就可以撵走我。反正孙畅对我们的关系也有所怀疑。再说男女间这事也是很难说清楚的……如果你把我逼急了……我就跑去跟孙畅说我们关系暧昧，看你怎么办！”

什么？郭云天顿时感到血冲脑门：现在她知道戚玉成为什么送花开车、人模狗样地来这里穷秀了，原来是想向孙畅隔空施压啊！一想到这里她不禁怒火如焚，不顾一切地回了一个短信：“好啊，随便你。我才不怕你呢。告诉你，我还是处女，你要是敢胡乱说，我就去医院开证明。医院的证明不比你的胡说八道有公信力啊！？你别想恐吓我，兵来将挡，水来土掩，你要什么把戏我都奉陪。还有，尽快把那个该死的私人侦探从我身边撤走。要是再让我发现他，我一定报警！看你丢不丢人！”

这个短信很有杀伤力。戚玉成不再吭气了。郭云天轻蔑地笑了笑，把手机丢进皮包，继续上班。在楼下的不远处，戚玉成坐在车里，啼笑皆非地看着郭云天的短信。脸上颇有受挫和恼怒的神色，但眼中的爱意也更加浓厚。他看着郭云天办公楼的方向，口中不停地喃喃自语：“辣，真辣……不过我喜欢。”

以后的两天内，戚玉成没有再来骚扰。郭云天因此松了一口气，但心还是悬着的。老实说她的注意力的主要方面根本不在戚玉成身上。她现在一颗心只牵挂着孙畅，现在他那边却偏偏一点消息都没有了，真是让人坐立不安。

就在这两天里，公司里来了一个新人。是个瘦削的高个儿男孩，有些娘，一双眼睛贼溜溜的。看起来很好动，坐在电脑前都抓耳挠腮的，还总是喜欢说些不着调的话。有一天竟缠着办公室里的女同事问，哪里有买绿松石镶嵌的藏饰。

郭云天倒是喜欢这些东西，也熟知卖这些东西的店铺，但她现在根本没有兴趣应付新人，因此选择了沉默。而偏偏有个多嘴的同事对瘦男孩说郭云天对此道很是精通。瘦男孩便缠着郭云天问。郭云天不胜其烦，便随便推荐了个店铺。瘦男孩又细问那里的饰品风格和式样。郭云天没有办法，便打开自己的博客给他看——里面有她秀自己的饰品的照片。瘦男孩便饶有兴味地看了起来，忽然发出一声贼笑。郭云天有些讶异，发现瘦男孩正一脸诡异的笑容。郭云天忍不住去看，发现他竟然打开了郭云天博客上的其他文章，一脸嬉笑地看着一张照片。

那是郭云天在孙家还比较和睦的时候，和孙家人照的一张合影。郭云天没觉得它有什么特异之处，讶异而又略带嗔怪地朝瘦男孩瞥了一眼。

“郭姐，这个人是你丈夫吗？”瘦男孩指着孙畅问她。

“不，他是我的大伯子。”郭云天随口答道，却见他眼珠一转，嘿嘿地贼笑了一下。郭云天一凛，觉得这个笑容似曾相识，仔细一想，顿时如遭雷击：天啊！想起来了！是那家伙！怎么是那家伙啊！？

这家伙和郭云天和孙畅只有一面之缘。却是非常要命的一面之缘。当时郭云天和他碰面的时候，他正在和女朋友“打水战”。之后郭云天不慎掉入水中，被孙畅救了起来，之后被他和他的女朋友看见，结果被误会成她和孙畅在和他们做一样的事情……天，世界怎么这么小啊！？自己刚才竟还毫无防备地告诉他孙畅是她的大伯子！天……这家伙一看就是个大嘴巴，如果以为她是在和自己的大伯子搞不伦之恋，再出去乱说就麻烦了！

一时间郭云天脑中转过了很多可怕的可能，脸上却依旧泰然自若。她回到座位上喝着茶，心里想着该如何化解掉这场危机。可她现在脑子已如一团木屑，已经根本没法再怎么思考。然而出乎她的意料，之后事态竟出奇平静。

郭云天有些迷惑，但也松了口气。经过这一次惊吓，使她的思维终于可以前进。她开始盘算如何打破她和孙畅之间的僵局。这天她一边工作一边盘算，想了很多种方法，却最终都放弃了——老实说，之前她从来没有这么怕东怕西过。现在竟然成了这样，她自己都觉得诧异。

郭云天低着头走出单位——她这几天都是低头走路，忽然有了一种异样的感觉。她赶紧抬起头来，赫然发现孙畅竟然站在她的面前。

她心头涌起一股热流，想哭着跑过去，却粘在原地无法动弹，脸上的表情竟也是一片僵硬。因为她看不清他的意图。她看不清他是要和她诀别，还是要跟她相爱。她脑中一片空白，只敢僵直地站着，连脖子也不敢稍动一下，害怕自己骨节中发出的微响会弄糟整件事。

孙畅似乎也很纠结，犹犹豫豫地说不出话来。但见郭云天比他还要纠结紧张局促，反而好了些。

他示意郭云天跟他走，然后带她到了一个隐蔽处，苦笑着开了口："其实我早就该找你了……只是犹豫不决……现在问题表面化了，倒也是推动我解决问题的动力呢。"

问题表面化？郭云天一激灵，暂时从局促中解脱了出来："难道是谣言传开了！？"

"还不算吧。"孙畅的笑容更加苦涩和尴尬，"只是我一个朋友，接触到了你的一个同事，说现在你们公司都在谈论，你和我有……那种关系。"

什么？一听这话郭云天的下巴差点飞出去：我的天！这小王八蛋还真是真人不露相，竟然这么快就把谣言传了个遍！以后她在公司还怎么混啊？

郭云天感到了难以言喻的激愤，又感到了难以言喻的羞惭，一时间只想找个地缝钻进去。然而这种感觉只是一瞬，郭云天羞恼了片刻后便释然了，觉得其实也没什么大不了的，仔细品品甚至还有些欣喜。

女人都不会介意和自己喜欢的人传绯闻的。特别是在关系还没明朗的时候，被传和自己喜欢的人的绯闻甚至值得高兴。不管怎么样，大家都在说他们是一对了也算是某种进步。

“那你……想要怎么办呢？”郭云天低低地说，脸上涌起两朵红云。

孙畅见她的反应有些“不合时宜”，不禁有些迷惑，也开始手足无措。“这个……我也不知道……”说到这里表情忽然又沉定了，涩然一笑，“对不起，我知道我说这话很不对……简直不像个男人了，但是我真的不知道……我感觉，我是喜欢你，但是就是这种喜欢，不是真实的……”

“这是什么意思？”郭云天如遭重击脸“唰”一下白了。

“我是很喜欢你。”孙畅盯着她的眼睛，目光一开始颇有些慌乱和迷惑，之后却渐渐沉定了，“但是我觉得，我喜欢的不是真实的你……我遇见你的时候，你就在和孙笃演戏……面对我的时候，多少都带点假面的，对吧？因为你在我面前的时候，一直带着假面，所以我感觉，我对你的感情，就像是浮在水上的高楼……没有根基……没有根基你懂吗？”

郭云天感到一股严霜扑面而来，整个灵魂都晦暗朽坏了下去。她心里热血鼓荡，心里有声音在竭力嘶喊，自己虽然一直在他面前演戏，但其实对他包含真情，却一个字都挤不出来。

她凭什么让他相信呢？一直在他面前演戏的她，凭什么让他相信她的话呢？如果他和她易地而处，她肯定也不会相信的！她自己都不会相信，凭什么让他相信呢？

孙畅深深地叹了口气，苦笑了一下，转身离去了。郭云天呆呆地站了好久才摇晃着往回走，看去来就像被抽走了魂魄一样。

这个丢了魂般的状态持续了好久。郭云天在孙笃家的时候对他们母子简直视而不见，就像一人独处一样。她天天两点一线，在单位和家之间幽魂一样地飘，只有孙畅的消息能让她回魂。

今天她终于盼来了一个孙畅的消息，可惜还是间接的。孙畅要休年假了。他和几个熟悉的驴友约好，准备到一个四川的原始森林景区去玩。这是她从孙笃母子的对话里偷听来的。他们说得很不清楚，但郭云天是整合信息和调查的高手，很快便找到了孙畅找人组团的那个论坛。并一下就找到了他的用户名——他可是论坛的活跃用户，用户头像就在论坛首页挂着呢，用的是他自己的自拍照。

在看到他的自拍照时，郭云天几乎有流泪的冲动。之后她就每天浏览网页，希望能得到孙畅的只言片语。然而有一天，她刚打开网页，就发现论坛上有重要新闻，说一队驴友在原始森林里失去了联系。刚看到这个消息郭云天就全身冰凉，看了新闻的内容后更是差点晕过去。

竟然就是孙畅的那一队！

看到这一条后郭云天脑子都要炸了，打孙畅的手机，果然接不通——那地方肯定没信号。

她不顾一切地冲向经理办公室，说自己的大伯子失踪了，自己要跟着去找，请了半个月的假，然后带着钱直奔风景区。她到那里的时候景区管理人员正在组织搜救，还没有消息。郭云天立即找向导，准备自己进去救人，却没人愿意受雇——这么危险，愿意受雇才怪。郭云天没有办法，只好下重金，才找到一个向导和一个背夫——她怕孙畅已经晕倒在森林里了，弄个背夫主要是预备背他。准备停当后她就带着人一头扎进了森林。当然了，虽然很着急，她也没有失去理智。临走时还记得带了高压电防狼棍——要不就她一个女性混俩陌生男人之间，如果合伙非礼她，她还真没有办法。

生死考验爱情

郭云天他们很快便进入了原始森林深处。那俩当地人还挺规矩，不需要她担心。郭云天一开始还没什么异样的感觉，等到在森林里走到第四天的时候，感觉就不对了。首先是方向感全失，然后就因为长期见不到其他人而产生了强烈的孤独感，精神变得空前紧张和脆弱。虽然衣食无忧，依然觉得很难过。然而向导还告诉她再过几天就要走入比较艰险的环境里，对体力和忍耐力将会有更大的挑战。

如果是地理环境艰险，倒还罢了。这天向导竟然在草丛里发现了一堆新鲜的狼粪。郭云天发现这一点的时候几乎要疯掉了。向导却不以为然地说，现在只要不被人持续打扰，各地的生态环境都在悄悄复苏，这里有狼也不奇怪。

见他们如此镇定，郭云天也强迫自己镇定下来。现在也由不得她不镇定。孙畅还等着她去救呢。如果还没找到他,她先崩溃了，就一切都完蛋了。

因为害怕有狼，这天露营的时候郭云天怎么睡都睡不着。但是不睡就没有体力，会影响明天的寻找。郭云天便强迫自己入睡，终于开始迷糊，却忽然听到远处似乎有人呼叫。

是孙畅吗？仔细一听还真有点像啊！

郭云天想都没想就跳起来追过去。她不知跑了多远，眼前却始终只有乱树和杂草。她越跑越是着急，越跑越是迷乱，忽然一跤摔倒在地。

因为跑得脱力，郭云天倒地后竟然许久都没有爬起来。她在地上一趴着，感觉血液慢慢地流回大脑。忽然明白了一件事情，顿时出了一身的冷汗。

根本就没有人呼叫吧？更不是孙畅在呼叫。她只是思虑过度，出了幻觉——不，也许是她刚才已经进入了浅度睡眠，听到呼叫其实是她的梦境中……她闷头闷脑地跑了这么远，还能回得去吗？

郭云天赶紧爬起来，惊慌地朝四周张望。深夜的森林看起来就像怪兽的胃袋。她感到背上冷汗不停地涌出来，几乎要瘫倒在地。看来她已经离露营地很远了，她一个人陷在原始森林了！

郭云天的心狂跳起来，又开始往自己所认为的露营地的方向狂跑。跑了一阵后却发现自己似乎跑错了。巨大的恐惧潮水般袭来，她更加疯狂地寻找营地，却在森林里越陷越深。终于天亮了。她也因为脱力倒在了地上，出的气多进的气少，心跳也似乎在慢慢地变缓变弱。

也许她快完蛋了吧？和影视电影中描写的不同，郭云天此时的心情倒很平静。甚至连过电影的现象都没有。她当然不想死，也不甘心死，但既然到了这里了，也没有办法。孙畅大概也死在这座森林里了吧？她能和孙畅死在同一座森林里，倒也算死得其所。只是……她的心忽然又有力地跳了起来：只是如果能让她的死换回孙畅的生的话，那才是真正的死得其所……

然而她的心跳只是强劲了片刻而已。她很快便感觉自己的心跳又衰弱了下去，一同衰弱的，还有她身上的所有。她很快便失去了意识，眼前也变得模糊一片……

不知过了多久，郭云天忽然听到有人喊她的名字。她以为是向导找到了她，心中一喜，睁开眼一看，却看到了更惊喜的事情。

孙畅竟然好端端地站在她面前！他也获救了？

郭云天第一个反应就是流泪，她觉得自己的泪一定会像泉涌的一样。然而由于身体非常衰弱，她只流了几滴泪。孙畅赶紧拿纸巾帮她擦掉。郭云天见他举止之间尽显关心，心里一喜，身体里竟凭空生出了许多力气，微笑着、咬字清楚地说，“太好了……你也获救了……当时我就想着如果能用我的命换回你的命就万幸了……没想到老天爷真慷慨，把咱们俩的命都给我了。”

这些话非常肉麻，但郭云天死里逃生之下，头脑还没完全清楚，根本顾不了这么多。

孙畅露出异常感动的神情，也似乎要流泪，却也奇怪地异常尴尬，苦笑着揉了揉鼻子：“对……对不起……其实我没去……没去原始森林里……我临时感冒了，便推荐了一个朋友顶我的缺……网站又不是什么专业的机构，就没有在登记的帖子里改成员的名字……结果就把我的名字放上了……你应该先找我问问的……我手机虽然坏了，你也可以打我租住的地方的电话问啊。”

“什么？”郭云天险些从床上滚下去，一时间只想哈哈大笑，却根本笑不出来——孙畅没去？那她这搞的是哪一出？这不是给大家凭空惹麻烦吗？闹出这么大乌龙，她以后还怎么见人啊？

不过气恼也好羞愧也好，郭云天很快便释然了。不管怎么说，孙畅没事。只要孙畅没事不就好了？

正在这时，门外忽然冲进来一个人。

“你来干什么？”孙笃叫了出来——郭云天此时才发现孙笃的存在，顺着孙笃的目光看去，顿时哭笑不得。这不是戚玉成吗？可是他看起来怎么这么狼狈啊？

戚玉成穿得倒是西装革履，衣服上面却颇有破损，而且一看就是新碰破的。膝盖上有好大一块泥巴，衣角上还有一块油漆迹，更诡异的是鼻子上还有一大块淤红。

“你怎么了？”郭云天问道。

“没什么。”戚玉成悻悻地揉了揉鼻子，“是跟我传话的人听三不听四，说这里有人在山里遇难，你就是其中一个……我吓坏了……结果跑来的路上不小心撞到了一些东西，”下意识地摸了摸衣服破碎的地方，“又不小心碰到了刚漆过的路牌，”又摸了摸身上的油漆迹，“然后又不小心摔了一跤。”这下他膝盖上的泥迹也有着落了。

郭云天眼睛仍是盯着他的鼻子，戚玉成格外沮丧和羞恼地揉了揉鼻子：“至于这个鼻子……是我来的时候没看见医院的玻璃门，一下撞上去了……不过没把门撞破。”

“当然不能把门撞破，”郭云天说，“如果把门撞破你就重伤了！”老实说，之前她已经对戚玉成有些深恶痛绝了。现在见他为了自己如此紧张，倒也有些感动，对他的感觉也开始回暖——这次的死里逃生又让她明白了一件事，那就是不能随意轻视和践踏别人的感情。不过她能做的也只是尊重他的感情而已。要想让她接受他的感情，那依然是做不到的事情。

“戚先生，感谢你对云天的关心，”孙畅发现了郭云天的表情异常，赶紧下逐客令，“不过云天刚刚苏醒过来，很需要休息，以后您再找她细聊可以吗？”

“好，好，当然可以。”戚玉成鄙夷而又气恼地朝孙畅瞥了一眼，然后朝郭云天做了一个无辜受难的眼神，意思是说你看他多么不给我面子。

郭云天只是笑笑——对戚玉成她是感到有些抱歉，但对她自己来说，她见孙畅对她这么紧张，却是极其欣喜的事情。

戚玉成撇着嘴走了。郭云天也开始睡觉——她毕竟受了重创。在睡梦中忽然听到些许异样的声音，睁开眼睛一看，顿时被吓了一大跳。孙畅和孙笃分立床的两边，相互怒目而视，竟是一副将要打起来的样子。

“你们怎么了？”郭云天吓得惊叫起来。

孙畅和孙笃如梦初醒，赶紧各自隐去那可怕的表情，微笑着看向郭云天，说什么事都没有。之后也的确装成什么事都没有，但相互间那剑拔弩张的状态仍很明显。郭云天不知道发生了什么事，吓得也不敢大声大气。因为郭云天只是劳累过度，很快便能出院了。孙畅去给她办出院手续，孙笃给她收拾东西。就在这时，一个小护士忽然冒出来，说门口有个人要找他。孙笃很是犹豫但还是去了——郭云天也不知道他犹豫什么。然而他刚走，孙畅就像从地底下冒出来一样出现了，急切地对郭云天说：“只把要紧的东西带上，把手机关上，立即跟我走！”

郭云天又是惊讶又是迷惑，忽然明白过来，顿时感到一阵慌张一阵狂喜：“你这是要跟我私奔吗？”

她现在明白了，刚才那小护士，肯定也是孙畅指使来骗走孙笃的——以他的形象，肯定有小女生愿意无偿为他做事。

孙畅不答，只是飞快地把郭云天要紧的东西放进一个包里拎上，然后拉起她就走。郭云天知道这样做大大不妥，而且似乎也没必要这样做——她和孙笃只不过是契约假结婚而已，说清楚就可以了。但就是觉得特别甜蜜和刺激，乐呵呵地任由他拉着走。

孙畅已经找好了出租车，一路到车站，竟然正好能赶上火车。这显然不是因为凑巧，是经过了周密的筹谋。郭云天不由得惊叹他的办事能力真强。上了车后孙畅也没有放松，打电话找朋友，借了朋友家的空房子。郭云天这才明白他是要让孙笃和孙笃妈找不到他的住处——还真有个私奔的样子。不过孙畅的年休假和郭云天请的假总要结束的，他们到时候还得回去上班，孙笃和孙笃妈照样能逮到他们。因此他们即使换了住处，也只能暂时让他们找不到而已，称不上是真正意义的“私奔”。即便如此，郭云天依然很开心，也愿意暂时糊涂，乐呵呵地跟着他跑。

郭云天非常想问孙畅到底为什么会有这么大转变——她知道孙畅肯定已经知道她对他是真爱了，但怎么会忽然带她私奔却着实是个谜。她激动而又不安地等他讲完电话，想要问他，话到嘴边却又犹豫了。因为孙畅看起来有些奇怪，一副心事重重的样子，似乎心里有着很重的负担，又似乎在为某件事而犹豫不决。郭云天一头雾水，也不敢轻易问。

孙畅深深地叹了口气，终于开了口，问的话却很耐人寻味：“你……也许我的问法不大对……你和孙笃共住一屋的时候，没什么意外吧？”

“呃？”郭云天立即省悟孙畅是对她和孙笃的关系不太放心，顿时感到非常地委屈和气恼，但想想孤男寡女长期共处一室，惹人怀疑也不奇怪，便笑了笑说，“当然没意外了。他一直睡沙发。他很老实……就像现在说的那种食草男一样。而且我和他订了合同的，如果他有什么越轨的行为，就要赔偿我大笔的钱财……他不敢的。”说着朝孙畅凑近了些，“你尽管放心，我到现在还是原装的……如果你不信，我可以证明你看啊！”

郭云天这句话本是玩笑话，本是想说她可以去医院开证明，但话出口之后倒发觉自己想要是让他亲自来检查她的处女之身似的，顿时羞得恨不得找个地缝钻进去。

还好孙畅并没有在意，仍然是一副心事重重的样子，不知道在想什么。

他们很快便回了 A 市，孙畅朋友家的空房还挺齐整的。从外面买些铺的和盖的，平时买点东西吃，就可以过日子了。郭云天觉得这俨然有和孙畅组成了一个家庭的意思，很是激动。而孙畅却依旧心事重重。对此郭云天表示理解。不管怎么说，他是做了件冲动的事情——不过他好像也有些纠结过头了吧？

之后孙畅都没怎么跟她说话。晚上却忽然贴过来，抱住她就开始解她的扣子。他这行为实在太突兀了，郭云天吓了一跳，本能地挣脱了：“你……怎么了？”

“怕我不负责任吗？”孙畅淡淡地问，脸上的神情令人捉摸不透。

“不是。”郭云天赶紧扣上衣扣，“不是……我只是觉得还是把一切问题都解决后再……我觉得我应该先和孙笃办离婚……不管怎么说，那张纸都是有法律效力的，解决它之后才算名正言顺。”

“哦。”孙畅的表情更加令人捉摸不透，更似蒙上了一层霜，“是不是要等到拆迁？”

郭云天这才省悟孙畅可能是因为这个才这么纠结，立即说：“不，我和他立即办！我们以后共同努力再买房就是了！”

“不，我不是说房子的事情。”孙畅的脸上露出一丝深不可测的笑容，“你这几天还是不要见他吧，”说着拎起一床铺盖，走到外屋去了，“你好好休息吧。”

见他如此郭云天忽然感到有些歉疚——自己是不是不该拒绝他啊？再说她其实一直对他都是很向往的，拒绝他自己是不是有点吃亏了……想着想着忽然觉得身体热了起来，几乎要忍不住去找他——最终还是没去。不是因为别的，而是刚才她已经拒绝他了，再去找他……脸上有些挂不住。

揭破骗局

因为旅途劳累，第二天她睡到日上三竿才起来。孙畅出去给她买早饭去了，给她留了个条儿——他说有个地方的馅饼很好吃，想让她尝尝。只是地方有点远，叫她稍微等一会儿。郭云天觉得他这是要把最好的东西献给她，心里这甜蜜劲儿就别提了。

她慢慢地享受着这份甜蜜劲儿，目光无意间落到了手机上。心里陡然清明了。说真的，虽然孙畅不让他联系孙笃，她觉得自己还是找孙笃把事情捋顺比较好。她打开手机，正在犹豫着要不要打电话，忽然听到手机响。

是戚玉成打来的。

郭云天本来不想接，但那次死里逃生已经让她学会尊重所有人的情感，犹豫了片刻后还是按下了接听键。

“喂，云天吗？”戚玉成竟然气急败坏，“你是不是和孙畅在一起！？快，快，快离开他！他们兄弟说不定是串通好的，一块儿骗你，玩弄你……”

“你在说什么啊！？”虽然准备要温和地对他，听到他这样说后郭云天还是很火。

戚玉成充耳不闻，继续叫：“我已经找有关部门问过了，孙笃居住的那一块儿，根本没有拆迁的安排……坊间也没有多少传闻……你可能是被骗了！”

郭云天脑中“嗡”一响，手机也差点脱手。

虽然她已经找到了毕生所爱，对房子已经不再如何在意，但想到这些天来自己竟是身处一个大骗局之中，还是颇为意外。没想到孙笃那样的人也会骗人，这更是让她不敢相信。她坐在床边静了一会儿，决定立即找孙笃说个清楚。她穿好外套，胡乱理了理头发后就出了门。然而就在她出门后不久，竟然就碰到了孙笃——看来他对孙畅的交友情况也是了如指掌，也知道他可能藏在哪里。

一见到他，郭云天的眼睛就发红了。

孙笃见郭云天如此怒气冲冲，先是一愣，之后竟然瞬间明白过来，释然却也凄苦羞惭地一笑："看来你已经都知道了啊。"

"你怎么说得这么轻描淡写啊？"郭云天简直要气晕过去了，"你让我浪费了这么多时间，还白白地顶上一段婚史……你害我害得很厉害啊！"

"我不是特意骗你的……其实一开始就没打算要骗'你'。"孙笃的目光纷乱地闪动，整张脸也在微微地颤动，似乎压抑着非常矛盾的情绪。

"还不是特意要骗我，一开始你……"说到这里的时候郭云天忽然顿住了。因为她想起第一个告诉她"孙笃家要拆迁"的消息的是孙大妈。孙大妈这人她很熟悉，虽然是一有好处就帮人做事，但并不善于伪装。在郭云天这种目光敏锐的人的面前，那张脸简直就像玻璃罩似的，心里想什么全都能被清楚地看见。既然孙大妈不是受他指使来跟他说谣言的……那又是怎么回事？

虽然心里有了少许疑惑，但郭云天对孙笃的怒气并没有减少一分。什么叫没打算骗我？我来找你的时候，你怎么不说实话啊？

说到这里忽然想起一件事，顿时火冒三丈："啊，你是不是故意散播谣言出去，等着拜金女找上门来……你这是姜太公钓鱼——愿者上钩啊！"

孙笃忽然激动起来——准确地说是终于把压抑的情绪释放了出来："我是姜太公钓鱼——愿者上钩！不过，我想钓的只有你而已！"

"呃？"郭云天愣住了。

也许是终于把在心里憋了好久的话说了出来，孙笃显得释然和坦然多了，但眼角眉梢仍挂满掩饰不住的激动。"其实……我一直都很喜欢你，但是碍于我的条件，我不敢追你……其实当时只是个哥们儿出了个馊主意，说如果有关于我家的房子要拆迁的传言说，也许你能注意到我……这样我就有机会发动攻势了……我当时就半开玩笑地试了……只是我只希望你能注意到我而已，根本没想过要用它骗你结婚……只要你注意到我了，我一定会在适当的时候把真相告诉你，没想到……你竟然径直跑来要跟我做协议假结婚……"说到这里孙笃的表情迅速变得阴沉，声音也像从喉头拧出的苦汁，"怪就怪在我当时，再度昏了头……看言情剧看多了……觉得也许让你和我近距离地待在一起就能让你看见我的好……没想到……最终还是一场空……"

郭云天万万没想到真相会是这样，想起孙笃和她相处过程中的点点滴滴，的确都充满了爱意。郭云天心头一紧，接着便百感交集，一时间不知道该说什么好。

"恐怕不止是想让她看见你的'好'吧……把自己说得多君子一样。"忽然一个冷森森的声音传来。郭云天和孙笃都怔住了。

孙畅来了。

“你确认你把她弄到你的屋檐下，不是想趁机占她便宜吗？”孙畅冷冷地盯着孙笃，目光就像两把结了霜的刀子，“是不是没想到她会跟你签赔偿协议，所以才一直不敢轻举妄动？直到她身体衰弱，昏睡不醒的时候，就忍不住想下手了，对不对？”

“什么？”郭云天身体一颤，怪不得孙畅和孙笃那时一副快要打起来的样子，原来是因为孙畅发现了孙笃要对她“不轨”？

孙笃见郭云天露出了鄙夷和愤怒的神色，赶紧解释：“你别听他胡扯！我只是……想吻你一下而已……一时有了冲动……我真的只是想吻你一下，再说医院里那么多人，我能对你做什么……”说到这里忽然醒悟偷吻也是个不大地道的事情，顿时噎住了，头也深深地低了下去。

郭云天本来怒气冲天，但听说他只不过是想偷吻而已，现在又是这般样子，怒气倒渐渐地消了，心中也变得一团混乱，不知道该怎么办好了。

孙畅轻蔑地看了看孙笃，冷冷一笑：“现在既然一切都明白了，就请你赶紧跟云天离婚吧。不要再拖累她了。我已经宠爱你一辈子了。你也该偶尔显示一下对兄长的爱戴吧！？”

孙笃脸色灰了，却又猛地涨紫了：“难道说对兄长的爱戴就是让你抢我的爱人吗？”

“爱人？”孙畅轻蔑地笑了，“两情相悦才叫爱人，她喜欢你？我告诉你，从今天起她是我的女人，你再纠缠她，我就对你不客气！”

孙畅如此强烈的语气不禁惊到了孙笃，也惊到了郭云天。她从没有见过孙畅用这种态度对待孙笃。想到是她让他们兄弟如此对立，她感到非常不安，却也有些骄傲和甜蜜——她想一辈子都会记住孙畅说“她是我的女人”时的语气的。

孙畅没有再跟孙笃啰唆，拉着郭云天就走。郭云天虽然有点担心孙笃——他那样子就像要崩溃一样，但还是配合地没有往后看。

孙畅把她拉回他们暂住的地方，关上门拉上窗帘——这让郭云天有了不良的联想，心又开始怦怦直跳——他不是又想占有她吧？难说啊……也许跟孙笃吵架之后他特别想明确“她”的归属……她倒也不是不愿意跟他做爱，只是感觉有些突然……想到这里她忽然感到心口发热，接着心里就有两个人在打架——不用说，又是掌握欲望的那个“她”在躁动了。

然而孙畅并没有想做什么，只是拿出馅饼叫她尝尝——他怕馅饼凉，还特意带了保温罐去。郭云天尝了一口，觉得十分的鲜美可口。然而即便它很是美味，吃下去后仍是胀胀地堆在喉咙口。因为她知道，虽然现在看起来很平静，但绝对是暴风雨来临前的平静。别的不说，就孙笃那妈，见她把俩儿子的人生毁坏成这样——她肯定会把所有的责任都推在她郭云天身上。说不定哪天就会喊打喊杀地来了。说真的，她要是别人，郭云天也不怵她——她郭云天可是文斗武斗都拿手的。问题她是孙畅的妈——完全是豆腐掉进灰堆里——吹又不好吹，打又不好打。她要是真打上门来，还真是个麻烦事呢。

然而孙笃妈并没有出现。郭云天一开始不明白，后来明白了：看来孙畅真是孙笃妈的心肝宝贝蛋——她不来闹事，是怕孙畅不高兴。她在假期未满期间也遇到了几个要好的同事，她们都小心翼翼地对她说，现在公司里都在盛传她和大伯子私奔了。虽然没想到传言会传得这么快，但郭云天表现得还是很淡定。她直视着他们的眼睛，用非常平淡的语气说：“我和孙笃要离婚了。之后就会跟孙畅结婚。到时候一定要来喝喜酒哦。”

既然是和心爱的人在一起，她才不怕别人说呢。

郭云天的假期先结束了。她到公司之后，发现公司里倒是非常平静。恐怕是因为公司里的长嘴男女习惯了把小事说大，真正遇到“大事”的时候，反倒激动过度，不知该怎么办好了。而且在中国，历来是非正当男女关系才有被说的价值。她既然已经要和孙笃离婚并要和孙畅结婚，男女关系问题即将“转正”，更没有多少说头。

孙畅那边也没什么麻烦。郭云天原以为政府部门都很爱面子，会对这种事大惊小怪，没想到他们其实很想得开，面子都是要给别人看的，只要不在社会上引发不良影响，大家都可以装看不见。

于是郭云天就和孙畅暂时住在了一起。准备等孙笃情绪平复，和郭云天办完离婚手续后就结婚。不过虽然住在一起，孙畅对郭云天依然没有丝毫越轨的举动。大概是为了表示对她的诚意——男人对真正喜欢的女人都不会随便碰。郭云天只对自己的父母用最简短的话通报了情况，各种内幕都没有说——因为她知道他们知道后肯定要爆发，还是等一切都办好了再跟他们说比较稳妥。

他们当然不能一直赖在孙畅朋友家的房子里。孙畅开始向他的朋友支付租金，反正他朋友的房子闲着也是闲着，又不是新房，不租白不租。郭云天和孙畅初步地展望了一下未来。郭云天倒是信心满满——其实按她和孙畅的收入以及她的存款，生活是绝对没问题的。经过了这些事，她对房子已经不再有执念，因此觉得以后的生活充满阳光。孙畅倒显得有些包袱，每天都在电脑前搞到很晚。郭云天溜过去一看，发现他竟然在设计衣服。

“你还会搞这个呢？”郭云天又惊又喜。

“是啊。”孙畅苦笑了一下，“这是我在大学时选修的，和我大学时修的专业八竿子打不着，当时我选的时候，大家都被惊到了。”

郭云天饶有兴味地看他的设计图，孙畅也打开文件挨个让她看。孙畅的设计虽然不算是非常优秀，但也十分有特色，在郭云天看来，至少比那些烂大街的名牌强。

“你设计得这么好，怎么不专职干这个呢？”郭云天感到很疑惑。

“没办法，我爸妈觉得设计这活儿不算体面……”孙畅笑得颇为苦涩，但之后很快便释然了，“毕竟我是长子，有光耀门楣的责任……不过世事难料，如果我专职搞设计的话，未必会比现在好，所以我并不后悔。”

虽然他说得很潇洒，但郭云天还是感到其中万千的不甘和苦涩，也清楚地感觉到了作为长子，孙畅身上背着多重的负担。不禁对他怜爱不尽，恨不得把他的头抱在怀里，像妈妈一样抚慰他。

孙畅跟她说，他准备先把这些设计卖给一些小公司——他虽然有选修课文凭，比不沾边的强，但还是差点劲。大概只有小公司愿意考虑他的设计。不过如果这些设计能收到好的市场效果的话，以后也许能得到大公司的垂青，慢慢地就会好了。

孙畅只对郭云天说他是想圆以前的梦，但郭云天知道他其实是想多弄点收入——当然是为了她。虽然她现在说自己对房子没有执念了，但毕竟之前做过很出格的事情，孙畅肯定还以为她心里很想要房子，所以才会想通过兼职来弄收入——公务员这工作，来钱说容易也容易，说难也难。一般的新人科员就那点死收入。为了怕她心里有负担，所以只跟她说他这是为了兴趣爱好。他如此体恤她，反倒让她愈加惭愧，也更加想做点什么。

老实说，她并不是贪慕虚荣才想要房子的。她是想要和心爱的人一起过上更好的生活，才想要房子的。因此她的需求完全可以说是正当和朴素的。现在见孙畅在为了买房而默默奋斗，她买房的欲望又重新被燃起，捞钱的想法自然也重新燃起。

老红杏

毕竟为选妃秀奋斗过，郭云天最近仍会不经意而浏览和选妃秀相关的信息。因为选妃秀中本来就有很多身份真实的极品，所以选妃秀仍是办得挺红火。半决赛已经结束，马上就要决赛了。不过因为选手特色比较单一，很多网友非常怀念之前那土得掉渣、良顺得可恨的张妮，希望她能回来——戚玉成对外宣称的是她退赛了。郭云天心里便又开始活动，想想自己是不是该回去——反正商业上的道理就是谁拥有稀缺资源谁就是大爷。戚玉成既然需要她吸引眼球，就仍然会奉她为座上宾。

但她对此也只是想想而已。毕竟她和戚玉成之间有过复杂的纠扯——准确来说是戚玉成一厢情愿地唱独角戏纠缠她，但男女关系这种事就像鱼腥，沾上就很难去味儿。为了避免麻烦，也为了避嫌，她决定还是不去想这些东西。然而事情偏偏这么蹊跷，就在她犹豫不决的时候，上天让她和戚玉成来了一个偶遇，把她所有的疑虑都打消了。

那时戚玉成正挽着一个年轻漂亮，看起来家底也颇厚的女孩子一起逛街——这样的女孩大概是所有男人的梦想。

说真的，乍看到他们的时候，郭云天的心情还真有些异样。因为她一直以为戚玉成还对她一往情深呢——就算不是一往情深，也不该这么快就移情。所以看到他这么快就另结新欢，真有种走路忽然崴到脚的感觉。不过这种感觉只是一瞬而已，她很快便释然了，淡然地走上前去和他们打招呼。

戚玉成看到她时颇有些意外，表情忽然变得非常复杂：那是种“负心汉碰到糟糠妻”和“被辜负的男人遇到负心女相混合”的表情，但也很快便恢复平静了。两人淡然地寒暄，然后分开。郭云天微微仰着头，一步一步地往前走，越走越觉得心头大畅：这是好事啊。戚玉成有正主儿了，麻烦和嫌疑都扫除了……她可以再和戚玉成合作了吧？

于是，找了个合适的时间，她把戚玉成约了出来。戚玉成倒没有推辞，和她见面的时候表情异常复杂——肯定会复杂了，他摸不清郭云天约他出来干什么，因此也不知道该如何面对她。

为了绝杀一切可能产生误会的可能，郭云天开门见山地谈起了合作的事情，淡定得就像之前什么都没发生一样——以她的角度是什么都没发生。戚玉成微微有些错愕，但见她如此淡定，也只好跟着表现得淡定。两人很快便敲定了细节，商定几天后张妮会再度粉墨登场。至于报酬，虽然不能让郭云天立即买房，但也能让她离梦想更近一点。

即便觉得已经没有危险和嫌疑，郭云天还是选择向孙畅隐瞒了这件事。毕竟装丑女忽悠大众不是件光彩的事情。她为了减轻他的负担而做这种不光彩的事情，肯定会让他自尊心受挫。

到家的时候孙畅正在做饭。郭云天赶紧系上围裙冲进厨房——和孙畅在一起后她就努力地学起了厨艺，并觉得那是世上最有趣的事情——这只有在为心爱的人做饭的时候才能体会到。孙畅依旧微笑着说自己能搞定，郭云天却发现他的神情有些异常，锅盖上也多了个小小的凹痕。郭云天就此留上了心，做好饭后溜到电话旁一看，果然看到了孙笃家的号码——大概孙笃妈又来啰唆了吧？孙畅心里烦，把锅盖都碰凹了。

为了杜绝他妈骚扰，孙畅特意把他妈打他手机时播放的彩铃改成了“您拨打的用户已关机”，还真把她唬住了。并叫郭云天把相应的铃声也改了。不过即便手机“打不通”，孙笃妈也不会善罢甘休的，今天打宅电就是证明。现在可能因为投鼠忌器暂时不敢打上门来，但想想这恐怕是迟早的事情，她得好好准备准备——不过她现在第一要考虑的是如何做好秀。

几天后，郭云天再度扮上张妮的妆，出现在了秀场上。网民对张妮的归来产生了空前的热情，戚玉成选妃秀的关注度重新爆棚。郭云天悄悄松了口气，却有些害怕——网民这么关注张妮，会不会发现什么端倪把她揪出来啊？

这次的秀算是圆满结束了。戚玉成拖延了炒作时间，又搞了什么复活赛——据说赛事重开之后，参与投资和分享选妃秀成果的企业已经不止戚玉成家一家。否则选妃秀也不会这么快就重新开赛。所以为了这些企业的利益，戚玉成无论如何也要拖延赛事，延长炒作的时间。网友对他这种行为也有所怀疑，但也没有什么人认真追究。现在的网络时代要的就是狂欢，既然难得狂欢，也要“难得糊涂”。

秀的事情可以暂时放一下心了。郭云天要考虑一下有关孙笃妈的事情了。然而还没等她考虑好，她就和孙笃妈在菜场狭路相逢了。孙笃妈一见她脸就黑了。郭云天心里也黑了，却佯装镇定地和她相向而行，一边走一边盘算着该怎么办。孙笃妈黑着脸走近她，就在和她将要擦肩而过的时候忽然沉着嗓子叫住她：“喂，你跟我来！”

看来是要找个僻静的地点再谈话啊。郭云天的心里微微一宽——其实她真怕孙笃妈不顾脸面，呼天抢地地混闹起来。不过到僻静的地方谈似乎也不安全——那样似乎很不容易控制局面……算了，是福不是祸，是祸躲不过，既然找上门来了，就兵来将挡，水来土掩吧。

孙笃妈带郭云天走到了一个僻静的地点，脸立即拉下了二尺长："你还挺会装蒜的啊！干出这种事，见到我还面不改色心不跳！"

"对不起，请问我做什么事了？"看这个阵势，郭云天知道自己就算跪地认错，恐怕也不会被原谅认同，索性强作镇定，辩得一分是一分。

"什么事？"一听这话孙笃妈气得浑身发抖，"你骗我儿子假结婚……还不……"

"对不起，那是您儿子假造他家要拆迁的消息，骗我和他假结婚。"这一点上的确是孙笃不对在先，郭云天今天就打算咬紧这一点和孙笃妈辩论。

一听这话孙笃妈果然哑了，但没有就此甘休，想了片刻又叱道："叫你来假结婚你就来假结婚啊？为了钱和男人假结婚，还不算道德败坏吗？"

"对不起，为了钱的是您的儿子……我可是跟您儿子商定，之后要付给他十万块钱的。就算我有错，跟您儿子也是一半对一半。"

孙笃妈又语塞了——护短是她可恨的地方，但也是她的弱点，只要能准确抓住她儿子的错处，她就很难有辙。

"你……"然而孙笃妈仍没有善罢甘休——她也是个顽强的

人，憋了半天后又喷出一句话，“好吧，先不说谁对谁错……在感情上你也做了个不正确的选择啊！？不管怎么说，你已经和我家的孙笃有了一段婚史，你不能再和我家的孙畅在一起啊！？这传出去……不成体统啊！”

“对不起。”在谈到感情选择上是否有错的时候，郭云天有点不淡定了，“感情上的事情是说不出对错的……我也知道我和他的感情不能为世俗所容，但是我就是爱他……而且知道错过他我会后悔一世！他也会后悔一世！”

“可是……这是不成体统的啊！”孙笃妈似乎不善于谈感情，说话开始不成章法，脸也涨得像猪肝一样，“不管怎么样，我是不会允许的……我就不信，你们能在外面躲一辈子，孙畅最终也不能不认我这个妈……没有我的允许，你们休想结婚，就算结了婚了也休想安安稳稳过一世！”

因为孙笃妈讲得过于霸道和刻毒，郭云天感到血冲脑门，一咬牙就下了猛料：“对不起，其实对于不容于世俗的感情，应不应该坚持，您比我清楚！您和您的那位顾哲……不是一直没有断情吗？”

虽然她并不知道孙笃妈和顾哲是何时结缘，但凭感觉他们应该不是夕阳恋情——可能是少年时就有情，却因为种种原因没有走在一起。此时情绪激动，便把猜测当成事实说了出来。

孙笃妈的脸“唰”一下白了。蠕动着嘴唇，半晌说不出话来。

郭云天的眼圈红了，嗓子也有些哑——她并不是为了增加语言效果才做出这种样子，而是真的动了感情：“错过心爱的人，过着本不该属于自己的生活，因此错过自己的人生，这种感觉你应该比我清楚得多……你一定也后悔过，当初为什么不冲破种种障碍，坚持和他在一起吧？”

孙笃妈的脸陡然变得灰白。郭云天抹了一把眼眶——她感到自己心头酸楚、眼眶发热，以为自己肯定是满脸热泪，抹了一把后却发现没有。转头就走，走出老远后回头偷望，发现孙笃妈还呆呆地站在那里，就像被抽走了魂魄一样。

郭云天今天虽然将了孙笃妈一军，但并没有觉得事态会就此平息，甚至觉得事态会越变越坏——孙笃妈也许会恼羞成怒，蛮不讲理地大闹。据她的经验，那些不讲理又没品的人都是越没理越来劲，而孙笃妈恰恰就是那种既不讲理又没品的人。她得尽快想个办法，进一步困住孙笃妈才行。

然而还没等她想出办法来，就出事了。不过是孙笃妈出事。顾哲的老婆西百合不知道通过什么途径知道了她和顾哲的事情——虽然没听说和自己有关，郭云天仍忍不住怀疑是不是自己引发的乱子——可能是孙笃妈被她的话刺激到了，做出了什么有欠谨慎的行为，才被西百合发现。西百合的人可不像名字那么俊雅，完全是一五大三粗的黑壮娘儿们，更不像顾哲那样文质彬彬，听到这事后暴跳如雷，立即跑到孙笃家和孙笃妈打架。西百合到达时孙笃已经去上班了，孙笃妈出门买菜刚出巷子，正好和她狭路相逢。真是一物降一物，孙笃妈在郭云天的面前时凶悍霸道，遇到西百合时却像鸡仔遇到了猫头鹰，被打得七荤八素外加落花流水。西百合打了人后还不解气，又打电话把孙笃爸从老家揪了来。孙笃妈一听说孙笃爸来了，立即逃跑了——不知是她没脸见老公，还是孙笃爸有不为人知的暴力倾向，反正是逃了个人影不见。孙笃爸没找到老婆，这种事又不宜在儿子面前宣泄，一口气憋在心里泄不出，险些活活气死。因为气愤过度，他一句囫囵话都说不出了，只是气喘如牛地待在孙笃家里，一心等孙笃妈回来再作了断。

听说爸爸来了，孙畅颇有些踌躇。当初他“抢了弟弟老婆”的消息传回家的时候，他爸也是气了个半死，说这辈子都不愿再见他，待在家里并没有杀来——反倒减少了他的麻烦。现在他爸忽然来了，家里又出了这么大的事，他觉得自己应该去看看爸爸，却又不敢——不是怕他打骂，而是觉得无法面对他。郭云天的心情何尝不和他一样——不，比他还要忐忑得多。不管怎么样，他和孙畅还是亲父子，一家子没有解不了的仇。而她却隔了一层。如果孙笃爸认定她是个狐狸精，心里硌硬着，一辈子和她过不去就糟了。虽然说这件事原则上是孙笃有错在先，但有时理性是很难驾驭感性的。

但不管他们怎么为难，还是得去见。他们战战兢兢地上门去了，而孙笃爸只是用目光夹了他们一下，并没有说什么——看来对男人来说，戴了绿帽子才是第一要事。倒是和孙笃相对让他们更觉尴尬。还好孙笃知道现在家逢大变，主动把自己的事情放到了一边。只是静静地在一边站着，什么都没有说。

各自的自由

一家人重聚本来是想把孙笃爸劝好，再商量一下对策，然而却因为孙笃爸气呼呼地一言不发，及孙笃妈依旧没有音信，只好闷闷地散了。不过孙笃妈那边却行动了，把《离婚协议书》用信寄了过来，条款非常爽利，叫孙笃爸签好之后给她寄回去。收信的地址七转八转，就是让你上门找不到她——你还没摸到门呢，她就收到信息逃远了。

郭云天见离婚条款中没有关于财产分割的要求，以为孙笃妈要以净身出户来表示悔意，却被孙畅小声告知，孙笃妈其实一直在存私房钱，存折放在一个秘密的地方。她其实早就做好了财产分割，现在写不写都一样。听完郭云天咂舌不已，心想要是真的如此，孙笃妈这一手可够辣的。接着便担心地看向孙笃爸：他刚刚蒙受了那种奇耻大辱，又被孙笃妈这样来了一杠子，会不会气得发疯啊?

孙笃爸看完《离婚协议书》之后，脸立即涨成了猪肝色。郭云天他们的心顿时提到了嗓子眼儿。然而令他们意外的是，孙笃爸脸涨归涨，却没有吵没有闹，更没有使用肢体语言，只是飞快地把字签了，再把信塞给孙笃叫他寄出去。大家不敢相信自己的眼睛，不敢相信他会如此冷静，更不敢相信他会这么爽利地就把《离婚协议书》签了。怀疑他的爽利是不是冲动的结果，之后还会后悔和大闹——结果却一连几天都没动静。大伙儿彻底惶惑了，难道这么重大的事情，他就这么平淡地把它了结吗？

然而就算真的了结了，孙笃爸的状态也不容乐观。他一直闷声不响，让人看了就不安。孙畅兄弟各自想办法开解他，但要给他开解首先要逗他开心。孙畅想出的办法是带他去钓鱼。钓鱼的那天郭云天也悄悄跟着去了——虽然知道他们现在肯定不会谈她的事情，但她总是怀疑会，忍不住要去偷看。

然而他们爷儿俩钓鱼的时候气氛也很沉闷。两人肩并肩坐着，一言不发。郭云天简直要无聊死了，却也不能放松心情。相反心情还在渐渐揪紧。

时间就这样慢慢过去。郭云天感觉自己的心已经被拧得像快要失去弹性的橡皮筋了。而他们爷儿俩似乎也是心不在焉，这么长的时间，竟然一条鱼也没钓上来。

“爸，快！快！”孙畅忽然惊叫起来。

孙笃爸如梦方醒，赶紧提钩，鱼儿却已经跑掉了。

“哎呀，真可惜……”孙畅惋惜地看着空钩，斜眼却看到孙笃爸眼放异光，脸上肌肉不断地扭动，顿时吓了一跳，“爸，你怎么了？”

孙笃爸不答，表情越来越异常，忽然哈哈大笑起来。

孙畅吓怔了。孙笃爸笑了良久，忽然把渔竿一扔站了起来：“好啊！她自由了，我也自由了！”说着转过脸来，脸上竟是一种难以形容的释然。

“儿子……别觉得怪……其实，我刚才是想起了你妈。”

孙畅若有所悟，表情却凝重起来。

“其实，”孙笃爸看着夕阳，大口大口地呼吸着，就像之前都憋在水里一样，“我心里一直都有感觉……你妈对我也不错，但总有点不大对头，就像之间隔了层毛玻璃……我心里一直都有数……你妈也不是很合我的心意，只是当时年轻，不懂感情。因为年龄到了，又被身边的人催着，以为找个差不多的就行了。婚后觉得不大合适，但总听别人说，婚姻就像新鞋，一开始穿时可能不合脚，后来穿旧了就会合脚了。我以为那些摩擦是正常的，就这样挨了下来。后来有了你们，就更不能想了……最后连自己都忘了我们其实不合适……现在忽然结束了，就像做了场梦……虽然已经老了，但总比苦挨到死好……不迟，不迟啊！”

孙畅和郭云天不是很懂，但知道孙笃爸已经没事了，都露出了舒心的笑容，却也感到了一种难以言喻的心酸，笑了一半就再也笑不下去。

孙笃爸坐下来，轻轻地搂住孙畅的肩膀：“对不起……其实这些念头我一直都有，只是无法对你们说出来……让你们担心了……你是第一个听到我这些话的人……你是大的啊，我觉得该对你说……”接着又长叹了一声，“我这就是在刚才，才原谅了你和云天的事……我一开始觉得你们不成体统，但想到要是让你们也像我们这样挨一辈子，实在不是味儿……再说我也知道，你作为哥哥，一直在忍，一直在让，也苦了你了……我们已经让你背上了够多的包袱，在这件事上就不该再为难你了！”

孙畅身体一震，眼泪几乎要夺眶而出，沙哑着叫了声“爸”。孙笃爸轻拍他的肩膀以示抚慰。

郭云天听了后也非常感动，更高兴得想要大喊大唱。孙笃爸这样说，分明表示他已经不再反对她和孙畅的结合了。听他的语气，似乎之后还会爱屋及乌，对她颇为爱护。现在只要把孙笃那边处理好，就万事无忧了！

然而孙笃那边却是最难处理的部分。不过孙笃爸既然站到了她和孙畅这一边，事情就好办多了。她和孙畅的事情实在不是现在最主要的问题，孙笃妈还没音信呢。虽然她已经和孙笃爸离婚，但毕竟还是孙畅他们的妈，总不能让她流浪汉般地漂在外面吧？孙笃和孙畅用尽一切方法找她，仍一无所获。然而事情就这么蹊跷，有心寻她的人遇不到她，无心寻她的郭云天却和她不期而遇。

孙笃妈的表情有些憔悴，装束却极整洁。见了郭云天只是恨恨地瞪了一眼，一言不发转头就走。郭云天赶紧追过去。

“干吗？”孙笃妈朝她瞪了一眼，不耐烦地大声说。

“不是……”郭云天赶紧找话题，“我是想解释，不是我去告的密。”

“我知道不是你干的。”孙笃妈白了她一眼，接着声音陡然走低，“是我打电话时不小心，被西百合听见了。”

“哦……”郭云天苦笑着应了一声，见孙笃妈又要走，赶紧跟进一步，“你别走啊……你打算怎么办？”

孙笃妈站住了，回头凝视着她，像要把她的五脏六腑都看透似的。

“你是想帮我吗？”她淡淡地问她。神情颇有些难以捉摸。

“当然了。”郭云天审视着她——却看不出什么，于是又走近了一步，“这要看你愿不愿意让我帮了……”

孙笃妈和郭云天找了个僻静的茶馆坐下，孙笃妈告诉她，她离开家后先在一个姐妹家里躲了几天，然后就租了个房子住。凭着她的私房钱和退休工资，过得还算凑合。在听这些话的时候，郭云天有些心不在焉。她知道这些只是无聊且无意义的过场而已，专心等孙笃妈开口求助。

然而孙笃妈就是不开口求助。郭云天料想这是她拉不下来面子，只好主动问他："那顾哲……之后有没有来看你？"

孙笃妈身体一颤，脸色黑了下来："没有……他家里的事情已经够烦了……西百合这个泼妇，在外面都能闹成这个样子，在家里能消停得了吗？她这个人，一直都泼辣悍妒，相当没品……所以顾哲一直都只是和她凑合着过……对她一直疏远得很，她憋了一肚子气，正好趁这个时候发泄出来……"

听到这些话之后，郭云天颇有些犹疑。因为情敌之间相互诋毁是常有的事情。也会歪曲事实，明明对方和自己的爱人过得不错，却偏偏要说他们不幸福。按照孙笃妈给她的印象，她很难确定她说的是不是实话。

"放心，我没有歪曲事实，更不是想当然。"孙笃妈看出了她的想法，又羞又恼地嗔道，"这都是他亲口告诉我的……他隔三岔五就会找我诉苦，打电话、发短信，之前更是大量地写信过来……你要不信，我可以找给你看！"

"哦，我信，我信……"郭云天赶紧说。之后端详着孙笃妈的脸色，搞不清她要做什么——她一直以为孙笃妈会向她求助，她却偏偏不开腔，忍不住又问道，"那你……打算怎么办？"

孙笃妈脸"唰"一下全部都红了，咕哝道："我能怎么办？能安安稳稳地过完下半辈子……不，应该是小半辈子就不错了。"

"你就没想……让顾哲和西百合离婚，再和你结婚？"要是平时，郭云天才不会给人提这种建议。有道是宁拆十座庙，不破一门婚。而且劝离永远比劝和难，掺和这种事情，弄不好就会惹一身骚。现在却偏偏想掺和一下孙笃妈和顾哲事，还想把它搀和好——可能是因为自己因为破除“世俗成见”得到了幸福，觉得别人也该如此——孙笃爸的言论更让她对此深信不疑。而且正是因为自己得到了幸福，她就有了种类似于要回报社会的感觉，所以想帮孙笃妈。还有一种原因她自己也说不清……总而言之就是想干。

“什么？”孙笃妈听了之后异常错愕，“这怎么行……当第三者已经够丑了，还去要求人家离婚……我又这么大年纪了，要是传出去了……”

“已经传出去了啊。”郭云天苦笑着说。是的。因为他们孙家在这么短的时间内出了两次如此爆炸性的“红杏出墙事件”，在社会上已经引起了轰动，人家都说他们家是“桃花红满地，婆媳双风流”。

“反正怎么着都不会比现在更糟了……”郭云天盯着孙笃妈的眼睛，一字一顿地说。

孙笃妈一怔，接着眼神便惶惑起来，最终化为一片迷茫。

虽然自己觉得是“脑子坏了”，上了贼船，但孙笃妈还是神使鬼差地听从了郭云天的安排。郭云天叫她偷偷地跑回家，把顾哲给她写的信全部弄出来。孙笃爸还没回去，更没来得及回家换钥匙，她很轻易便拿到了。然后便一个电话把西百合约了出来。约西百合的时候郭云天用了别的借口。西百合来了后发现孙笃妈也在，先是异常错愕，然后一拍桌子就要发作。

“我约你出来是为了解决问题的！你最好不要动粗！要动粗的话我们也不怕你！我们是两个人！”

这句话极是有力。郭云天是长挑身材，虽然不显胖，但看起来颇为健康壮实。如果西百合要先动手，她们那边占理，完全可以毫不留情地将西百合臭揍一顿——西百合是这样想的。

“打你们也是应该的！”虽然不敢动粗，西百合嘴上还是很嚣张，“像你们这样抢别人老公的人，就算我打你们骂你们，别人也肯定只会谴责你们，并为我叫好！”

“是啊，别人是只会谴责我们。”郭云天微微一笑，“不过也会在心里嘲笑你。”

“你这是什么意思？”西百合勃然变色。

“你不知道吗？”郭云天故意大惊小怪，“现在人们的思想变了，觉得留不住自己老公的女人也很丢人呢。没本事嘛！”

西百合的脸顿时涨成了猪肝色，却也不敢大吵大闹——因为那样等于喊人来鄙视她——郭云天的目的正是如此。西百合怕包房外的人听到，只是低声说道：“好吧，就算现在是世风日下，人心不古……你们找我到底想干什么？并不只是为了跟我说这些糊涂废话吧？”

“是的。”郭云天从包里掏出顾哲写给孙笃妈的那些信，递到西百合的面前，“请您先看看这封信。”

西百合狐疑地接过信，刚一开始看脸就涨红了，接着越看脸涨得越厉害，到最后脸涨得几乎要冒血了。她把信狠狠地摔在桌子上，喝道：“你们是特意来气我的吗？”

“不是啊。”郭云天笑嘻嘻地像只坏狐狸，“我只是想让您明白您婚姻的现状而已。”

西百合怔住了，接着脸涨得像要爆炸：“我明白了……你是想让我跟顾哲离婚，对吧！？”说着便要来抓打孙笃妈。孙笃妈一脸惊慌和茫然，只知道往后躲——虽然已经预先知道郭云天想说什么，但听她把自己之前打死也说不出的话说出来后还是不知所措。

“哎哟，别动粗……”郭云天侧身拦住了她，“引起骚动您更丢人哦。”

西百合一怔，又强压着怒气坐下，把桌子一拍：“别做梦！我告诉你们……我是不会和顾哲离婚的……就算我们没有感情，我也和他耗了一辈子了……叫我现在离开他，不可能！”

“还没有一辈子，只有半辈子而已。”郭云天微笑道，“照您的说法，您是因为上半辈子过得很辛苦，才不愿意离开他的（西百合理直气壮地点头），可是上半辈子已是这样了，现在又发生了这样的事，要是您再这样做，岂不是在因痛苦而延续痛苦？”

西百合呆住了，眼中露出惶惑和茫然的神情。郭云天和孙笃妈以为情况将有所好转，没想到西百合又脸一黑骂道：“放屁！你管我是痛苦还是幸福啊？我就不离婚，你能把我怎么样？”

郭云天脸色一变，像是要怒要急，最后却笑了出来：“那好，我明白了，您真是忍辱负重啊！”

“什么？”西百合一怔，“忍辱负重？”

“是啊。”郭云天的眼中充满了狡黠和诡诈，“一般女人只要听说丈夫有外遇，都会觉得是奇耻大辱，即使丈夫跪地哀求，也会跟丈夫离婚……而您即使婚姻已有名无实，却仍要继续坚守，不是忍辱负重是什么？”

西百合气得浑身发抖，大喝道："你是说我比一般女人差吗？"郭云天眉毛一扬，冷笑着朝她打量了几眼，并不答话。西百合知道郭云天是想说她长得太丑，离了顾哲后就没了指望，顿时气得又要打人。

郭云天没有说话，只是轻轻避开她挥来的拳头，朝包房门外望了一眼："您大可以把外面的人都喊进来，让他们也听听您'忍辱负重'的事迹。"

西百合果然不敢再闹——郭云天看准她的弱点就是争强好胜死好面子，把她的死穴掐得紧紧的。她一屁股坐倒在椅子上，呼呼地喘气，半晌后才怒喝道："你们不要瞧不起我，顾哲那老东西，对我来说什么都不是！我这就离给你们看！"

之后她果然利落地跟顾哲离了婚，为了表示自己的高贵，也没有多要财产。郭云天的计策大获全胜，只是稍损了一点——不过归根结底，她之所以愿意跟顾哲离婚，还是因为她和顾哲早已感情破裂，只是不甘心而死撑着而已。郭云天这个计谋，也算是医治她人生的一剂猛药。

因为郭云天帮孙笃妈解决了人生最大的难题，她对郭云天自然是感激无比，先跟她道歉，说自己以前心眼太小慢待她了。并说自己当初和她说话，也只是想找个人倾诉而已，根本没想到郭云天能帮到她。现在想来当时真是目光短浅，还请她原谅。郭云天对此只是笑而不语——其实到现在她都不喜欢孙笃妈，只是出于积功德的心理帮了她。当然了，这也是帮自己。如果有个怨妇婆婆，之后绝对是后患无穷。

裂　痕

郭云天觉得自己做的也是有利于孙畅的大好事——帮了他妈就等于帮了他，也许该找他“讨讨赏”——其实就是想让他夸奖几句，潜意识里却觉得不应对他说。然而即使她不说，孙畅也会知道。但他知道的时候却是怒不可遏，黑着脸质问郭云天：“听说是你促成了我妈和那个什么顾哲的事情？你怎么能做这种事呢？”

郭云天吓了一跳——说真的，她觉得自己做的应该是好事，就算孙畅不夸她，他也不应该怒。还好她并没有急着鸣冤叫屈，只是小心翼翼地问：“怎么了？不好吗？”

“当然！”孙畅的脸陡然涨红了，似要爆发雷霆之怒——郭云天还是第一次看到他这么激动：“我妈都那么大年纪了，你教唆她这么快就再婚是什么意思？你把我爸置于何地？”

“可是……”郭云天偷眼看着他，怯怯地说，“你爸不是说离婚后他们都自由了吗？应该不会介意啊。”

孙畅一怔——他那样子活像是竭力一拳打到了空处，怒气没有泄出反而积得更多：“这个……你不懂……好吧，先不说我爸这边，我妈这么大年纪又再婚……且不说别人会怎么说她，你为她的处境想过没有？顾哲的子女和亲属会怎么看待她？她以后的日子会很难过啊！”

“这个应该没问题。”郭云天赶紧说，“我调查过了，顾哲因为跟西百合感情不好，结婚多年一直没孩子，而顾哲的其他亲戚都是有深度有品位的人……但就算他们没品位没深度，也不好意思明目张胆地管顾哲的事情啊，毕竟隔了一层嘛……所以我觉得没有什么可担心的。”

孙畅的脸色越来越难看——那感觉就像他在鸡同鸭讲，无可奈何，又气又闷。

“好好好！都是你的道理！”他沙哑着声音低吼道，“但是不管怎么说，她都是我妈，你教唆她再婚，怎么不跟我说一声！？”

但在郭云天看来，反倒是他不可理喻。郭云天说：“在这一点上我是有些不对……不过我觉得这是好事，所以便先斩后奏了……”说到这里委屈之情溢于言表——终于忍不住了。

“你……”听到这里后孙畅大怒，脸涨得发紫，“这是好事！？好吧，就算是这是所谓的好事……你也不该不经我允许就给我找了个后爹吧！？”说着竟忍不住朝她扬起了手。

郭云天从没见他这种样子，更八辈子没想到孙畅竟会想跟她动粗，顿时吓怔了。

还好孙畅并没有真的打下去，咬咬牙把手放下了，然后恨恨地一转身。在这一瞬间，郭云天觉得他们之间被划出了一道冰墙，接着便感觉咫尺天涯。

一连几天孙畅都没有理她，看到她时目光也冷如冰霜。郭云天越来越惶恐，越来越委屈，也越来越生气。说真的，她不觉得自己犯了什么大错。而且就算是大错，你很生气，也该明明白白表现出来啊，你这憋着算什么劲儿？

就像屋漏偏偏会遇上连夜雨一样，人在情场受挫的时候也偏偏会和情敌不期而遇。这天郭云天买菜回家，正好在离住处不远的地方碰到了朱颜。朱颜一见她就准备躲，却因为没有躲伶俐，被她看到了。

乍一看到朱颜的时候郭云天也很错愕，之后却若无其事地走了过去。

“我是偶然经过这里的。”朱颜看起来也很镇定，而这并没有掩饰她是特意来的。她脚下的浮灰上还有很多重叠在一起的、踏乱的脚印，证明她曾经在这里踯躅很久。

“哦。”郭云天没有着急点破，只是淡淡一笑。故意微微地晃了晃手里的塑料袋，“我今天买了些鲜鱼和羊肉，因为今天是周末嘛……要是不嫌弃的话，今天就在这里吃吧？”

“你别跟我秀幸福！”朱颜陡然怒了——看来她心里早已积满了不良情绪，“别以为自己已经稳操胜券了……你和他还没结婚呢！而且现在这年头，结了婚还可能离婚呢……你又不是和他金婚银婚了，狂个什么劲儿？”

不知是不是过于愤懑，朱颜这席话讲得不成章法，听起来也极为古怪，但也极为刻毒。郭云天本来不打算怒的，但仍忍不住怒了。

“是啊，现在这个世道，的确是一切皆有可能，”她冷笑着说，“不过这好像不是你应该管的事情。”

“什么意思？”朱颜猛地变了脸色。

“你现在不是一心在为成为戚太太而奋斗吗？他对你来说已经是过去时，还关心他做什么？”

朱颜的脸猛地涨得通红，又变得惨白，幽幽地说：“我已经知道了啊……那件事的内幕。”

郭云天一怔，但随即便恍然：戚玉成肯定是为了保证秀结束后不出纰漏，把真相跟朱颜说了——一定已经内定她是冠军，否则不会对她说此等机密的。也肯定给了她数目不菲的封口费。她见戚玉成这边没戏了，便又打起了孙畅的主意。

“唉哟，原来是这样啊。”想通这一节后郭云天更怒，语气便刁钻起来，“可是你去参加选秀的时候，那叫一个专注，那叫一个义无反顾……好马都不吃回头草呢，您不觉得您这样太寒碜了吗？”

朱颜的脸陡然灰了，接着又涨得像要喷出岩浆来。就在郭云天以为她要扑过来抓打她的时候——她已经做好了准备，朱颜却镇定了下来，轻蔑地冷笑了一声。“你先别得意。你和他才混几天啊。我看你别说了解他了，连真正‘认识’他都谈不上吧……等到遇到事情的时候你就知道了，说不定那时你还不如我呢。”

虽然知道朱颜可能是在故意惹她生气，郭云天还是心头一动。因为她和孙畅正好遇到了问题。

朱颜幽幽地叹了口气，眼中竟然蒙上了一层雾气：“想知道我和他是怎么分开的吗？”

“是因为你追求名利？”郭云天记不清这到底是她的猜测还是孙畅跟她说的，反正她一直是这样认为的。

“哼，事情的缘起算是我追求名利吧。”朱颜恨恨地一笑，“但你知道那只是什么事吗？只是他不同意我去参加旗袍小姐选美，我却执意要去，和他吵架了而已。”

“哦……”乍一听这件事很小，但郭云天并没有急着对这件事下定论。一来朱颜的话未必可信，二来吵架可能是一种可以引起质变的催化过程。

朱颜的声音颤抖了起来，眼中浸满了幽怨和委屈：“当然，这不算是全部的原因……我走，是因为之后他完全变成了冰山，连气都不吭。不知道是让你走，还是让你留……我受不了这种感觉，所以便走了……其实我心里舍不得，但是已经回不去了……”

像被一把冰刃戳进胸口，郭云天整个人都颤抖了一下：孙畅现在对她……不也是这种样子吗？

朱颜像要把委屈全部压下般深深地吸了一口气，转头走了。郭云天在原地呆站了半晌，然后步履沉重地上楼去，每一步的感觉都像踩在棉花上。虽然她也知道朱颜可能是在有意离间，但有些事情却由不得她不在意。孙畅现在对她的态度，真像冰山一样。而且，她和他在一起住已经有些日子了，而他除了一开始有些冲动之外，之后竟能一直淡定地不碰她。这就有点不正常了——如果他真的爱她的话。他如此地淡定和冷静……是不是代表他其实根本不在乎她呢？

走到家门口的时候，郭云天的心里都冷透了，里面更像装了十五个冰封的吊桶，七上八下的。等她开门进屋，发现孙畅正坐在厅里，见她进来，朝她斜了一眼。

郭云天顿时僵住了。因为她发现，他的目光的寒冷程度，较之昨天大大加深，而且还多了很多内容。

“怎……怎么了？”郭云天赔着小心问。

孙畅没有回答，只是把手机递给她。郭云天一看，顿时感到头皮一炸——不，简直是全身都要炸裂开来：朱颜竟把她扮演张妮，忽悠大众的事情用短信发给了孙畅！？她怎么知道的！？啊！也许是戚玉成觉得她已经成了“自己人”，无意间透露的……这家伙真是该被千刀万剐……天啊！朱颜怎么这么阴毒啊……刚才她见朱颜走的时候情绪稳定，本以为她暂时不会做什么坏事……原来是早已想好了阴毒的计划，觉得自己马上就能捣毁他们的关系，才会这么平静啊！？

孙畅冷冷地看着她，缓缓地吐出一句冰锥般的话：“你就这么喜欢钱？”

郭云天呆住了，脑中变得一片空白。然而这份空白只持续了一瞬，她的脑中很快就涌出了千万句为自己辩白的话——她这件事虽然做得有些不对，但出发点确确实实是想为自己和孙畅创造更幸福的生活。然而这些话涌到喉咙口的时候，她的声带却像消失了一样，什么声音都发不出来。

因为孙畅的目光太冰冷了，冰冷得彻底、决绝和不容逆转。这代表他已经对她下了判决了。判决她就是一个为了钱可以不顾一切的可怕女人。郭云天不敢相信他怎么可以单方面地对她进行这种评定。对此她很委屈很委屈，因为她的出发点真的不坏，委屈之后则是愤怒：你怎么可以这样评判我呢？你真的爱我吗？如果你真的爱我，你就不应该这么仓促地对我下评判……不，也应该了解我的苦心才对，你这样对我……是不是我在你心中真的无足轻重？

郭云天愤激之下，就来了个冰山对冰山，一抬腿回了娘家。

说真的，回娘家的时候，郭云天心里真有些忐忑——因为她小时候过于“自主”，经常和父母爆发冲突。一开始父母还坚持管她，后来实在管得疲惫，就不闻不问了。这次她闹了这么大的乱子，之后又没处理好和男友的关系，灰溜溜地逃回家，天知道父母会不会也来个关门会审，秋后算账。

然而父母对她的态度却一如往日——这个“往日”是指她和父母关系还算融洽的时候，甚至根本没提她之前干的那些事情。郭云天放心了，放心之后是难以言喻的感动，此时才真正相信了曾经读到过的那句话：“即使全世界都抛弃你了，你的父母却依然会接纳你。”

郭云天和父母之间的隔阂算是“一笑之间尽消释”了。既然没了隔膜，郭云天就对妈妈说了自己遇到的困局。她把自己给孙笃妈找对象惹恼孙畅的事情说了。妈妈听了后，沉吟半晌后才缓缓地说：“云天，你这次做的事是有点错。”

“怎么了？”郭云天还是没想通，“这是好事啊。”

“好事是好事……”妈妈有些尴尬，苦涩地一笑，“好吧，反正你也大了……男人对后爹，态度都是……我就打一个浅显的比方……如果你骂一个男人的妈，他还要跟你急呢吧？而你现在是找了个男人睡他的妈……他能高兴吗？”

宛如一股飓风卷过心田，郭云天明白了，接着便羞惭无地。想立即打电话给孙畅解释和道歉——之后的“忽悠大众”事件虽然是更严重的问题，但她相信自己能跟孙畅解释好。要不是有之前的事做铺垫，她才不会气得不加解释加跑路呢。这件事就像卡在河道里的一块石头，只要搬起它，淤积的河水便可以流通。然而就在她拿出手机，准备按下电话号码时，却觉得指节僵硬按不下去——其实归根结底，她和孙畅闹僵的原因，不是任何具体的事情，而是他那冰冷的态度让她心寒和迷惑，不知道他是否在乎她。这个问题看不见摸不着，可不是那么好解决的。

三人一起表白

郭云天的情事便这么僵住了。有些人在人生受阻的时候都会下意识地做点好事，希望能理顺自己的运气。郭云天也在此期间做了件善事——不过可不是为了行善而特意做的。

这天她上街闲逛，忽然看到慧慧（就那个失足风尘的坏孩子）被几个混混围追堵截。她赶紧假装大喊:“王警官，就是他们！”装作就有警察在附近一样，把混混们吓跑了。慧慧得以脱身，却没有谢她,只是冷冷地斜了她一眼,转身便走。郭云天并没有生气。她知道这丫头不是东西，只是静静地跟着她，看她往哪儿去——看她的模样，应该是穷途末路了。

走了不远后慧慧果然饿倒在地，郭云天就把她扶到街边的小饭馆，给她买了碗面吃。慧慧狼吞虎咽地吃了一碗，抹了抹嘴后朝郭云天瞪了一眼:“你别指望我会对你感恩戴德。”

“当然。”郭云天淡然地一笑，“我知道你是什么人。”说着便拿出手机。

“你不用找竹君。”慧慧冷冷一笑,“她现在恨你恨得可厉害了。”

郭云天无语，轻轻地放下手机，知道她说的肯定是实情。

“就算你找别人把我送回去了，我照样会回去做。”慧慧幽幽地说，端起碗啜着面汤。

“这是为什么呢？”郭云天乍一听觉得她不可理喻。

“我说了你也不会懂，”慧慧凄苦地笑了一声，“我的人生已经没希望了。我出生后没遇到过一件好事。不会再有翻身的机会了。”

郭云天默然不语。慧慧这几句话虽然简短，但也让她明白了一二。不外乎是遇到了很多挫折，再加上无边的贫困，以至于对人生绝望。她心里沉甸甸的，又给慧慧点了一碗面条。慧慧端起碗吃了一些，忽然拿出手机，写起了短信。

郭云天害怕她又在和狐朋狗友联系，假装起身叫面，却发现她在写的其实是小说大纲般的东西，顿时惊了一跳："你在写小说？”

慧慧赶紧护住手机。

“给我看看？”郭云天忽然想起什么人说过，写小说的人都是对人生仍有期望和追求的人。

“不给。”慧慧白了她一眼。

“哈。”郭云天故意轻蔑地一笑，不以为然地转过脸去。

“我写得不差呢！你可别小看我！”慧慧果然被激怒了，接着把郭云天拉到网吧，给她展示她保存在网盘上的小说。

这不看不要紧，看了慧慧的小说后郭云天不禁啧啧称奇。这篇小说的背景虽然是虚拟的乱世，情节却很是曲折动人。郭云天立即想找人推推这篇小说——她预感这篇小说至少能在网上红。如果这篇小说红了，慧慧或许就能因此看到人生的希望，从这淤泥般的窘境中挣扎出来。

找谁呢？很好找。郭云天找到了跟戚玉成合作炒作选妃秀的一个网站负责人，把这篇小说推荐给了他。他也觉得很好，上传了部分章节，在首页上一推，点击竟然一天就过了几十万。而这个网站也和一个出版公司有固定的联系。正好那天出版社的负责人也来这里扫稿，立即选定了这本书出版。

慧慧得知这个消息后果然信心大增，决定回去上学，在课余时间继续写书。做成这件好事后郭云天心怀大畅，心里那道坎也不知不觉地迈了过去——连慧慧这样的人，只要努力迈出一步，都可以重获新生。她遇到的不过是感情上的事情，为什么不能再努力看看呢？

不过虽然下定了决心，她依然没有勇气跟孙畅直面，只是发了个短信，说了她“贪钱”的真正原委，以及她知道自己在孙笃妈事件上的错处，请求原谅。然而孙畅不知是收了短信没看还是怎么，一连几天都没有回应。郭云天很是惶惑，度日如年般熬着。

转眼她的生日就到了。爸妈为了逗她开心，故意买了个脸盆般大的巧克力蛋糕——郭云天此生最爱两样东西：一个是巧克力，一个是奶油。即使吃不完，也图个喜庆。郭云天很是开心，切了一块刚准备吃，却听到门铃响。她立即觉得是孙畅来了——她这几天可一直在盼着，立即扑过去开门，开门后心里却一沉。

来的人竟然是孙笃。

“生日快乐！”他微笑着说。他的脸色有些苍白，虽然看起来很镇定，但郭云天仍能看出他心里满是激动和不安。他从口袋里掏出一个发卡，递给郭云天：“礼物薄了些，希望你不要嫌弃。”

这是一个镶嵌了珊瑚的发卡。郭云天想起自己曾无意中跟孙笃说过自己喜欢珊瑚，而镶嵌了珊瑚的发卡在市面上其实很难找，孙笃分明是花了很多心血才找到它，郭云天很是惭愧，并没有去接它，只是幽幽地说：“我对你那么无情……你又何必对我这么好？”

“没关系。主要还是怪我。”孙笃看起来依然淡定，却也能让人看出他心中更加激动，“我没有勇气……你一直不知道……再说一开始也是我骗了你……你和我哥那事儿……归根结底还是我的错。”

郭云天立即体味出他是说她和孙畅有“错爱”的意思，顿时心乱如麻，咬紧了嘴唇不吭声。

郭云天爸妈知道他们之间肯定很有玄机，赶紧把孙笃让进屋里，给他切了一块蛋糕。孙笃捧着蛋糕，礼貌性地吃了一口，又盯向郭云天：“对不起，也许我没权力要求你听我啰唆，但我还是希望你能听一听……”

郭云天的身体微微一颤。

孙笃直视着她眼睛——如果她没有记错的话，他很少这样直视她的眼睛：“首先，我要对你说对不起，是我让你卷入了这么多不好的事情，更把我们可能有的未来全给毁掉了。这里面的首要原因就是我没有勇气，不敢直接说爱你，还自作聪明地用什么计谋……所以才导致了今天的局面……虽然我知道我们无法回到一切开始之前，但是我还是想拿出勇气，说一声我爱你……也许你不会接受，但对我来说，我已经明白地说出了我的心意，至少我没有遗憾。”

郭云天的脑子里忽然变得一片空白——也许这是现在最不该出现的情况，但是她脑中就是一片空白。

就在这时门铃忽然响了。

郭云天立即扑向门边——这次她学乖了，并没有直接开门，而是伏在猫眼上看了看。这一看顿时让她如遭五雷轰顶，霎时间为难到了极处：天啊！是孙畅！他怎么也来了？怎么会这样巧合！

其实这样一点都不巧合。都是被烂俗的言情小说给害的。男人在道歉和表白或做任何和感情有关的大事时都喜欢在女人生日时造访。而郭云天又是上班族，所以凭常识应该在下班后来——因而兄弟俩就挤一个时间段里去了。

郭云天的脑中顿时一片混乱，下意识地挥舞着手臂。在关键时候还是爸妈理解她，立即把孙笃推进了里屋——那是郭云天以前的卧室。孙笃愕然不知所措，但很快便省悟这是让他藏起来。

郭云天松了口气，哆哆嗦嗦地打开了门。看到孙畅的脸的时候血压登时升到了最高，喉咙竟像被封上了一般说不出话来。

郭云天的爸妈赶紧把他也让进屋，也切了一块蛋糕给他。孙畅也是礼貌地吃了一口，看着郭云天，苦涩而又艰难地笑笑："不好意思，我没有准备什么生日礼物……"

"你接受我的道歉了吗？"郭云天此时才稍微镇定了些，小心翼翼地问。

"其实应该是我向你道歉……"孙畅难为情地揉了揉鼻子，"我处理这件事的方式太欠妥了……我知道我的态度一定让你很心寒吧……其实我并不是厌弃你，更不是想要折磨你，只是我不善于表达自己的感情……"

郭云天呆呆地看着他——以理解强著称的她，听孙畅说这几句话的时候，竟是不知所云。

就在这时，要命的门铃竟然又响了。

郭云天走到猫眼前一看，顿时又僵住了：天啊！是戚玉成！

今天他也来凑什么热闹啊！？

孙畅比孙笃聪明，从郭云天那僵硬的背影就看出有问题，主动问郭云天爸妈哪里可以躲藏。郭云天爸妈赶紧把他藏进了他们的卧室。

“Happy Birthday!”戚玉成一进门就笑得像太阳花一样。

郭云天一撇嘴——她看到孙笃时是为难，看到孙畅时是紧张，看到戚玉成时却不知心里是什么滋味，嗔道:“发音不准！”

“是吗？”戚玉成哈哈一笑，“亏我还练了很久呢。看来我得回去重读四六级了！”

“好了好了，别贫了，你今天来干吗？”郭云天不想叫他蹚这浑水，急于想赶他走。

“那我就长话短说了，”戚玉成变戏法般拿出一枚钻戒，双手递上，“我来这里，是想请你做我的女朋友。”

“什么？”郭云天的下巴差点飞出去，“你不是在说梦话吧？”

“怎么是梦话呢？”戚玉成故作惊诧，“你不是被孙畅甩了吗？”

“那……那不算！”郭云天的脸涨得通红，忽然想起他已有女友这件事来，“你不是有女朋友吗？想脚踩两只船吗？”

“唉，那个啊，已经分了。”戚玉成幽幽地叹了口气。

“什么？”郭云天错愕异常，“她不是很好吗？”

“好是好，但是要求太高。”戚玉成一脸愤懑，“这样的女孩子啊，太喜欢做梦……她喜欢照她的想法来构建我的生活，然后就逼我做超人……我实在应付不来，所以就分了。”

“原来是高攀不上人家啊。”郭云天冷冷一笑，“那我也不是感情救护站！请滚吧！”

“哎哟，别这么无情嘛，”戚玉成露出乞求的神色，“移情别恋是我不对……但是人生和小说是不一样的……因为诱惑太多，人在人生中总会犯迷糊，很难做到像小说里那样爱一个人永远不渝……再说你之前也没恩准我进入你男友的梯队嘛……”接着又像变戏法般拿出四只戒指，分别是红宝石、蓝宝石、珍珠和翡翠的，“你不喜欢钻戒吗？那你再在这里面挑一款……要是都不喜欢，你报上名儿我去买……”

“天……”郭云天又好气又好笑，正不知道该如何应对，忽然见戚玉成脸色变了，直直地盯着她身后。郭云天回头一看，发现孙笃和孙畅竟然都出来了——大概是因为觉得到了关键的时刻吧。

孙笃和孙畅发现对方也在，顿时都是一惊。

必须要完满

“你们这一对卑鄙无耻的兄弟！竟然还敢来啊？”看到孙畅和孙笃后，戚玉成怒不可遏，“你们用虚假的房子搞换妻的阴谋，被揭穿后还不藏阴沟里去，竟然还敢来这里捣乱，你们确认自己真长了脸皮吗？”

孙笃和孙畅勃然变色。

“哼。”戚玉成站直了身子，高傲地斜睨着他们道，“我正告你们，不许你们再来找云天。原因很简单，我比你们有能力，也没对她使用过什么阴谋诡计。比你们更有资格跟她在一起……”

孙笃眼中喷火，正要说些什么，忽见旁边人影一闪。天！孙畅竟然已经冲了过去，和戚玉成打成了一团。他和郭云天都吓了一大跳，赶紧过去拉，却怎么都拉不开。乒乒乓乓乱打了一阵之后，孙畅和戚玉成都被打得鼻青脸肿，这才被他们拉开，送到社区医院去处理伤口。

可能是因为养尊处优的关系，戚玉成多挨了几拳，一脸愤懑、龇牙咧嘴地歪在医院的椅子上。郭云天审视着他，又好气又好笑：这家伙有时像个看透一切的智者，有时却像个顽童，有时是智者和顽童同时出现——不过此时完全像个愤懑而又滑稽的小孩子。

“傻不傻？你觉得你傻不傻？”郭云天笑着嗔道。

戚玉成悻悻地撇了撇嘴，没有说话。

郭云天也撇了一下嘴，走到孙畅身边。孙畅却是苦涩一笑：“对不起，让你见笑了……我还是不成熟。”

“没有，我觉得你今天很帅。”郭云天这句话倒是出于至诚。因为虽然有些不成熟，但女人就是喜欢男人为自己打架。

“哪有啊……”孙畅羞惭地一笑，忽然一把抓住了郭云天的手，却不敢看她，“对不起……我还是要向你道歉……其实我那个时候，并不是故意对你那么冷淡的……甚至都不是想对你‘冷淡’……小时候，我父母的关系不好，我又是长男，觉得自己至少要照顾弟弟和妈妈，也要努力调剂家庭关系，因此总是隐藏自己的真实感受，长期如此，我竟然变得不会表达自己的感情了……正因为如此，我和人交往的时候，总是努力不去惹恼对方，因为我如果和别人发生过摩擦，就不知道该怎么办好了……你对我来说非常重要，因此和你发生问题后格外不知道该怎么办了……其实那几天我不是在故意折磨你，我自己也在深深地惶恐着……你可以原谅我吗？”

郭云天的眼圈一红，紧紧地握住了他的手，接着无比灿烂地笑了——这虽然不能算是告白，但对她来说，却是世界上最棒的告白了。

孙笃在一旁静静地看着他们，一直握紧的拳头悄悄地松开了。他的确从来没有看见过孙畅如此激烈地表现自己的感情，而且是在这么多人之前——因为这件事太过麻辣，小区看热闹的人到现在还跟着呢。他会这么做，证明他真的很爱郭云天……既然知道他这么爱她，自己这个欠了他这么多的弟弟，是不是也该尽点做弟弟的责任呢！？

戚玉成在一旁却看得很愤懑，忍不住抗议说：“不公平！你对我和对他完全不一样！”却被大家——包括看热闹的人齐声要求噤声。

郭云天本以为经过今天一闹，戚玉成应该对她彻底死心了，没想到几天之后又把她单独叫出去了。乍一接到“邀请”的时候郭云天还颇有些惊讶，但很快心情就安定了，笑吟吟地去赴约。

“听说你打着我的旗号办了件事儿啊。”戚玉成刚见到她时表情严峻，可是郭云天还是从他的眼角眉梢里看出了少许笑意，心里便更加安定了：“您说我办了什么事情啊？”

“你利用我的人脉，推荐了部小说，对吧？老实交代，赚了多少？”

“那是为了拯救一个濒临自毁的孩子，再说您的朋友从中也获利了啊。”郭云天笑吟吟地看着他，是那种极为老辣的笑容，“你不是一直把要努力办慈善挂在嘴边吗？我也等于是为你积德，你不会不高兴吧？难不成你之前说要致力于慈善的说法全是假的吗？”

这一句不卑不亢，戚玉成微微有些乱了阵脚，脸上再也绷不住，“哈”一声笑了出来：“好吧，算你行……可是按规矩，你这可是欠了我一个人情，你想怎么还我吧？”

“哼。”郭云天微微一笑，忽然来了个以攻为守，“我是欠你人情，但你欠我的更大。谁让你嘴没有把门的，把一切都跟朱颜说了！朱颜转口又跟孙畅说了！朱颜可是孙畅的初恋情人啊你知不知道？搞得我那边差点崩盘！这个账你想怎么算啊？”

“什么？”戚玉成的脸涨红了——郭云天这一下算是攻了他个出其不意，“我没有啊……我不会这么卑鄙的……是她和阿虎那小子走得比较近，可能是阿虎告诉她了……”

然而现在是谁跟朱颜说的对郭云天来说已经不重要了，她趁戚玉成阵脚稍乱，故作愠怒地来了个乘胜追击："好吧，现在是我欠你的，但你也欠我的。按理说我应该不还你人情了。不过我品德高尚，这个人情我还是会还你的，以我的方式还！"既然说了戚玉成也欠她的，那么在她如何还他人情上，戚玉成就无权置喙了。

"好好，原来你是个青皮啊……"戚玉成省悟过来了，不怒反笑。

"青皮又怎么了？"郭云天有恃无恐地朝他一笑，起身就走。她和戚玉成的牵扯看来短时间结束不了了。不过她并不慌张，以她对戚玉成的了解，他虽然嘴上可能说得很坏，但绝不是那种会不择手段牵扯不清的人。因此在刚去见他的时候，她才会如此心情宁定。

一切似乎都可以结束了，但谁也想不到，郭云天竟然在最后，遇到了一个几乎能让她整个人生崩溃的坎。那是最后的赛事举办前的下午，郭云天忽然接到了一个赛事组织者的短信，叫她提前几小时去赛场的后台。那时去肯定没有人。这似乎有些异常，郭云天仔细回忆了下戚玉成的话——戚玉成说和朱颜混在一起的是个叫阿虎的家伙，而这个人的名字里没有虎字，便放心去了。去的时候果然没人，化妆台上放着一个完整的哈密瓜，旁边还有把刀子。因为郭云天是这场赛事的核心人物，工作人员经常"贴心"地主动为她准备各种零食。有人准备好水果也不奇怪。而且这是个完整未剖的瓜果，吃了应该没问题。郭云天便在等待的过程中把它吃了。结果吃完后不久就不省人事了。

郭云天醒来时发现自己已经被锁在一个郊外的空屋里了。她茫然地看着窗外，忽然想起那个喊她来的组织人员属虎——这不就是阿虎吗？而那个哈密瓜，完全可以用注射器注入迷药！她又中了朱颜的奸计！？

“唰”一下郭云天觉得自己全身都凉透了，她明白朱颜的图谋了。她肯定是要向公众揭露她假扮张妮的事情啊！这种事情如果光在网上发帖很难让人采信，必须有事实佐证才可以……如果她误了今天晚上的赛事，就能和帖子的内容相印证，就完全可以让网友相信了！阿虎应该是不会做自毁赛事的事情的……肯定是朱颜偷他的手机发的短信！

郭云天拽着铁窗的栏杆，身上汗出如浆。这下完了……她是肯定无法按时赶回去了！如果这件事被揭露，网友肯定会对她极端愤怒，不知道会干出什么恐怖的事情——其实这些愤怒也不是如何认真的愤怒，甚至依然带有娱乐的性质，因此就会愈加没有理性……她自己受到冲击不要紧——其实这种冲击对她这种小老百姓影响根本不大，顶多一段时间关手机关电脑外加不出门罢了，但孙畅却势必受到冲击——他是公务员啊！如果因此伤害到孙畅，她真的是万死难赎了！

因此即便知道自己很难脱逃和及时赶回去，她还是拼命地踹门和呼喊，终于被人发现了。然而此时比赛的时间也早已过了。在救援的人帮她打开房门的那一瞬间，她竟然不敢出去——外面的世界，是不是已经天翻地覆了呢？

然而外面的世界什么都没有改变。说来也巧，因为慧慧发文的网站和戚玉成也有联系，所以她今天晚上也被请到了举办比赛的地方。郭云天不见了，戚玉成他们急得团团转，她忽然想起竹君和郭云天的体型脸型有相似之处，便喊竹君来代扮——影视类化妆可以把一个不像伟人的人画成伟人，画一个只能让观众远远粗看的人自然不在话下。再说郭云天之前画的就是面目全非的妆，底子是谁问题根本不大。

可能是因为郭云天帮了慧慧，竹君二话没说就代扮了——既然愿意帮助她，那自然也就原谅她了。竹君无声泯恩仇——还真有侠女的风范。听到这些的时候郭云天很久说不出话来，呆怔了半晌才干笑着说出一句话："看来还是当好人比较好……"

当好人是比较好。当坏人的自然也没好下场。郭云天本以为这个奸计是朱颜使的，后来才发现不是。使奸计的人就是那个阿虎。因为他在生意问题上和戚玉成起了冲突，在秀中也没有攫取到多少的利益，索性决定狠狠地摆戚玉成一道。后来自然被戚玉成和同伴们群起而收拾——这是后话。

至于后话的后话，就是这场秀的效应。戚玉成和他的同伴们弄了这么红火的一场秀，以为可以一劳永逸地宣传他们的企业和产品，之后却发现秀的影响很快便如入春后的冰雪般消逝了。他们虽然谈不上亏损，但也顶多是不赚不赔，相当于白忙了一阵——没办法，网民是很容易被吸引，但被吸引来后顶多也只是帮个人场罢了，真叫他们掏钱的时候，他们还是无比谨慎——并不是因为他们多聪明，生存选择罢了。

现在这个社会越来越浮躁，人们对规则和道德也不断有质疑。但是到了最后，人们还是会发现，从长远来看人间都是公平的。善恶最终都有报。要歪心思弄来的利益，往往长久不了。所以还是老老实实地当个好人比较好。

图书在版编目（CIP）数据

兄弟，爱情 / 追月逐花著．—南京：译林出版社，2015.11
ISBN 978-7-5447-5829-1

Ⅰ．①兄… Ⅱ．①追… Ⅲ．①长篇小说－中国－当代
Ⅳ．①I247.5

中国版本图书馆CIP数据核字（2015）第236719号

书　　名 兄弟，爱情
作　　者 追月逐花
责任编辑 陆元昶
特约编辑 宗珊珊
出版发行 凤凰出版传媒股份有限公司
译林出版社
出版社地址 南京市湖南路1号A楼，邮编：210009
电子信箱 yilin@yilin.com
出版社网址 http：//www.yilin.com
印　　刷 三河市祥达印刷包装有限公司
开　　本 880×1270毫米　1/32
印　　张 9
字　　数 194千字
版　　次 2015年11月第1版　2015年11月第1次印刷
标准书号 ISBN 978-7-5447-5829-1
定　　价 25.80元